10|18
12, avenue d'Italie — Paris XIIIe

Du même auteur
dans la collection 10/18

Les enquêtes de Frère Cadfael

Trafic de reliques, n° 1994
Un cadavre de trop, n° 1963
Le capuchon du moine, n° 1993
La foire de Saint-Pierre, n° 2043
Le lépreux de Saint-Gilles, n° 2044
La vierge dans la glace, n° 2086
Le moineau du sanctuaire, n° 2087
L'apprenti du diable, n° 2136
La rançon du mort, n° 2152
Le pèlerin de la haine, n° 2177
Un insondable mystère, n° 2203
Les ailes du corbeau, n° 2230
Une rose pour loyer, n° 2256
L'ermite de la forêt d'Eyton, n° 2290
La confession de frère Haluin, n° 2305
L'hérétique et son commis, n° 2333
Le champ du potier, n° 2386
L'été des Danois, n° 2417
Le voleur de Dieu, n° 2459
Un bénédictin pas ordinaire, n° 2515
Frère Cadfael fait pénitence, n° 2619

Les enquêtes de l'inspecteur Felse

Une mort joyeuse, n° 2546
La colline secrète, n° 2641
Pris au piège, n° 2683
Ne touchez pas aux épitaphes, n° 2705
Un air de cornemuse, n° 2731
Un cœur noir, n° 2767
Mrs. Felse joue en solo, n° 2831
La dernière mesure, n° 2862
Raga mortel, n° 2908

MORT AUX PROPRIÉTAIRES !

PAR

ELLIS PETERS

Traduit de l'anglais
par Isabelle Py Balibar

10|18

INÉDIT

« Grands Détectives »
dirigé par Jean-Claude Zylberstein

Titre original :
Death to the Landlords!

ISBN 2-264-02629-4

PROLOGUE

En route pour Thekady : samedi soir

Le sadhu [1] était assis à l'ombre des arbres dans le virage à gauche, à moins de cinquante mètres du mur d'enceinte du bungalow forestier, envahi de verdure exubérante et diaprée. La route des plaines vers le lac s'élevait en lacets amples et réguliers à travers la ceinture boisée jusqu'à la crête des collines, ruban lisse bleu acier virant au gris cendreux sur les bords, puis à l'ocre, avant de se fondre dans l'herbe jaunie des bas-côtés. A chaque tournant, les arbres s'écartaient afin de laisser plus de place pour prendre les virages et, chaque fois, on voyait à cet endroit-là un détail distinctif disposé soigneusement, semblait-il, pour qu'on pût profiter du site ainsi dégagé. Au tournant précédent, un étal de fruits coloré : oranges, bananes et jaques ; au suivant, les portes de l'allée qui menait au bungalow forestier. Entre les deux, dans le virage à gauche, à moitié cachée par l'herbe haute et l'ombre qui tombait des arbres, une colonne de deux mètres de pierre brute, si vieille et usée que ses inscriptions s'étaient presque effacées, ne laissait voir que les formes vagues de bras et de mains qui semblaient apparaître

1. Ascète hindou, saint homme. *(N.d.T.)*

et disparaître au gré des ombres obliques, et s'évanouir totalement dans une lumière trop crue. On devinait un visage, maintenant aplani par l'usure au point de n'être plus qu'un ovale informe, et quelques traces de cheveux en désordre. Des hanches jusqu'en bas — la courbe nonchalante d'une hanche se distinguait encore sous un certain éclairage — il était couvert d'une épaisse couche de poussière retenue par l'huile sacrée dont il avait été aspergé autrefois. Il était solidement campé sur des pieds massifs et bien visibles qui luisaient encore, à l'abri de l'herbe haute, et quelques taches de couleur, rouge et orange, éclaboussaient le cou-de-pied. On voyait même une poignée de soucis, vieux d'un jour et déjà fanés, posés au pied de la stèle. Ç'aurait pu être n'importe lequel des dieux du panthéon, si ce n'est que le fût de pierre émoussé et tronqué, un ou deux mètres plus loin, luisant d'huile et entouré de guirlandes même en ce lieu retiré, représentait de toute évidence le lingam de Shiva.

Il y avait eu ici, autrefois, une construction, peut-être un petit sanctuaire, mais il ne subsistait que le socle de pierre ornée, offrant un petit dais sous les arbres, où se tenait le sadhu. Maigre et musclé, le torse long, il était assis en tailleur, la plante de ses pieds poussiéreux et pâles tournée vers le haut, la paume rosâtre de ses longues mains en coupe contre son giron. Il portait une pièce de coton de la nuance pêche courante, drapée sur l'épaule gauche et enroulée sur les hanches, et plusieurs colliers de perles en bois sculpté et de cordelettes de couleur autour du cou. Des mèches de cheveux grasses et emmêlées lui retombaient sur les tempes et lui voilaient le visage, et sur son front taché de cendre, entre les boucles entortillées, étaient tracées trois lignes horizontales, un sceau ovale vertical de couleur rouge liant les trois lignes au centre, l'une des nombreuses marques de secte que portent les adeptes de Shiva. Il avait la couleur et l'immobilité du bronze, et le frémissement ininterrompu du feuillage épais qui lui faisait de l'ombre projetait des lueurs verdâtres sur sa peau huilée, lui donnant l'apparence du métal plutôt que de la chair. De ses yeux baissés sous des paupières cendreuses et des sourcils noirs et épais, il regardait un point fixe dans le sol, au bord de la route, sans jamais remuer la tête. Devant lui, dans l'herbe, reposait sa sébile de bois, vide.

Le lac Periyar s'étend à sept cent cinquante mètres d'altitude dans les Ghats occidentaux, et à environ cent quatre-vingts kilomètres de la pointe sud de l'Inde, mais la route qui monte de Madurai franchit pour y accéder des passages plus élevés, et l'altitude retarde quelque peu la tombée abrupte de la nuit, le crépuscule étant réduit à sa plus simple expression. C'est au cours de cet instant étrange dominé par le silence qui précède le passage du jour à la nuit que la Land Rover négocia vivement les lacets s'élevant de la plaine et prit le virage où Shiva et le sadhu montaient la garde, avant de passer les portes du bungalow forestier. Le sadhu, plongé dans la méditation comme la forêt derrière lui dans le silence, ne fit pas le moindre geste et ne laissa pas voir s'il l'avait remarquée.

Quelques minutes plus tard, deux jeunes filles arrivaient à pied par la route, après s'être arrêtées à l'étal de fruits installé dans le virage en contrebas, les bras chargés de bananes et de petites oranges à peau rugueuse, de cette variété qui restent vertes même quand elles sont très mûres et sucrées comme du miel. L'une d'elles, indienne, portait un sari vert et blanc tout simple et un corsage de coton blanc, les cheveux nattés et enroulés en une épaisse masse noire sur la nuque. L'autre, blonde et mince, les attaches fines, se révélait anglaise dès le premier coup d'œil et n'avait pas jugé bon de le cacher par le port d'un sari. Rien n'aurait pu dissimuler ce teint pâle, ni les cheveux blond très clair qui tombaient en mèches raides sur les épaules, encadrant un visage ovale. Elle avait choisi le compromis et adopté un simple pantalon noir, porté avec une robe-chemisier à manches courtes. Elles se hâtaient, voulant retourner au bungalow avant la tombée de la nuit, car, entre les masses compactes des arbres, la nuit serait ici d'un noir velouté, presque palpable.

Elles passèrent près du sadhu, qui ne les vit pas plus que la Land Rover quelques instants plus tôt. La blonde, qui avait remarqué et commenté sa présence lors de leur descente vers l'étal de fruits, scruta l'obscurité au passage et aperçut un pâle reflet d'huile et de bronze, immobile sous les branches.

— Il est toujours là. Tu crois qu'il va rester encore toute la nuit ?

— J'en doute. Il risque de faire froid, sur le matin, à cette altitude. Ils vont et viennent à leur guise, il n'y a pratiquement pas de règles.

Priya parlait d'une voix détachée, avec cette attitude ambivalente qu'ont les Indiens envers les soi-disant saints hommes. L'équipement de base nécessaire à la profession est simple et bon marché ; un seul objet, la sainteté, se révèle très coûteux, et bien que certains persévèrent manifestement pour l'obtenir, plus nombreux — la majorité peut-être — sont ceux qui s'arrangent pour s'en passer. Il n'existe aucun moyen direct de les distinguer les uns des autres.

Patti hésita et le regarda par-dessus son épaule.

— La sébile, c'est pour l'argent ?

— Pour n'importe quelle aumône, répondit Priya, mais de préférence pour l'argent.

— Un moyen d'acquérir du mérite, commenta Patti, mi-triste mi-cynique, se moquant d'elle-même mais sans cesser de regarder en arrière.

Soudain, elle s'arrêta.

— Attends-moi une minute, tu veux ? Tiens, prends ça.

Elle abandonna sa charge de fruits aux mains de Priya et se précipita en courant vers le sanctuaire, tout en farfouillant dans les profondeurs du grand sac qu'elle portait à l'épaule. Le tintement de petites pièces de monnaie parvint aux oreilles de Priya, tandis que l'obscurité qui tombait de la cime des arbres se faisait plus profonde.

Patti s'avança avec précaution dans l'herbe sèche et jaunie : le sadhu aurait dû entendre le bruissement de ses pas même s'il était en transe, mais il n'en laissa rien paraître. Elle se pencha vers la sébile en bois : il ne leva pas les yeux ni ne redressa la tête. Elle le regarda avec attention, mais tout ce qu'elle pouvait maintenant distinguer, c'était l'ombre légèrement lumineuse d'un homme pris dans une ombre plus dense, aussi impassible et impénétrable que Shiva à ses côtés.

— *Namaste*[1] ! dit-elle en joignant un instant les mains qui tenaient son offrande.

Elle la déposa dans la sébile et se recula. Elle eut l'impression que la tête remuait imperceptiblement, en vague signe de reconnaissance, mais ce fut tout. Elle se détourna, déçue, courut rejoindre Priya et l'allégea de son fardeau.

1. Bonjour ou au revoir. *(N.d.T.)*

— Pas vraiment expansif, dis donc ! Quand même, pour me porter bonheur, qui sait ! Il se souviendra peut-être de moi dans ses prières au moment voulu.

Elles avancèrent d'un pas décidé et le virage suivant les emporta hors de la vue du sadhu, interrompant les voix fraîches mais importunes qui avaient troublé son silence.

Il n'avait toujours pas bougé ni émis le moindre son.

La nuit tomba comme un rideau de soie noire, comblant de ses plis innombrables la trouée de la chaussée entre les arbres.

CHAPITRE PREMIER

Thekady : samedi soir

Deux voitures étaient déjà garées devant le bungalow ocre jaune, bas et tout en longueur, quand la Land Rover s'aligna sur elles près du porche. En reconnaissant la première, la vieille Ford bleu ciel à la portière éraflée et à l'aile retouchée, tous trois émirent un sifflement à la fois moqueur et admiratif.

— Nous y revoilà ! dit Larry Preisinger en arrêtant le moteur. J'avais bien dit que nous allions retrouver tout le cirque avant d'avoir atteint le Cap ! C'est toujours pareil. J'ai parcouru tout le Gujarat avec cet engin et les gens que j'ai vus à la première étape m'ont poursuivi tout le long. Il leur arrivait de manquer une étape ici ou là, mais au bout de quelques jours, ils réapparaissaient. Un couple indien d'Afrique du Sud avec trois gosses, qui visitent leur pays natal, un couple d'âge mûr de Nouvelle-Zélande faisant le tour du monde par petites étapes et deux jeunes Tchèques avec au moins quatre appareils photo chacun pendus au cou. Maintenant, c'est les Français, pour changer.

— Ça pourrait être pire, fit remarquer Dominic Felse, l'air pensif.

— Ah, pour ça, c'est sûr !

Dans l'ensemble, tout en restant sur leurs gardes,

ils avaient accepté les Bessancourt. Preisinger regarda d'un air sceptique la deuxième voiture, une grosse berline noire, imposante quoique en mauvais état, mais elle ne lui révéla rien de ses occupants. Sans doute une voiture de tourisme de Madurai, avec chauffeur, louée pour le week-end.

— J'ai l'impression qu'on va camper, ce soir. Avec deux voitures pleines, c'est sûrement complet à l'intérieur, ajouta-t-il.

Non que cela le dérangeât ; ils étaient bien équipés, avec des sacs de couchage légers et une moustiquaire qui s'enroulait dans le toit quand elle ne servait pas. A trois, avec un peu d'ingéniosité, on peut se débrouiller sans trop d'inconfort dans une Land Rover, et il y avait veillé avant le départ de ce tour de l'Inde-marathon, dénichant des coéquipiers quand c'était possible, selon les trajets, pour avoir de la compagnie et partager les dépenses. Rencontré à Madras, Dominic, en congé — il travaillait dans l'agriculture —, était jusque-là un de ses plus gros coups de chance. A peu près du même âge que lui, c'était un compagnon plutôt sympathique, bon conducteur et disposé à rester avec lui jusqu'au cap Comorin, et sans doute à retourner avec lui à Madras.

Lakshman déplia son long corps svelte pour s'extirper des bagages et se glissa hors de la Land Rover.

— Je vais aller voir le *khanasama*.

Il se retourna pour demander, de sa voix douce et polie, qui hésitait toujours avec tant de délicatesse entre les intonations de l'ami et celles du serviteur :

— S'il n'y a pas de lits disponibles, vous n'aimeriez pas au moins y prendre votre repas ? Ça vous changerait de ma cuisine.

— On risque de le regretter, mais bon, pourquoi pas ?

Larry voyageait avec Lakshman Ray depuis presque six semaines à présent et avait renoncé à nouer avec lui des liens d'amitié. Lakshman, qu'il sût ou non garder son rang, connaissait pertinemment celui de son employeur et l'y maintenait fermement. Avec toute la déférence, l'amabilité et la considération voulues, mais sans concessions. Il avait déjà fait ce boulot de guide-interprète avec d'autres touristes solitaires et avait rencontré, du moins Larry le pensait-il, des clients qui avaient sur ces rapports des idées très différentes de celles de Larry lui-même. Qu'on lui en laisse le temps, et il se chargerait de toutes les modifications nécessaires. Il ne servait à rien d'essayer de le bousculer. Lakshman, le plus jeune des trois — il avait tout juste vingt ans —, était encore étudiant, jusqu'à ce que le manque de ressources l'eût amené à gagner de l'argent pour lui permettre de poursuivre ses études grâce à des voyages comme celui-ci. Il lui fallait faire en sorte que tout se passât bien et il ne prenait aucun risque. Peut-être même ne voulait-il pas se laisser aller à une amitié dont il n'avait pas discuté. Jeune homme distant, timide, à la voix douce, rationnel et maître de soi, il parlait à la fois le tamoul et le malayalam en plus de sa langue maternelle, l'hindi, ce qui lui permettait d'être tout aussi efficace dans le Nord que dans le Sud. Larry se disait parfois que Lakshman avait du mal à se convaincre d'être aussi distant avec Dominic qu'avec lui, Larry. Ce n'était pas Dominic qui lui payait son salaire.

Le pavillon, à la lueur des fenêtres et des feux de position de la Land Rover, était un bâtiment agréable et solide en brique et plâtre, muni d'un large porche avec des arcades, et aurait semblé assez important pour loger un grand nombre de voyageurs, si, en Inde, la suite habituelle pour les touristes n'avait pas été aussi vaste qu'une grange, avec salle de bains ou douche attenante. Trois suites de ce genre, mettons, plus le secteur de la cuisine, et il ne restait plus la moindre place. Aucun problème, la Land Rover faisait bien l'affaire.

Lakshman revint, faisant de loin un léger signe de la main et secouant la tête. Derrière lui, le *khanasama* passa un visage barbu entouré d'un turban de coton flottant par la porte de la cuisine pour jeter un coup d'œil à ses derniers clients.

— La maison est pleine, mais il nous servira à dîner. Et il y a un *chowkidar.*

On ne devait pas dédaigner la sécurité du parc ni la protection de son gardien.

— Bon, et si on pouvait utiliser une douche, avant que les vrais locataires n'arrivent ?

— Je peux arranger ça.

Son regard allait de son interlocuteur à la voiture noire anonyme, et son sourire se fit moins réservé que d'habitude.

— Savez-vous qui est là aussi ?

A le voir et à l'entendre, il y avait peu de chances qu'ils le remercient de ce renseignement, bien que cela pût en un sens animer leur séjour. Il était rare que Lakshman se montrât malicieux et, même ainsi, il maîtrisait bien son expression.

— Vous parlez si on sait ! dit Larry en faisant semblant de ne pas comprendre, l'esprit tout à sa douche. *Madame la patronne* [1] et son *mari* [1].

1. En français dans le texte. *(N.d.T.)*

A peine avait-il fini sa phrase que, comme si elle lui donnait la réplique, une voix stridente et jacassante, audible à plus d'un kilomètre à la ronde dans la forêt, hurla à une fenêtre d'un ton suraigu :

— Sushil Dastur ! *Sushil Dastur !*

On entendit des pas légers et serviles se précipiter le long du couloir jusqu'à la porte ouverte pour obéir à ces injonctions.

— Oh, *non !* gémit Larry. Pas les Mani ! Alors voici le groupe avec chauffeur, c'est ça ? On aurait dû s'en douter ! Qu'est-ce que je vous avais dit ! Où qu'on aille dans un rayon de cent cinquante kilomètres, on voit toujours les mêmes têtes.

— Et on entend les mêmes voix, fit remarquer Dominic tristement. Pauvre petit Sushil, il l'entend sûrement sans arrêt, celle-là. Je m'étonne qu'il la supporte. Et les femmes bengalis ne braillent pas, en général, elles ont des voix douces et agréables.

— Pas celle-ci !

A présent, quelque part dans la maison, elle grondait avec volubilité en bengali, ponctuée des monosyllabes apaisants d'un homme à la voix inquiète, endurcie et résignée.

— Peut-être n'écoute-t-il même pas, en fait, peut-être ne fait-il qu'émettre les bruits appropriés tout en pensant à autre chose. Sinon, il grimperait au mur. Et son patron est pire, si c'est possible, même s'il ne lui transperce pas les tympans exactement comme sa bourgeoise. Ça doit être dur de trouver du boulot, sans quoi Sushil les aurait laissés tomber depuis longtemps.

— J'ai l'impression que c'est un parent, dit Lakshman avec sympathie. De la dame, peut-être — un cousin pauvre. Et vous avez parfaitement raison, pour un employé sans diplômes, il n'est pas facile du tout de trouver une bonne place. Et peut-être y est-il plus à l'aise que nous le supposons. Ça représente une certaine sécurité.

Ils avaient rencontré les Mani à deux reprises depuis leur départ de Madras, une fois brièvement à Kanchipuram, tandis qu'ils visitaient, avec une obstination besogneuse, les nombreux temples de cette ville extraordinaire, et une autre fois lors d'une étape d'une nuit à Tiruchirapalli, où Mr. Mani s'était constitué d'office président des clients assemblés le soir dans le bungalow des voyageurs, et avait déroulé en détail l'histoire impressionnante de sa vie et de celle de sa femme. Ils étaient de Calcutta, où ils tenaient plusieurs boutiques de textiles, et étaient venus pour la première fois dans le Sud, à Madras, rendre visite à leur fille, dont le mari dirigeait une agence de voyages extrêmement prospère. Ils disposaient ainsi de la meilleure aide possible et des conseils les plus avisés pour programmer un vaste tour du sud de l'Inde. Ganesh s'était occupé de tout, Ganesh avait fait en sorte qu'ils ne manquent pas un seul site célèbre. A Tiruchi, ils les avaient sûrement tous visités. On les avait surpris de bonne heure, avant que les marches de pierre, trop brûlantes, ne deviennent impraticables, grimpant avec intrépidité à l'assaut de la paroi rocheuse exposée au soleil, Mrs. Mani dans un sari sophistiqué qu'elle relevait à deux mains, et Sushil Dastur se précipitant à sa suite avec son sac à main, l'appareil photo de son mari et le foulard qu'elle avait abandonné une fois la fraîcheur du petit matin passée ; plus tard, on les avait vus prendre des photos des lotus en boutons dans la citerne du temple un peu plus bas. Dans l'après-midi, ils étaient partis en taxi pour Srirangam et avaient fait laborieusement, inexorablement, le tour de ce temple immense dans ses moindres recoins, sans afficher sur leurs visages ce qu'ils pouvaient bien penser de ses sculptures stupéfiantes, ni bien sûr s'ils pensaient quoi que ce fût.

Mr. Mani s'appelait Gopal Krishna : c'était un homme d'une cinquantaine d'années, solide, trapu et râblé, le teint lisse d'un brun doré, avec des cheveux grisonnants raides et de grands yeux impérieux qui foudroyaient leur interlocuteur et le verrouillaient à son siège. Il était si bien rasé qu'il semblait n'avoir jamais eu la moindre barbe, et si immaculé, dans son costume de soie grège impeccable ou sa chemise et son pantalon flottants de coton blanc, voire, à l'occasion, son *dhoti*[1], que son entourage avait l'impression de porter des vêtements froissés, mal coupés et sales. Il avançait d'une démarche lourde et impressionnante, qui faisait penser à un petit éléphant léger, mais d'une extrême suffisance. Sa voix douce mais pédante ne devenait tranchante que lorsqu'il s'adressait à Sushil Dastur.

Sudha Mani était plus molle, plus ronde et plus potelée que son mari, de quelques années plus jeune, et, pour lui rendre justice, c'était une jolie femme, avec ses joues couleur d'or pâle, ses yeux immenses et limpides, et sa bouche en bouton de rose fraîche et bien ourlée. Mais les yeux vous dévisageaient d'une manière presque agressive et les lèvres serrées du bouton de rose ne faisaient jamais mine de s'épanouir. Quand les pétales finissaient par se séparer, elle gloussait comme un perroquet. Elle portait des saris somptueux et coûteux, et plutôt trop de bijoux, tous véritables. Mais tout le monde ici plaçait son capital

1. Longue bande de coton blanc, enroulée autour des hanches, et dont un pan, passé entre les jambes, se rentre dans la ceinture. *(N.d.T.)*

dans les bijoux d'or et d'argent. Des fleurs ornaient l'énorme chignon qu'elle portait enroulé sur la nuque, mais elles ne semblaient jamais durer longtemps.

Par elle, ils surent tout sur son premier petit-fils, ses ennuis avec les serviteurs et son tempérament extrêmement sensible. Et par Gopal Krishna, tout sur l'état du textile, sa propre habileté en affaires et la richesse qu'il en avait retirée.

C'est presque par pur accident qu'ils en apprirent davantage sur Sushil Dastur que son seul nom, lui qui allait chercher et transportait la marchandise, faisait les courses, écrivait sous la dictée, conférait à distance avec la direction des magasins de Calcutta et accomplissait en général toutes les tâches nécessaires, et quantité de choses qui ne l'étaient pas, pour le ménage Mani. Son nom, il ne leur avait fallu qu'une demi-heure pour le connaître. « Sushil Dastur ! » résonnait en écho toutes les dix minutes et sur tous les tons : ordre, mécontentement, reproche et menace, partout où les Mani établissaient leur domicile. Secrétaire privé, employé, homme à tout faire, serviteur ambulant, il réunissait toutes ces compétences dans un corps chétif et inquiet.

En réalité, Sushil Dastur n'était nullement aussi fragile qu'il le semblait à première vue, mais il était petit, d'autant plus qu'il se dépêchait toujours vers un but donné, tête baissée, pour les affaires de son maître ; et la protubérance osseuse qui apparaissait sur son front en saillie ainsi que son nez légèrement crochu contrastaient fortement avec la rondeur moelleuse des Mani, le faisant paraître presque émacié. Il avait de grands yeux sombres et craintifs, surmontés de sourcils généralement froncés par l'inquiétude, et il avait toujours l'air de s'excuser. Des boucles sombres lui tombaient sur le front. La servilité l'avait jusque-là tellement déclassé et dénaturé qu'il semblait normal qu'il portât toujours une veste et un pantalon à l'européenne de coupe quelconque, d'un beige passé. Dans les rares occasions où il revêtait un *achkan*[1], il avait l'air d'être quelqu'un d'autre.

— On dirait une bonne vieille réunion de famille, non ? fit remarquer Larry d'un air morose.

Car rien n'était plus certain : tout ce beau monde allait se diriger vers le lac Periyar, afin d'arriver à temps pour le rituel aquatique du lendemain matin. Il n'y avait rien d'autre à visiter, dans cette région. De la côte comme de Madurai, de l'ouest comme de l'est, toutes les routes se rejoignaient ici. Peu de gens continuaient leur chemin sans d'abord faire une halte au bord du lac pour aller contempler en bateau les éléphants. D'autres animaux également, avec un peu de chance : le sambar, le cerf, le sanglier, parfois même, mais rarement, le léopard et le tigre ; mais surtout les éléphants, qui ne manquaient jamais d'apparaître, en très grand nombre.

— Vous savez, je ne voudrais pas paraître intolérant, mais j'apprécierais davantage ma croisière sans les commentaires des Mani.

— On pourrait se procurer un petit bateau juste pour nous, si vous voulez, proposa timidement Lakshman. Mais ça coûterait plus cher, évidemment.

— C'est possible ?

Le visage de Larry s'illumina sensiblement.

— Ils ont aussi de petites vedettes, là-bas ?

Il regarda Dominic.

— Qu'en dis-tu ? On se serre la ceinture depuis le début, si on claquait un peu d'argent, pour une fois ?

— Volontiers. Pourquoi pas ?

1. Tunique de cérémonie. *(N.d.T.)*

— Je vais téléphoner, si vous le souhaitez, déclara Lakshman. Ce serait mieux de s'en assurer.

— Oui, allez-y ! Faisons-nous un petit plaisir...

Peut-être l'avantage de voyager avec un budget de misère réside-t-il dans le fait qu'on peut, à l'occasion, abandonner le schéma habituel quand on en a vraiment envie et faire pour une fois quelque chose d'extravagant. L'idée d'avoir à leur disposition un bateau et l'ensemble considérable de baies et de criques du lac pour semer les autres vedettes était étrangement agréable. Même un dimanche envahi par la foule, ils pourraient se convaincre qu'ils étaient les seuls de toute la réserve à observer du gibier. Dominic sifflotait tout en farfouillant à l'arrière de la Land Rover pour trouver sa serviette et sa trousse de toilette.

C'est à ce moment-là que, du portail, deux voix claires, féminines, se firent entendre dans l'obscurité, avant que n'apparaissent, à la lumière des fenêtres, deux jeunes filles, l'une, indienne au teint sombre, l'autre, anglaise, blonde au teint pâle, les bras chargés de filets d'oranges vertes et de régimes de bananes roses.

Deux paires d'yeux, l'une d'un noir violet, l'autre d'un bleu acier, embrassèrent la Land Rover et les silhouettes à proximité d'un regard appuyé et rayonnant.

— Eh bien, bonjour ! lança la jeune fille blonde du ton vif et courtois de quelqu'un qui, dans son for intérieur, évalue ses chances. Vous êtes sans doute ceux qui nous ont dépassées sur la route, quand nous étions en train de marchander le prix de ces fruits. Vous passez la nuit ici ? Je croyais qu'ils étaient complets.

— Ils le sont, répondit Dominic.

Il savait que Larry ne répondait jamais à aucune avance, spécialement de la part de femmes, avant d'avoir eu le temps de mettre au point et de revoir ses défenses. Une fille avait dû un jour lui jouer un mauvais tour et toutes les autres avaient intérêt à prendre des gants avec lui.

— On dort dans la caisse, mais on reste, oui.

— On est venues en autobus. Inutile d'aller jusqu'à l'hôtel avant demain, en tout cas, dit-elle simplement. On ne pouvait pas se permettre d'y rester et il était trop tard pour la croisière de cet après-midi quand nous sommes arrivées. J'imagine que vous vous rendrez au lac demain matin ?

Elle battit des cils d'un air pensif en direction de la Land Rover. Il comprenait qu'elle se souciât du lendemain, les transports publics risquant d'être à la fois peu fiables et, un dimanche, surpeuplés. Mais elle ne demanda rien, pas encore. Il était trop tôt et elle n'allait pas être aussi grossière. Quant à l'Indienne, elle se tenait un peu à l'écart, froide et détachée, les regardant d'un air grave et réfléchi.

— Comme tout le monde par ici, je pense, risqua Larry avec prudence.

— Tu es américain, n'est-ce pas ? demanda-t-elle, intéressée.

— C'est exact. Je m'appelle Preisinger et voici Dominic Felse. Lui est anglais. Comme toi, je présume.

— Ça ne sert à rien d'essayer de le cacher, non ?

Elle secoua ses boucles pâles et se mit à rire.

— Je m'appelle Patti Galloway et voici mon amie Priya Madhavan. Si j'avais le teint adéquat, j'aimerais me fondre dans le décor, et tout le tralala, mais j'ai décidé depuis longtemps que ça ne servait à rien. Priya est de Nagercoil, nous nous y rendons par étapes et voyons ce qu'il y a à voir en chemin. Où allez-vous ?

— Oh ! vers le sud. Jusqu'au Cap, puis nous rentrons à Madras par Trivandrum et Cochin. Dominic me quitte à Madras. Après, je ne sais pas encore.

La jeune fille écarquilla les yeux.

— Vous devez avoir beaucoup de temps libre. Que faites-vous ? Avez-vous travaillé ici ? Ou y habitez-vous tout le temps ?

Elle enchaînait ses questions, mais il y avait quelque chose de naturel et de désarmant dans sa franchise. Et s'il était déconcertant qu'elle n'attendît pas de réponse, du moins cela donnait à Larry le temps de se décider. Pourquoi pas, après tout ? Lakshman revenait tout juste du porche aux arcades avec un léger sourire de satisfaction qui signifiait qu'il avait obtenu gain de cause et qu'il y aurait un bateau à leur disposition le lendemain. Quant aux filles, elles avaient leurs propres projets, qui incluaient apparemment la famille de l'une d'elles et étaient donc peu susceptibles d'être modifiés par une rencontre de hasard comme celle-ci. Il pouvait se permettre d'être généreux sans courir le risque de s'impliquer outre mesure.

— Nous nous préparions à nous faufiler dans l'hôtel pour profiter d'une douche, en fait, avant le dîner. Si vous êtes seules, toutes les deux, et si vous voulez vous joindre à nous, nous devrions disposer d'un bateau demain matin. Pourquoi ne pas dîner ensemble et tout mettre au point par la même occasion ?

Le mobilier de la salle à manger du bungalow était des plus simples, mais il y avait deux tables, des chaises en quantité suffisante et un éclairage électrique qui tremblotait de façon inquiétante parfois, mais tenait le coup. Les omelettes du *khana-*

sama étaient bonnes et les fruits de l'étal, frais et excellents. Puisque les tables avaient la même dimension, il était normal de séparer les hôtes en deux groupes égaux de cinq personnes ; et cela facilita les choses pour le premier sur les lieux — ce fut naturellement Lakshman — qui s'appropria une des deux tables pour le groupe de son employeur et les hôtes de ce dernier. Il n'y avait pas moyen de savoir s'il approuvait la présence des filles ; il se comportait, comme à l'accoutumée, de façon élégante.

Patti regardait les autres se rassembler, les yeux agrandis de curiosité. Sudha Mani entra majestueusement, enveloppée d'un sari en nylon (« Pas du tout pratique, commenta Priya d'un ton critique. Les matières synthétiques glissent affreusement et ne tombent pas comme les tissus naturels »), les bras couverts d'un grand nombre de bracelets plutôt fins ; elle avait oublié son sac et envoya Sushil Dastur le chercher, ce qu'il s'empressa de faire. On entendit son mari déplorer en anglais, sans doute pour le bénéfice des oreilles étrangères, la politique économique du gouvernement indien, et les fardeaux sous lesquels ployaient les entreprises, mais il finit, comme d'habitude, sur les défauts de la main-d'œuvre. Et même ce sujet passa inévitablement du général au particulier, car il semblait que Sushil Dastur aurait dû écrire et expédier une lettre ; il n'en avait rien fait, ce qui risquait de compromettre une commande importante.

— Si je ne supervise pas tout moi-même, rien n'est jamais fait correctement. De nos jours, les employés ne se concentrent pas, ils n'ont pas envie de travailler, ils veulent simplement passer le temps et recevoir leur salaire. J'ai été formé à l'ancienne école, il m'a fallu travailler dur et c'est grâce à ce rude labeur que j'ai monté l'entreprise que je possède aujourd'hui.

Les Bessancourt parlaient relativement bien anglais, une quasi-nécessité pour les autres touristes européens en Inde. A en juger par la conversation, ils avaient eux aussi déjà rencontré les Mani au cours de leurs déplacements, car le ton de leurs salutations était personnel, voire cordial. Un visage familier en terre étrangère est bienvenu, du moins jusqu'à ce qu'on considère que, tout compte fait, on l'a assez vu. Dominic ne pouvait imaginer que les Bessancourt et les Mani eussent grand-chose en commun, ni qu'ils choisissent de passer beaucoup de temps ensemble, mais avoir de la compagnie pendant un repas n'est pas désagréable.

Mme Bessancourt était d'âge mûr, forte du buste et des hanches, avec un visage cireux, lourd et inquisiteur, et des cheveux noirs qui commençaient à peine à grisonner. Elle avait résolu de façon tout à fait adéquate le problème de sa tenue pour ce périple. Elle s'était mise au *shalwar*[1] et au *kameez*[2] des femmes du Pendjab, de couleurs sombres et d'une coupe ample pour le confort, et elle semblait étonnamment à l'aise dedans, voire presque indienne. La teinte jaunâtre de ses joues, ses yeux et ses cheveux noirs, le corps lourd, à qui revenait de droit l'uniforme noir et peu compromettant de la *patronne*[3] de quelque petit hôtel de l'Artois, avaient néanmoins adopté cette tenue étrangère avec une autorité parfaite. Peut-être n'y avait-il pas vraiment beaucoup de différence entre la matrone française et l'indienne,

1. Pantalon large serré aux chevilles. *(N.d.T.)*
2. Tunique ajustée à la taille. *(N.d.T.)*
3. En français dans le texte. *(N.d.T.)*

toutes deux dominatrices, pratiques, et à ne pas prendre à la légère.

Son mari, quant à lui, n'avait fait aucune concession. Il était carré et massif, avec un début de calvitie sur un crâne si complètement alpin et une moustache si nettement française que tout effort pour cacher leur origine aurait échoué dès le départ. Aussi portait-il exactement les mêmes costumes que chez lui, mais dans des tissus légers, et se permettait-il un vieux panama pour se protéger du soleil : là se bornaient ses préparatifs particuliers.

— Que pensez-vous qu'ils fassent ? se demandait Patti en les regardant, fascinée. Je veux dire, chez eux ? On n'a pas la moindre chance de deviner, non ? Je suppose qu'ils pourraient être à la retraite, mais ils ne sont pas si vieux.

— Dieu sait ! Peut-être une petite usine quelque part — une affaire de famille — et un fils qui a pris la relève, suggéra Dominic, plus ou moins sérieux.

On ne peut s'empêcher de s'interroger, et il s'était posé la question du jour où il les avait vus la première fois.

— Ils ont acheté cette voiture à Bombay dès qu'ils ont atterri et Dieu sait quels chemins ils n'ont pas empruntés ! Ils conduisent tous les deux — bien, même. Ils séjournent dans des bungalows ou dans les pavillons particuliers de la compagnie ferroviaire, et dépensent le moins possible — bien qu'il puisse s'agir là d'une parcimonie toute française et non d'un manque de moyens —, mais ils ne manquent aucun site touristique. Ce qu'ils font, ils le font à plus de cent pour cent.

— Peut-être, risqua Lakshman, ont-ils gagné le gros lot à la loterie, et l'Inde était-elle un vieux rêve pour eux. A présent, ils prennent possession de leur rêve.

— Oui, mais même dans ce cas, insista Patti, toujours sous le charme de l'ambivalente solidité franco-indienne, de la maîtrise de soi et du calme de Mme Bessancourt, pourquoi *l'Inde* ?

— Oui, convint Larry de façon significative, la dévisageant d'un air sombre de l'autre côté de la table, *pourquoi* l'Inde ? Pourquoi dans ton cas, par exemple ?

— Moi ? Oh, j'ai achevé mes études secondaires il y a deux ans et je ne voulais pas poursuivre à l'université — pas tout de suite, et, de toute façon, je ne suis pas très douée, j'aurais peut-être eu de la peine à m'inscrire — et j'étais vraiment pleine d'un idéalisme de jeunesse et tout le bataclan habituel, et je pensais que l'Inde était précisément l'endroit dans le vent, l'endroit qui connaissait les réponses. Vous savez comme c'était ! Peut-être que ça a changé, depuis deux ans que je suis ici.

Elle mordit dans la peau ridée d'une orange verte et se mit à la peler, regardant d'un air critique ses doigts fins, aux ongles mal taillés et pas particulièrement bien soignés. Elle rongeait même un peu l'ongle des deux index, remarqua Dominic. Elle avait aussi un tic nerveux des paupières, un clignement rapide, mais c'était peut-être simplement dû à la gêne, parce que toute l'attention était à présent centrée sur elle.

— Aussi ai-je pensé à me porter volontaire pour venir enseigner deux ans ici avant d'aller à l'université. J'ai raté le contingent de métier du Service volontaire outre-mer — n'importe comment, ils auraient sans doute considéré que je n'étais pas le genre voulu —, mais j'ai trouvé ce job au Bengale par l'intermédiaire d'une relation d'affaires de mon père qui avait des liens en Inde. Juste une école ordinaire, une ancienne école de mission, on y enseignait en anglais et en bengali, et j'étais chargée d'aider toutes les classes dans la pratique de l'anglais.

— Tu as appris un peu de bengali ? demanda Dominic avec intérêt.

Elle leva sur lui un regard furtif. Elle avait les yeux d'une couleur vraiment extraordinaire, à la fois pâles et très brillants, comme une mer légèrement troublée sur le sable ensoleillé.

— Quelques rudiments. Je me débrouille, mais je ne pourrais pas tenir une vraie conversation. Oh, c'était bien, d'une certaine façon, je ne me plains pas. Seulement, je suis venue ici avec l'idée que c'était là qu'on trouvait un niveau de vie très bas et une pensée très élevée, ainsi que la voie vers la compréhension, que l'Inde allait me montrer ce qui n'allait pas pour nous Européens. Et vous savez ? Le voilà, le peuple le plus agressif que j'aie jamais rencontré, presque le plus corrompu, et la pensée élevée n'est que bavardages à l'infini, et le gouvernement est aussi confus, inefficace, vieux et fatigué que n'importe lequel des nôtres, et je ne vois pas comment ça pourrait cesser — ni même comment on pourrait commencer à sortir de ce désordre. Mais peut-être est-ce moi, conclut-elle de façon désarmante, et elle sourit soudain à Priya et à Lakshman. Ne vous méprenez pas sur le sens de mes propos ! Les meilleurs ici sont vraiment *les meilleurs* — les meilleurs du monde. Quant au système, en avons-nous jamais attendu grand-chose ?

Elle pencha la tête, regardant Larry puis Dominic, car ils étaient manifestement concernés.

— J'achève mon congé, à présent, avant le départ. J'ai deux mois de payés, et je continue à voyager avec optimisme. Mais où vais-je, Dieu seul le sait ! Et vous, comment vous êtes-vous débrouillés ?

Dominic attendit que Larry parle, mais il n'en fit rien. Patti l'avait apparemment ébranlé, et son visage sombre était pour le moment la seule chose éloquente. Aussi Dominic meubla-t-il le vide.

— J'ai eu de la chance, je m'en rends compte chaque fois que j'entends quelqu'un parler de l'Inde. J'ai été largué ici pour un boulot particulier, sans même trouver le temps d'avoir des idées préconçues, et tout ce qui concernait le job est tombé à l'eau et je me suis retrouvé dépendant du pays pour vivre. En cas de vraie crise, on découvre les gens bien et les autres. C'est alors que j'ai rencontré l'homme pour qui je travaille maintenant — le Swami[1] Premanathanand. On ne pourrait pas avoir plus de chance, en dépit des ennuis. Non, l'Inde ne m'a pas laissé tomber. C'est pour ça que j'y suis revenu. Mais pour travailler, pas pour méditer.

Il avait conscience que cela pourrait sonner un rien suffisant, mais il ne pouvait présenter les choses autrement.

— C'est comme ça que j'ai été séduit, et je suis toujours accroché. J'ai dit que j'avais eu de la chance.

— Mais où *vont*-ils ? insista Patti avec irritation. Je ne vois aucun avenir.

— Je n'ai pas regardé, j'ai été trop occupé par le présent.

— Mais que fais-tu, alors ? demanda-t-elle d'un air sceptique.

— Je travaille pour la fondation du Swami, la

1. Maître. Terme de respect, souvent adressé à un saint homme. *(N.d.T.)*

Mission indigène pour l'agriculture, dans une de leurs fermes près de Tiruvallur. Je fais un peu tout — chauffeur, garçon de courses, assistant du vétérinaire —, tout ce qu'on veut. Mais, pour l'essentiel, il semble que je sois devenu le mécanicien des tracteurs de la région.

— Cette sorte d'organisation n'est-elle pas simplement une autre façon d'être un gros propriétaire ? objecta Patti énergiquement.

— Certainement pas ! Tout ce que nous dirigeons l'est sur une base coopérative. Chaque village est à soi-même son propre conseil d'administration, et tout ce qui dépasse le minimum vital pour la direction centrale est réinvesti dans l'affaire.

Mais il n'avait pas particulièrement envie d'en parler ; il était en vacances et elle savait déjà tout ce qu'elle avait besoin de savoir sur lui.

— Tu crois que tout cela va vraiment *changer* quelque chose ? demanda-t-elle, pensive.

— C'est déjà en bonne voie. Depuis que nous avons mis en place ce système, nous avons presque doublé notre production de riz annuelle — à la fois en augmentant la superficie et en pratiquant une meilleure double récolte. Sais-tu que le Tamil Nadu va devenir un État excédentaire d'un jour à l'autre ? Pas seulement grâce à nous, bien sûr, nous sommes une force très secondaire, mais nous travaillons réellement en liaison avec le programme de région intensif établi par le gouvernement, et ça, c'est loin d'être secondaire.

Elle parut impressionnée malgré elle, à la fois tristement incrédule et prudemment optimiste.

— Je suppose que tu viens d'une famille d'agriculteurs ? Je n'ai rien eu d'aussi concret dans mon milieu. Mon père est officier de l'armée à la retraite. Je suis née dans l'*establishment*.

— Moi aussi, dit Dominic avec un sourire fugace, simplement, dans une branche différente. Mon père est policier. En fait, pas en uniforme, il est directeur adjoint de la police judiciaire du comté. Je n'ai rien de plus concret à offrir qu'une licence de lettres, et ça ne mène pas loin dans ce pays. Ni dans le mien, d'ailleurs. On croit que ça autorise à donner des ordres, alors qu'il y a déjà trop de gens qui en donnent et pas assez qui agissent. C'est pourquoi j'ai voulu venir ici voir comment vivent les gens qui agissent.

— Affreux gaspillage de diplôme, cela dit, protesta Patti, virant curieusement au conventionnel.

— Pas du tout ! Il ne moisira pas.

Elle le considéra un instant avec attention — ses origines, sa famille, sa fantaisie et tout le reste — et eut l'air plutôt convaincue.

— Ma foi, peut-être as-tu trouvé quelque chose qui te convient, dit-elle avec bonne grâce. Je n'ai pas eu cette chance. Je n'ai jamais pensé que je faisais vraiment quelque chose ni que j'allais vers un but. On dirait qu'il faut tout détruire pour repartir de zéro avant de voir un résultat quelconque.

— Et que vas-tu faire maintenant ? demanda Larry en la regardant discrètement par-dessus la coupe de fruits. Quand ton congé sera fini, je veux dire. Rentrer chez toi ?

— Je crois que oui. Il faut que je repasse certaines matières si je veux enseigner sérieusement, mais je n'ai pas encore pris de décision. Oui, je crois que je rentrerai chez moi. Peut-être tenterai-je ma chance ailleurs. On dit qu'il existe une seconde patrie quelque part pour chacun de nous. Les étoiles ont peut-être raison. Et toi ?

— Moi ? Oh, je crois que je suis venu ici pour trouver la sagesse pure, comme toi, mais j'aurais dû réfléchir davantage. Je suis anthropologue amateur, mais ingénieur des travaux publics de profession. J'ai travaillé à établir les plans d'un petit projet d'irrigation dans le Gujarat, mais on dirait que différents comités s'apprêtent à garder l'idée sous le coude pendant des années, et s'ils ne la rejettent pas complètement, ils vont sans doute la modifier de telle sorte que le projet deviendra inutile. J'ai pensé qu'il valait mieux que j'aille faire un tour dans le pays pendant qu'ils étudient la question, et c'est ainsi que j'ai acheté la Land Rover à Bombay et suis parti plus ou moins au hasard vers le sud. Et Lakshman, ici présent, m'accompagne pour s'occuper de moi.

Lakshman le regarda à son tour, serein et aimable, mais sans lui rendre son sourire. Les Indiens, mis à part ceux des montagnes, ne trouvent pas nécessaire de sourire chaque fois qu'ils croisent votre regard, mais ils ont coutume de vous adresser en retour un regard direct, le visage inflexiblement grave et réfléchi. Dans les montagnes, ils sourient parce que, de toute évidence, ils aiment ça. Et les Indiens, se disait Dominic, critique, en observant les deux visages d'ambre doré à ses côtés, qui sont parfois les gens les plus bruyants du monde, savent aussi rester tout à fait silencieux et retenir même un geste éloquent. Le visage délicat de Priya, à la peau soyeuse et aux traits sereins, ne laissait transparaître qu'une bienveillance détachée. Soudain, il eut envie d'en savoir plus sur elle que sur sa compagne.

— Maintenant, nous nous sommes tous présentés sauf vous, Miss Madhavan.

— Je n'ai rien d'original ni d'intéressant, répondit-elle de sa voix tranquille et mélodieuse.

Elle sourit alors, ses lèvres ciselées s'entrouvrant et s'étirant avec la douceur de pétales de rose.

— Je suis infirmière à l'Hôpital général de Madras. J'ai de nombreux frères et sœurs, et ma sœur aînée est enseignante au Bengale et collègue de Patti. Aussi, à présent que j'ai de grandes vacances et que Patti est libre de visiter le Sud, je l'ai invitée à me rejoindre à Madras et à m'accompagner dans ma famille. Je ne vois rien d'autre à ajouter.

C'était loin d'être le cas ; il y avait des retenues derrière ce visage discret et ces yeux noir-violet, distants et pensifs, qu'on mettrait la moitié d'une vie à explorer.

— Donc, à part les lettres que vous avez échangées, vous ne vous connaissez en fait que depuis quelques jours ? On en est tous plus ou moins là, dit Larry. J'ai pris Dominic à Madras il y a seulement cinq jours. Nous avions correspondu, juste pour régler les questions concernant le voyage, mais jusque-là nous ne nous étions jamais rencontrés.

Il prit une banane dans la coupe que lui tendait aimablement Patti, un arc de cercle gonflé d'une couleur extraordinaire, à mi-chemin entre le pêche, l'orangé et le vieux rose.

— Voilà au moins une chose que je n'oublierai jamais à propos de l'Inde, les fruits. As-tu jamais vu auparavant une banane d'une telle nuance ?

— Jamais ! reconnut-elle avec passion. Et j'en ai vu de toutes sortes et de toutes tailles, depuis celles de quelques centimètres, incurvées comme des doigts de bébé, jusqu'à celles grosses comme des pieux, longues de trente centimètres et couleur de citron vert pâle. J'ai vu celles-ci quand on a dépassé l'étal en autobus, et on n'a eu qu'à revenir à pied pour en acheter.

— Où était-ce? demanda Larry. Je n'ai pas remarqué d'étal en montant ici.

— C'était l'heure du crépuscule, et il n'avait pas allumé sa petite lanterne, vous n'auriez pas pu le remarquer. Mais nous, on vous a vus passer. Deux virages plus bas sur la route. Je pense qu'il a dû plier bagage depuis longtemps, sans doute juste après notre passage; il n'y a sûrement pas beaucoup de voitures qui montent une fois la nuit tombée. Un virage plus bas se trouvent les restes d'un sanctuaire de Shiva. Il a l'air plutôt ancien, les sculptures sont presque effacées par le temps, mais on y apporte toujours de l'huile et des soucis.

— Ah bon, vraiment? Si près d'ici? J'aimerais y aller avec une lampe de poche pour voir ça dans un moment.

— Ça ne peut pas attendre demain matin?

— Impossible! Il faut que nous soyons sur l'eau avant six heures, ou nous manquerons le meilleur du spectacle. Ils risqueraient de ne pas nous garder le bateau, non plus — rappelle-toi, c'est demain dimanche. Les animaux viennent jusqu'à l'eau deux fois par jour : à partir de six heures le matin et vers trois heures et demie de l'après-midi jusqu'au crépuscule. Et les meilleurs points de vue ne sont pas à côté... le lac est très grand, là-haut.

Les Bessancourt se retiraient, adressant un bonsoir poli aux Mani. Ils passèrent devant la table de Larry pour gagner la porte et saluèrent l'ensemble de la compagnie, lançant un « *Au revoir, messieurs dames*[1] » en un duo incongru plein d'assurance.

1. En français dans le texte. *(N.d.T.)*

Tout le monde se retourna pour leur adresser un sourire surpris, pour une fois à l'unisson :

— Bonne nuit !

— Les Français, dit Patti avec conviction dès qu'ils eurent quitté la pièce, sont *formidables* !

C'était un mot qui s'appliquait bien aux Bessancourt.

— Qu'est-ce qu'ils peuvent bien chercher ici ? demanda-t-elle dans un murmure fébrile. Qu'est-ce qui les a amenés ici ? Je ne comprends pas !

Dominic, encore sous le charme et l'émotion de ce départ courtois qui ressemblait tellement à celui d'un couple respectable quittant un petit restaurant de Saint-Dié ou de Chaumont, se demandait s'il était tellement indispensable de comprendre. N'était-ce pas leur affaire ? Pourquoi ne pas se satisfaire simplement de leur étonnante présence en trois dimensions ? Mais Patti voulait identifier, étiqueter, connaître tous ses points de repère.

— Où les avez-vous vus pour la première fois ?

— A Mahabalipuram, au milieu de ces fabuleuses sculptures d'une facture si libre. Dans la grotte de Mahishasura-Mardini, en fait, debout comme pétrifiés à contempler la statue de Vishnou endormi. Elle avait exactement le même air que si elle était en train d'examiner les rôtis dans la vitrine d'une boucherie avant d'entrer, mais je jure que pendant plus de dix minutes elle n'a pas fait le moindre geste. Son mari se tient tout aussi immobile et contemple les choses avec la même attention, mais d'une façon différente. Comme s'il était debout, respectueux mais inaccessible, dans une église d'une autre religion que la sienne, mais où il verrait pourtant les raisons de ceux qui la fréquentent.

— Vous les aimez bien, intervint soudain Priya de sa voix douce et détachée, et elle lui sourit des yeux tout autant que des lèvres.

— Oui.

Dieu savait qu'il n'aurait jamais en ce monde l'art de communiquer avec eux, à moins d'un miracle, mais il croyait vraiment que tout, chez eux, était digne d'être apprécié.

Les Mani s'en allaient également en une série de faux départs, brefs et avortés. « Sushil Dastur, mon sac... tu l'as oublié ! », « Sushil Dastur, s'il te plaît, occupe-toi du petit déjeuner et du thé matinal... », « Sushil Dastur, n'oublie pas que tu dois t'occuper de cette lettre, il y a un courrier qui partira de l'hôtel... Et tu nous réveilles à cinq heures, rappelle-toi ! »

(« C'est valable aussi pour nous, n'oubliez pas ! » avertit Larry à voix basse.)

Ils passèrent l'un derrière l'autre, s'arrêtant un instant pour échanger des salutations.

— Vous allez faire l'excursion le matin ? s'enquit Larry poliment.

— Ah, mais pas avec la vedette publique !

Mr. Mani agita un doigt triomphant, rayonnant de supériorité.

— Nous avons été recommandés à un résident influent d'ici. Il possède une villa sur le lac et l'hôtel met un bateau à sa disposition. Il nous a invités à se joindre à lui demain. C'est un grand honneur.

— Un privilège ! soupira d'aise Mrs. Mani, ajustant son grand sari vert et argent sur son épaule potelée et moulée dans un corsage serré. C'est un homme très distingué... et riche !

— Un associé en affaires de Ganesh, notre gendre. Ganesh a des relations importantes...

Ils sortirent, enveloppés d'un nuage d'autosatisfaction, et Sushil Dastur, trottant derrière, tourna ses yeux brillants en esquissant un timide sourire et dit : « Bonne nuit, mesdames, messieurs ! » avec une bonne volonté presque furtive, comme s'il avait peur de faire quelque chose d'inconvenant.

Ainsi, la soirée s'acheva, puisque la journée du lendemain devait commencer à cinq heures. Sauf que Larry avait encore assez d'énergie pour descendre les deux boucles de la route au milieu de la forêt sombre et odorante afin d'examiner la stèle de Shiva à la lueur de la lampe électrique. Lakshman se sentit le devoir de l'accompagner et même de l'avertir très sérieusement une énième fois de ne jamais s'aventurer en pleine nature dans l'obscurité sans une lampe électrique puissante, par crainte des serpents.

A leur retour, Dominic et les jeunes filles se tenaient toujours près de la Land Rover, observant l'immense ciel de velours noir constellé d'étoiles, et festonné çà et là, comme seuls en Inde le sont généralement les ciels de montagne ou de bord de mer, de volutes de nuages.

— C'est une belle trouvaille, que tu as faite en bas, Patti, dit Larry d'un air approbateur. Je veux m'arrêter avant de redescendre sur Madurai, pour prendre quelques diapositives. Il faudrait que je consulte quelqu'un qui en sache plus long que moi en matière de style, mais je crois deviner que cette silhouette n'a pas été sculptée après le VIIe siècle. Elle pourrait même, à mon avis, être liée à certaines sculptures de Mahabalipuram, seulement elle a souffert davantage.

— Je pense que le sadhu est parti, dit négligemment Patti en détournant des cieux ses yeux bleu acier.

— Le sadhu ? dit Larry, vaguement surpris, en posant sa lampe sur le siège avant de la Land Rover. Quel sadhu ?

CHAPITRE II

Thekady : dimanche

L'hôtel était situé sur un terrain légèrement en pente, séparé de la route par une allée sombre et humide, et ressemblait à s'y méprendre à un presbytère du milieu de l'époque victorienne, immense et mal entretenu, avec ses massifs laissés à l'abandon et des arbres trop grands qui poussaient trop près des fenêtres. Même l'allée de terre dure et les quelques parterres de fleurs rabougries complétaient bien le tableau. Bien qu'ils eussent franchi le sommet de la crête et commencé à redescendre, on ne voyait encore aucun signe du lac ; rien que la forêt, parfois aussi épaisse qu'un mur de pierre tapissé de plantes grimpantes des deux côtés de la route, parfois s'ouvrant sur une vaste étendue d'herbe luxuriante où se dressaient les arbres espacés avec élégance, aux troncs enfouis dans la végétation.

Larry était un fanatique de la ponctualité, dont il avait appris la nécessité à ses dépens. Ils avaient été les premiers à quitter le bungalow et seraient sans doute les premiers à embarquer. Les quelques personnes qui allaient et venaient au milieu des voitures garées à proximité de l'hôtel, ou entraient et sortaient par la porte ouverte, étaient à peu près tous des membres du personnel.

— Si vous voulez bien m'attendre cinq minutes, dit Lakshmar en s'extrayant du tas de matériel rangé à l'arrière de la Land Rover, je dois remplir la fiche de l'hôtel et trouver notre pilote de bateau.

Quand il réapparut, ils avaient bloqué le volant de la Land Rover par un ingénieux procédé antivol inventé par Larry, étudié rapidement les locaux décorés de palmiers de l'hôtel, encore sombre et presque désert à cette heure matinale, et rejoint la petite terrasse à l'arrière du bâtiment.

Là, enfin, ils découvrirent le lac Periyar, ou du moins une partie, scintillant, s'incurvant pour aller lécher la masse verte et douce de l'herbe à quelque quinze mètres au-dessous du niveau de la terrasse, serpentant au loin jusqu'à se perdre dans les replis verdoyants des pentes herbues plantées d'arbres. Les chaînes de montagnes au loin passaient du vert au bleu, au gris fumé, et se dissolvaient dans la lumière nacrée d'un matin encore privé de soleil. Une volée de marches descendait de la terrasse vers l'herbe et, de là, une longue allée incurvée menait sur la droite jusque dans l'eau, comme une cale de débarquement dans le Devon, sa surface de corail n'apparaissant peu à peu dans le vert de l'herbe que pour se perdre à nouveau sous le gris irisé et frémissant de l'eau peu profonde. Sur le flanc droit de la cale, dans le creux de sa courbe protectrice, trois ou quatre vedettes étaient amarrées. De là, une large ceinture d'eau plus calme, gris anthracite, s'élançait sur la surface du lac. A gauche, là où la baie s'arrondissait en forme de faucille, puis décrivait une nouvelle courbe pour s'éloigner à nouveau, ils virent la première masse fantomatique d'arbres morts, squelettes dressés à deux mètres hors de l'eau, tout noirs, dont les petites branches avaient intégralement pourri depuis longtemps. Du bord de l'eau s'élevait une bande d'une centaine de mètres où l'herbe était pâle, fine et rase; puis, au niveau des hautes eaux s'amorçait une végétation luxuriante, à hauteur d'homme, faite d'arbres vivants, non la jungle à cet endroit-là, mais des bois assez ouverts à travers lesquels filtraient les premiers rayons du soleil, pour se poser à la surface miroitante du lac, où ils se fragmentaient en minces rais de lumière aveuglante quand le vent de l'aube capricieux troublait le lac. Des nuages doux et légers moutonnaient très au-dessus des replis de la forêt.

— Pas étonnant que les Anglais se soient sentis plus chez eux dans les montagnes, nota Dominic comme ils contemplaient le spectacle, avec un plaisir nostalgique aigu. Ce n'est pas seulement la température, c'est l'atmosphère tout entière du lieu. Si on monte assez haut, on découvre des arbres anglais, de la bruyère et des ajoncs anglais, et même un ciel anglais. On ne se rend jamais compte à quel point la variété des nuages nous a manqué avant de les revoir après des mois passés à contempler un bleu absolument pur.

— Alors peut-être se sentaient-ils vraiment chez eux, murmura Priya (et pour la première fois il remarqua chez elle une étincelle malicieuse), quand les pluies de la mousson commençaient.

— Personnellement, déclara Patti d'un ton sceptique, je peux supporter beaucoup de bleu pur avant de commencer à me plaindre. C'est une des choses que j'aime vraiment en Inde et qui va me manquer si je rentre chez moi.

— Alors, tu n'as pas encore pris ta décision? demanda Larry en se tournant vers elle avec plus d'intérêt qu'il ne lui en avait témoigné jusque-là.

Elle reproduisait, se dit Dominic, le même dilemme que celui de Larry. Tous deux étaient attirés et repoussés à la fois. Et tous deux, chacun à sa façon, rendaient l'Inde responsable de leur indécision.

— Oh, je ne sais pas ! Ce sont mes parents, tu sais... Je suis fille unique et ils m'ont tout donné : les écoles privées, les cours de musique, les cours d'équitation, tout, quoi ! Je continue de penser que je me dois de leur donner quelque chose en retour. Mais alors, même si je rentre pour m'y atteler, je suis absolument certaine que le produit fini ne sera pas ce qu'ils avaient ambitionné. Peut-être seraient-ils plus tranquilles si je restais ici... Je veux dire, on peut imaginer beaucoup de choses à propos de sa fille quand elle est à des milliers de kilomètres, mais il n'y a rien à faire si elle se ramène et détruit l'image qu'ils se font d'elle. Et j'aime tellement ce pays... je le déteste aussi ! reconnut-elle honnêtement. Certains aspects sont merveilleux, si seulement on pouvait démanteler l'ensemble pour le recomposer en une forme vraiment viable.

— Ne pourrait-on en dire autant de n'importe quel pays au monde ?

— Je suppose, oui, je le sais, même. Alors pourquoi rentrer ? Pourquoi aller ailleurs ? Il faut commencer là où on se trouve.

— C'est ce que j'ai fait, dit-il, l'air sinistre, en réglant son appareil photo sur les arbres morts qui étendaient leurs bras désormais rigides au-dessus des frémissantes eaux argentées. J'ai entrepris d'abord de tout démolir et de reconstruire de façon plus conforme à ce que je souhaitais vraiment, pile là où j'étais, sur un campus de Nouvelle-Angleterre. J'ai connu la « nouvelle gauche » et les activistes —

du centre jusqu'aux extrêmes — jusqu'aux anarchistes et aux dingues. Ils n'ont jamais rien changé qu'eux-mêmes, et autant que j'aie pu le voir, ce n'était pas un changement pour le meilleur. Et tout ce qu'ils ont démoli, ce sont les gens, généralement des gens innocents — comme peuvent même l'être les policiers, ajouta-t-il, amer, avant de lui tourner le dos brusquement.

On entendit alors le déclic de l'obturateur.

— Et où veux-tu aller, après ça ? demanda-t-elle. Elle avait été si surprise par cet accès de confiance que c'en était presque un cri d'appel.

— Si je le savais, je serais en route.

C'était le maximum que Dominic eût jamais entendu de sa part à propos de la situation intolérable qu'il vivait, et sans doute le maximum qu'on en entendrait jamais jusqu'à ce qu'il trouve une solution, d'une façon ou d'une autre.

— Bon, voici Lakshman, on peut descendre maintenant.

Lakshman arrivait à l'angle de l'hôtel en discutant avec un jeune homme, mince comme lui, mais plus grand et plus musclé. Rasé de près, il avait la peau sombre, un nez proéminent et des sourcils épais au-dessus d'yeux sombres, plissés comme ceux du marin qui accommode très loin. Il salua brièvement et chaleureusement, et les gratifia tous d'un large sourire étincelant.

— Monsieur, je suis Romesh, le pilote du bateau. Mesdames, venez par ici, s'il vous plaît.

Il descendit les marches devant eux en trottinant dans ses sandales de cuir usées et les conduisit le long de la langue d'herbe et de la chaussée incurvée jusqu'aux bateaux. Sa tenue de travail consistait en un short kaki et une tunique de coton blanc ceinturée de rouge à la taille, un turban de coton blanc agrémenté d'une courte cocarde plissée sur le front et d'un éventail de plis en équilibre sur la nuque.

Patti le suivit d'un pas dansant, Priya venant ensuite plus tranquillement.

— Romesh, vous parlez bien anglais, c'est une chance !

— Je parle un peu, memsahib. Pas bien !

Il se retourna vers elle avec un sourire éclatant, mélange de hardiesse et de timidité. Elle constata qu'il était très jeune, sans doute à peine plus âgé qu'elle.

— Mais je vais essayer de vous montrer tous les animaux, très bien. La matinée va être belle, et il y aura beaucoup d'éléphants.

Il libéra la corde qui amarrait le plus petit des bateaux blancs ; le dais en toile claqua doucement dans la brise puis se stabilisa. Un énorme soleil resplendissait à travers les arbres, et les nuages, incroyablement hauts dans le ciel pâle, se mirent à voguer lentement comme des bateaux sur un lac symétrique. Romesh retira la corde et maintint l'embarcation, tendant une main pour aider les jeunes filles à monter à bord. Il y avait assez de place pour eux tous et plus de sièges que nécessaire. Le plus gros des bateaux, qui se balançait avec langueur au rythme créé par le leur, devait contenir sans peine au moins quinze passagers.

Romesh se débarrassa de ses sandales d'un coup de pied et s'assit devant le moteur, qu'il mit en route aussitôt. Ils glissèrent dans le profond chenal, dépassant les arbres morts, et se dirigèrent vers la première anse du lac. Sur chaque rive, l'étendue d'herbe nue et pelée montait, en pente raide ou douce, à la limite des hautes eaux, où l'herbe et les buissons s'élevaient jusqu'à hauteur d'homme, au cœur d'une épaisse forêt.

— L'eau est plutôt basse, constata Lakshman, mais c'est bien parce que les animaux doivent alors s'éloigner du couvert des arbres pour atteindre l'eau : nous aurons une belle vue. Parfois, le niveau est encore plus bas et c'est plus difficile pour les bateaux, il y a tellement d'arbres morts !

A proximité de la rive, où qu'ils se tournent, ils tombaient toujours sur le squelette d'un arbre. Dans les passages plus profonds, tout ce qui restait des géants noyés — si tant est qu'il en restât quoi que ce fût — était bien au-dessous du tirant d'eau des vedettes à moteur. Ils regardèrent derrière eux : l'hôtel et l'embarcadère étaient déjà hors de vue. Le moteur du bateau ronronnait discrètement, calme et serein. Romesh examinait les rives au fur et à mesure qu'ils avançaient, guettant toute forme vivante susceptible de jaillir de la lisière des arbres.

— Il est entraîné à capter le moindre mouvement. S'il voit quelque chose, il ne dira rien mais désignera l'endroit. Puis il essaiera d'approcher le bateau plus près et coupera le moteur, pour que nous puissions regarder les animaux sans les déranger.

Ils avaient, semblait-il, un monde immense à leur disposition. Il était difficile de saisir l'ampleur de ces montagnes et de ces arbres qui avaient l'air tellement anglais, jusqu'à ce que Romesh se raidît, tendît le doigt et leur montrât leurs premiers éléphants. Dans une baie abritée sur leur gauche, un troupeau entier, pesant, se frayait un chemin sinueux à travers les arbres, traversait la ceinture dégagée d'herbe spongieuse pour pénétrer dans les bas-fonds argentés. A côté des troncs d'arbres, les deux gros mâles prenaient les dimensions d'animaux-jouets. Il y avait sept ou huit femelles et quatre éléphanteaux, qui allaient du jeune en pleine croissance au bébé capricieux. Ils jouaient dans les bas-fonds, s'éclaboussaient et poussaient des cris aigus comme des chiots, envoyant en l'air des jets de gouttelettes, tandis que les aînés se vautraient voluptueusement et se hissaient sur le rivage pour brouter ensuite, ruisselants d'eau telles des falaises de granit submergées par la marée montante. Romesh, découvrant des dents d'un blanc éclatant dans un sourire ravi de propriétaire, coupa le moteur et laissa le bateau glisser lentement vers le rivage entre les arbres noyés. Ils contemplèrent longtemps ce spectacle jusqu'à ce que le troupeau reparte tranquillement dans la forêt.

Après quoi, il y eut des éléphants tout le long du trajet. Ils les virent arpenter le sol en ligne, au loin, sur le flanc d'une colline à moitié dégarnie, se dirigeant méthodiquement vers le lac, puis se baigner dans une demi-douzaine d'anses abritées, et s'arrêtèrent chaque fois pour se rapprocher du bord et prendre des photos. A plusieurs reprises, ils aperçurent des cerfs et, une fois, là où les rives débouchaient sur des prairies alors qu'ils arrivaient dans la partie du lac la plus vaste, un gros sambar qui broutait, de la corpulence d'un bison. Le soleil monta dans le ciel et la chaleur vive du jour suivit, mais les courants d'air qui sillonnaient la surface de l'eau étaient frais et parfumés. D'un bleu argenté, le lac s'étendait, immense et paisible devant eux, sous un ciel dont le bleu s'approfondissait, à peine effleuré par un nuage délicat, et dans une lumière éblouissante. Ils distinguaient très loin le long barrage de la retenue de Periyar. Après les baies fermées aux rives abruptes que les éléphants préféraient, c'était là une mer en réduction.

— Il est temps de rentrer, dit Lakshman à contrecœur, si nous voulons rendre le bateau à l'heure.

— Quel dommage ! soupira Patti. C'est magnifique ! A quand remonte la construction du barrage, Lakshman ?

— Au siècle dernier. C'est un vieux barrage. Vers 1890, je crois. Il détourne la rivière Periyar par un long tunnel et l'entraîne vers l'est dans les plaines de Madurai. Elle coulait autrefois vers la côte de Malabar, à l'ouest.

— Et la réserve, elle est ancienne, elle aussi ?

— Tout à fait. Elle a été créée alors que cette région était encore un territoire de l'État de Travancore. Elle est installée depuis si longtemps qu'elle renferme d'innombrables troupeaux d'éléphants.

— Vous aimeriez garder le bateau ? suggéra Romesh, plein d'espoir. Revenir dans l'après-midi ? Parfois, c'est mieux l'après-midi. Peut-être même voir un tigre.

Il avait manœuvré le bateau et ils retournaient doucement vers le goulet.

— C'est vrai, on pourrait ?

Elle regarda Larry, dans l'expectative.

— C'est très cher ? Ne pourriez-vous pas être nos invités à votre tour ? Si vous n'êtes pas trop pressés de partir ?

Ils se regardèrent et, mis à part la question de savoir qui paierait, qu'on pouvait laisser en suspens pour l'instant, il n'était pas nécessaire d'user de beaucoup de persuasion. La beauté de l'endroit et la fascination qu'exerçaient les animaux leur firent ressentir le départ comme un arrachement. Du moins pourraient-ils faire encore un tour en bateau pour les jeux d'eau de l'après-midi.

— D'accord, pourquoi pas ? Si le bateau n'est pas

déjà loué pour le reste de la journée ? Après tout, on est dimanche, il y a sûrement quelques excursionnistes.

— Je vous prends, promit Romesh chaleureusement. Je règle tout pour le bateau.

— Bravo !

Patti était aux anges.

— Romesh, vous êtes un trésor. Peut-on savoir quel est votre nom, en entier ?

Il lui adressa un sourire satisfait, étincelant.

— C'est Romesh Iyar, memsahib.

— Un bon nom du Kerala.

— Oui, memsahib, de Quilon.

Ils naviguaient à nouveau entre les rives escarpées, à présent. Une ou deux fois, ils aperçurent des bâtiments tout près de l'eau ; l'un d'eux, dit Romesh, était à l'origine un palais. Ils croisaient également les bateaux sortis plus tard qu'eux, qui atteignaient seulement cette étape du pèlerinage. La grosse vedette, où s'entassaient les tenues blanches des maris, les saris flottants des épouses et les robes fleuries des enfants, creusait régulièrement son sillon dans l'eau et passa tout près d'eux.

— Je vois que les Bessancourt y sont, dit Larry.

Ils étaient assis au milieu des passagers bigarrés comme des papillons, lui dans un sobre costume gris et avec son panama, elle vêtue de son *shalwar* noir et d'un *kameez* gris et blanc, avec un foulard en mousseline blanche noué autour de son chignon noir. Ils regardaient le monde étrange et beau du lac Periyar avec des yeux agrandis, attentifs et admiratifs ; et quand ils aperçurent leurs jeunes amis dans la petite vedette, ils ne saluèrent pas de la main mais inclinèrent la tête en souriant avec raideur, à la française, comme lors d'une promenade après la messe à Combeaufontaine ou Oulchy-le-Château.

Ils se rapprochaient de la dernière crique qui les amènerait en vue de l'hôtel quand ils rencontrèrent l'élégante vedette, pas plus grande que la leur, mais plus récente. Mr. et Mrs. Mani étaient installés à bord au milieu des coussins, tout réjouis, rayonnant comme des enfants satisfaits. Mrs. Mani, bien qu'un peu interloquée en les apercevant dans un bateau privé, alors qu'elle avait sûrement considéré comme acquis qu'ils figuraient au nombre des passagers de la vedette publique, agita néanmoins avec grâce un mouchoir de soie dans leur direction, et leur adressa le plus beau des sourires. Sushil Dastur était assis à la poupe, impeccable et nerveux, les genoux remontés, serrant l'inévitable porte-documents qui l'accompagnait partout. En face des Mani, alangui sur toute la longueur d'un siège, un coussin dans le dos, était vautré un homme grand et massif en costume de tussor et chemise blanche comme neige, ses cheveux gris maintenus en touffes bouclées au-dessus des oreilles, ses lunettes cerclées d'or renvoyant la lumière du soleil. Ils l'entrevirent à peine en passant, comme un masque de bronze sculptural, sans yeux, la joue et la mâchoire lourdes, la gorge épaisse et pâle.

Romesh échangea un signe imperceptible de la main avec l'autre batelier et sourit pour lui-même. Quand il riait, il paraissait encore plus jeune et d'une malice tout enfantine.

— C'est donc là la relation d'affaires riche et distinguée, fit remarquer Dominic, quand l'autre bateau ne fut plus à portée de voix.

Romesh leva vivement les yeux du gouvernail.

— Vous le connaissez, sahib?

— Jamais vu auparavant. Jamais entendu parler de lui avant hier soir. Ses invités nous ont dit qu'ils partageraient son bateau aujourd'hui, c'est tout. Vous, vous le connaissez ?

Il ajouta avec curiosité :

— Il a une maison quelque part au bord du lac, n'est-ce pas ?

— Tout près d'ici, sahib, là-bas, non loin de la route.

Il était doucement secoué d'une hilarité retenue.

— Je ris parce que Ajit Ghose, son batelier, il n'est ici que depuis un mois, il n'est pas au courant ! Moi, j'étais sur la liste pour conduire leur bateau aujourd'hui et cet Ajit, il s'est dit que ce client était très riche ! Alors il a fait modifier la liste pour être celui qui emmènerait le bateau. J'ai vu ce qu'il voulait, mais je l'ai laissé faire. Moi, je connais ce Mr. Mahendralal Bakhle. Il est riche, mais pas généreux. Le pourboire ne sera pas aussi gros qu'Ajit l'imagine.

— *Comment* avez-vous dit qu'il s'appelait ? demanda Patti brusquement, se retournant pour regarder le bateau qui rapetissait avec un intérêt soudain stimulé.

— Mahendralal Bakhle. Vous connaissez ce nom, memsahib ?

— Pas vraiment... mais il m'est familier, je ne sais pourquoi. Je crois l'avoir lu quelque part, ajouta-t-elle. N'y a-t-il pas eu quelque chose sur lui dans les journaux... des ennuis dans ses propriétés, et des agriculteurs qui ont été tués ? Je suis presque sûre qu'il s'agissait de ce nom.

— C'est possible. C'est un gros propriétaire. Il possède beaucoup de terres dans les plaines, près de Sattur.

— Mais il y a une limite ! objecta Dominic. Un propriétaire ne peut posséder plus de douze hectares, ou quelque chose comme ça.

— Oh oui, sahib, c'est vrai, mais il y a moyen de s'arranger. Certains propriétaires disent qu'ils partagent leurs terres, en donnent à leurs femmes, mais souvent c'est faux. Mr. Bakhle, il contrôle encore tout, toute cette terre.

Romesh cherchait ses mots : il agita la main en signe de contrariété et s'adressa en malayalam à Lakshman.

— Il dit que Bakhle a eu de très gros ennuis avec ses ouvriers agricoles harijan[1]. C'est sans doute à cela que pense Miss Galloway. Ils voulaient une augmentation, alors il y a eu une descente armée sur leur village et plusieurs personnes ont été tuées. Tout le monde est persuadé que Bakhle a loué les gros bras pour faire le boulot à sa place.

Il haussa les épaules dans un geste de dégoût impuissant.

— Ça se peut. On en a vu de toutes les couleurs.

Priya, restée silencieuse et réservée, sans rien perdre pour autant de la conversation, dit simplement :

— Je sais que des victimes de ce genre de situation ont été amenées dans nos services. Il existe une forte hostilité chez les ouvriers harijan et on exerce sur eux une grande pression.

— Pas un homme très populaire, ce Bakhle, en déduisit Larry.

— Non sans raison, on dirait, ajouta Patti en jetant un dernier long regard sombre sur le bateau qui s'éloignait, avant de lui tourner le dos.

— Détesté, selon Romesh, convint Lakshman. Mais également très envié et courtisé. L'argent, c'est l'argent. Il est le maître partout.

1. Littéralement : Enfants de Dieu. Nom donné par Gandhi aux intouchables. *(N.d.T.)*

— Je préfère votre compagnie, dit Romesh avec force, et il montra à nouveau ses dents en un sourire généreux.

— Eh bien, merci, dit Larry sèchement. Même si notre pourboire ne se révèle pas très généreux non plus ?

— Même s'il n'y a pas de pourboire, affirma Romesh avec fermeté.

Il amena doucement le bateau au repos, provoquant un très léger sifflement des vaguelettes qui se brisaient contre l'épaulement de la cale.

Les Mani avaient dû être invités à déjeuner à la villa, car ils ne réapparurent pas à l'hôtel avant trois heures et demie, au moment d'embarquer à nouveau pour le cérémonial de l'après-midi. Les costumes blancs et les saris du dimanche se réunissaient à nouveau dans la vedette du groupe et, parmi eux, les austères Bessancourt étaient assis comme des monuments à la France. Sudha Mani arriva des jardins, les plis de son sari rose froufroutant autour de ses chevilles potelées, ses bracelets cliquetant triomphalement, Gopal Krishna la suivant d'un pas lourd, et Sushil Dastur sur ses talons comme un petit chien fatigué.

— Sushil Dastur, va commander du thé.

Elle s'effondra dans un siège en rotin au milieu des palmiers et s'éventa avec grâce.

— Et regarde quelles sortes de desserts ils ont et choisis-m'en un comme j'aime. Dépêche-toi ! Non, donne-moi les fleurs, tu les fais tomber.

Elle installa son butin sur une chaise libre et adressa un sourire rayonnant à Patti et à Priya, qui se dirigeaient vers le débarcadère.

— De la propriété de Mr. Bakhle ! Magnifiques,

n'est-ce pas ? Il a un si beau jardin ! Cette matinée n'était-elle pas merveilleuse ?

— Merveilleuse ! convinrent-elles en toute sincérité.

La croisière de l'après-midi fut étrangement différente de celle du matin. Une lumière totalement nouvelle drapait les montagnes, claire, tirant sur le jaune, très paisible. Le ciel était presque dégagé et d'un bleu merveilleusement pâle, lumineux et lointain. Ils se souvinrent que le crépuscule tomberait de bonne heure, mais qu'il serait trompeur. Il ferait encore grand jour sur l'eau au large quand les nombreuses criques profondes seraient déjà plongées dans l'obscurité. Mais, pour l'instant, les rayons du soleil étaient encore très vifs, juste un peu obliques vers l'ouest.

— Regardez ! Bakhle est sorti à nouveau !

Larry désigna du doigt, en passant, une des anses calmes et vertes du lac. La vedette blanche immaculée paressait doucement loin de la rive ; la silhouette vêtue de soie de Mahendralal Bakhle se prélassait sur les coussins, il dormait peut-être ou était assoupi. Il n'avait pas d'hôtes volubiles à distraire maintenant et le batelier était prêt à répondre à ses moindres désirs, soucieux de ce gros pourboire qu'il espérait obtenir en fin de journée de la part d'un homme si riche. Tout en les observant, Romesh, à cette pensée, gloussait intérieurement d'une joie méchante.

— Cet Ajit Ghose, il est tellement malin ! Ces Bengalis, ils croient que tous les gens du Sud sont stupides !

— Ils se trompent, commenta sèchement Patti. Il est originaire du Bengale ?

— Oui, memsahib. Ce n'est pas un mauvais gars,

simplement il nous parle peu, et sans beaucoup d'amitié. Peut-être il est seulement très loin de chez lui.

— Et vous ne savez pas pourquoi il est venu travailler dans le Sud ? J'aurais cru que le Sud avait ses propres problèmes de chômage.

Romesh haussa les épaules sans répondre, n'ayant rien à dire sur la question.

— Regardez ! Les éléphants !

Son doigt pointé les indiquait avec précision, très haut à flanc de montagne, où le soleil filtrait à travers les arbres et transformait les animaux et le sol en or tour à tour mouvant ou statique. Ils avançaient en file ordonnée derrière leur chef, les femelles et les éléphanteaux suivant avec confiance. Bien qu'ils parussent se déplacer d'un pas mesuré comme au jour du Jugement, ils avançaient à une allure étonnante, descendant obliquement vers l'eau. Ils étaient à présent plus joueurs et plus détendus que le matin, se grattant d'un air méditatif contre les arbres fantomatiques, s'élançant dans l'eau jusqu'à mi-corps, l'arc d'une vague se brisant devant eux, phosphorescent, et les petits sautaient et batifolaient d'une joie frénétique, leurs aînés enroulant leur trompe au-dessus d'eux en un geste protecteur.

— J'adore les éléphants ! déclara Patti.

Puis elle ajouta tristement, après les avoir observés un moment en silence :

— Pourquoi ne pouvons-nous pas avoir une communauté comme celle-ci, aussi placide, aussi naturelle, aussi parfaite !

Et, assurément, le spectacle de ce bonheur et de cette bienveillance sans mélange semblait justifier le souhait de la jeune fille.

— Certains mondes, dit Larry d'un ton maussade, sont plus simples que d'autres. On prend ce qui nous est servi, et on paie la note. Ce n'est pas une auberge espagnole.

— Regardez ! murmura Lakshman.

Le bateau était immobile à présent et, sur le versant planté d'arbres, le crépuscule tombait prématurément.

— Ils s'apprêtent à traverser !

Personne ne pouvait deviner ce qui les incitait à le faire, mais le chef et son compagnon plus jeune avaient pénétré profondément dans l'eau et les femelles les suivaient sans hâte après avoir rassemblé les petits autour d'elles. Tout le troupeau s'engouffrait progressivement dans le lac et se dirigeait sans aucun doute vers l'autre rive. Ils s'avancèrent en tanguant jusqu'à ce que les défenses, les trompes, les épaules massives et les oreilles tremblantes disparaissent entièrement sous l'eau, semblables à des navires sombrant au moment de leur mise à l'eau. Mais lorsque seul le sommet bombé et brillant de leurs têtes resta visible, ils abandonnèrent leur allure tanguante pour se mettre à nager. Telles les pierres d'un gué noires et mouvantes, le troupeau traversa à la nage le bras étroit du lac sans presque provoquer de rides, sans hâte, majestueux, inconscient de la présence du bateau qui restait au large dans un silence ravi et qui les regardait passer à quelque vingt-cinq mètres de là. Parfois, une trompe sortait de l'eau pour prendre une inspiration, s'agitait doucement un instant avant de se replier dans l'eau, ou le bout d'une oreille ridait la surface. Les observateurs retinrent leur souffle jusqu'à ce que la colonie de pierres arrondies s'approche de la rive escarpée opposée ; alors les chefs hissèrent péniblement leurs énormes épaules hors du lac, ruisselants d'eau phosphorescente, et, martelant imperturbablement la pente, pénétrèrent dans l'herbe haute pour se fondre parmi les arbres. Les femelles, une par une, redressèrent vigoureusement la tête et suivirent, avec leurs petits blottis contre elles, et, sans bruit, tout le troupeau luisant fut soustrait à leur vue.

Patti poussa un long soupir impressionné.

— Mon Dieu, dire que je ne savais même pas qu'ils en étaient capables !

Ils se regardèrent comme des gens qui se réveillent d'un rêve. Après cela, tout allait les décevoir. A quoi bon chercher d'autres éléphants ? Ils s'en étaient tellement approchés qu'ils auraient presque pu se pencher pour caresser la tête anthracite dansante du plus petit éléphanteau comme il dépassait le bateau. Tandis qu'ils étaient là sous le charme, le jour avait avancé rapidement, du moins à cet endroit cerné de montagnes, recouvertes d'un linceul sylvestre. Sur l'eau, plus à découvert, il ferait encore clair.

— Avons-nous encore le temps de poursuivre vers la partie plus large ? demanda Larry. Ça doit être splendide, dans cet éclairage.

Lakshman en discuta avec Romesh qui, à sa manière serviable, haussa une épaule, lança un sourire éclatant et dit qu'ils ne devaient pas s'inquiéter de rester au-delà du temps prévu, ils avaient une bonne réserve de carburant et il n'y aurait plus de croisière après celle-là. Aussi se dirigèrent-ils vers le milieu du lac, enchaînant les kilomètres argentés et paisibles jusqu'au barrage ; alors le jour changea d'avis et revint à la pleine lumière dès qu'ils eurent quitté l'étreinte de la forêt. A plusieurs reprises, ils revirent des éléphants, et des cerfs, et, au-dessus d'eux, le ciel devint cette immensité claire qui, en été, là-bas en Angleterre, précède le coucher du soleil, se fondant du bleu le plus profond du zénith au vert jade à l'horizon. Les rares aigrettes des nuages étaient comme des roses de toutes les nuances du rose et de l'or.

Enfin, ils firent demi-tour. Romesh ramenait le bateau en une longue courbe ample, l'eau sifflant sur ses flancs, quand tous entendirent au loin une détonation étouffée, très assourdie, mais portée par le miroir du lac comme si elle provenait de partout à la fois, ou de nulle part.

— Qu'est-ce que c'était ? demanda Larry. Je croyais qu'on n'avait pas le droit de tirer par ici. Ce n'est pas une réserve de chasse !

— Vous avez raison, sahib, confirma Romesh. Mais il arrive que des gardes aient à abattre un animal blessé ou vicieux.

— Pourtant je n'ai pas eu l'impression qu'il s'agissait d'un coup de feu, objecta Dominic. Ça ressemblait plutôt à ce qu'on entend de très loin quand on travaille à l'explosif dans une carrière. Mais je ne pense pas qu'il y en ait à une centaine de kilomètres à la ronde.

Ils écoutèrent, tendant l'oreille, mais le bruit ne se reproduisit pas. Ils avaient la plus vaste étendue du lac pour eux et le silence argenté de cette heure les enfermait comme dans une cloche de verre.

— Ah, mais nous rêvons !

Non, ils n'avaient pas rêvé. En se dépêchant de rejoindre les goulets, ils virent un minuscule nuage iridescent s'élever en une masse compacte loin devant eux dans le ciel, où il resta suspendu, scintillant comme de la poussière dorée pendant quatre à cinq minutes avant de se désintégrer. Dans un paysage d'où toute pollution aérienne était absente, même une explosion provenant d'une carrière n'aurait pas laissé beaucoup plus de traces. Et avant que les bras de la forêt ne s'élèvent de part et d'autre pour les entourer, le nuage avait disparu.

Les courbes successives du lac devinrent des surfaces de miroir d'acier, reflétant des canaux de ciel pastel, enfermées par les parois noires de la forêt. Mais partout où s'ouvrait une baie plus large, la lumière prenait courage et revenait. Il était bien plus de six heures quand ils repassèrent à l'endroit où ils avaient vu les éléphants traverser et, instinctivement, ils regardèrent à nouveau la rive d'où ils s'étaient mis en route, où les arbres morts des bas-fonds servaient aux animaux pour se gratter, et où des roseaux poussaient à hauteur d'homme, formant une masse plus pâle dans le crépuscule.

— Qu'est-ce que c'est ? demanda Larry en désignant une tache du doigt. Là, dans les roseaux, regardez... quelque chose de blanc...

Ils avaient vu des éléphants tirant sur le roux, mais un éléphant blanc, ce serait trop demander. Un cerf, peut-être ? Tout ce qui était pâle aurait l'air blanc, à cette heure.

Ils scrutèrent l'endroit indiqué et aperçurent la lueur blanche qu'il avait été le premier à voir. Trop blanc pour un cerf, et trop immobile ; quelque chose à ras de l'eau, à moitié caché par les tiges verticales des roseaux.

— Attendez ! dit Dominic brusquement. Ralentissez, Romesh ! Il y a quelque chose de bizarre par là... Avancez un petit peu.

Romesh ralentit et tourna docilement la proue du bateau en direction de la baie. Ils se rapprochèrent de la tache pâle qui prit forme, toute voilée qu'elle fût ; c'était la courbe d'une coque blanche, un dais en lambeaux traînant par-dessus bord dans l'eau.

— C'est un bateau... mais il a sombré... il prend l'eau !...

Dominic s'appuya à la rambarde et aperçut la lueur vif-argent de l'eau dans la coque qui s'immobilisait, et quelque chose d'autre, des mèches pâles et des renflements de tissu, au fond de la cale inondée, et qui pendaient mollement par-dessus le bord opposé.

— Il est arrivé quelque chose... Plus près, Romesh, amenez-nous le long de la coque. Mon Dieu ! il y a quelqu'un à l'intérieur !

Ils s'étaient tous massés derrière lui tandis qu'il s'agenouillait sur le siège et se penchait très loin pour saisir le plat-bord de l'autre embarcation. Patti déclara d'une voix incrédule, figée de stupéfaction :

— Tu te trompes ! Ce sont seulement de vieilles guenilles... c'est un vieux bateau, il a dû être abandonné depuis longtemps...

— Impossible, on n'aurait pas manqué de le voir.

Les roseaux bruissèrent, effleurant leurs cheveux et les manches de leurs vêtements. Dominic posa une main sur le bastingage et les immobilisa le long de la coque. Ils reconnaissaient tous à présent sans ambiguïté l'intérieur de l'élégante vedette blanche de Mahendralal Bakhle, envahie de part en part d'eau stagnante.

Tous les sièges à proximité du moteur étaient arrachés et fendus et le moteur lui-même se balançait dans l'eau, masse de métal tordu et fondu. Toutes les coutures avaient été touchées, laissant suinter de l'eau et de la vase. Le batelier gisait, un bras pendant par-dessus bord, la peau entaillée par des éclats et écorchée par l'explosion, ses vêtements lacérés. Au fond de la vedette, l'eau balayant son visage déchiqueté tandis que le bateau se balançait, gisait ce qu'il restait de Mahendralal Bakhle, dans les lambeaux boueux de son costume de tussor. Il avait la poitrine grêlée de trous et ses lunettes cerclées d'or, désintégrées en débris meurtriers de métal et de verre, avaient effacé ses yeux plus complètement que la lumière réfléchie du soleil ne les avait cachés à midi, et pénétré jusque dans son cerveau. Aucun souffle de vie ne montait à la surface de l'eau qui lui recouvrait la bouche et les narines. Les bras qui pendaient de chaque côté de son corps se terminaient par les fragments déchiquetés de ses mains broyées.

Soudain, Patti poussa le cri le plus effrayant que Dominic eût jamais entendu, un long hurlement, déchirant et terrible, qui lui écorchait la gorge et blessait leurs oreilles à tous. Une fois lancée, elle continua à hurler sans pouvoir s'arrêter.

CHAPITRE III

Thekady : dimanche soir

Chacun réagit à sa manière. Lakshman prit dans ses bras la jeune fille hystérique, la détourna de force de l'horrible spectacle et la secoua jusqu'à ce que ses hurlements incohérents fissent place à des pleurs heureusement contenus. Priya, l'infirmière, remonta son sari jusqu'aux genoux et passa sur l'autre bateau avec autant d'agilité qu'un chat, se tint sur le siège brisé à la poupe, l'eau lui léchant les chevilles. Elle se pencha sur le corps affaissé du batelier, glissa un bras sous ses épaules et lui tourna le visage face à ce qu'il restait de lumière. Il était hors de l'eau, du moins il ne s'était pas noyé. Mais l'un des bras avait la chair à vif depuis le coude et son sang se répandait dans les débris du bateau.

— Il n'est pas mort... mais...

Dominic monta à bord pour lui venir en aide ; il avait de l'eau à mi-jambes et se tenait au-dessus de Bakhle, un pied de chaque côté du corps.

— Si on parvient à le hisser dans notre bateau, j'arriverai peut-être à arrêter l'hémorragie.

Dominic passa les bras autour des cuisses de l'homme, et Larry, pris de frissons, sortit de son hébétude en sursautant et se pencha pour soulager Priya du fardeau de la tête et des épaules. Il était étonnant de voir quel poids pouvait soulever cette jeune fille à l'apparence si frêle, un bras passé de manière experte sous celui, intact, de la victime, l'autre main immobilisant la tête qui retombait. Le turban blanc n'était plus qu'un lambeau, sale et taché, mais elle le conserva pour l'utiliser comme garrot. Ils transportèrent le corps inconscient par-dessus bord et l'étendirent sur un siège. Elle jeta un bref regard à Bakhle : l'eau verte stagnait sur le visage détruit.

Elle regarda Dominic droit dans les yeux. Tous les traits délicats de son visage s'étaient durcis et avaient pâli, elle était devenue autre.

— Nous ne pouvons rien pour lui... il est mort.

Et elle se tourna vers celui qui ne l'était pas encore. Agenouillée près de lui, le sang et la vase souillant les pans de son sari, elle enroula le turban mouillé en une boule serrée et le coinça sous l'aisselle de l'homme blessé ; son avant-bras déchiqueté barbouilla de sang sa poitrine mais elle ne le remarqua même pas.

— Romesh, donnez-moi votre turban... vite !

Il l'arracha de ses doigts tremblants, le blanc de ses yeux brillant dans l'obscurité, et de longues boucles brunes lui tombèrent autour des oreilles. Elle s'en empara sans le regarder et attacha solidement le tampon. Elle savait comment manipuler un corps plus lourd que le sien et elle s'appliquait à sa tâche avec toute la concentration et la passion qui l'habitaient.

Ratatinée à la poupe de l'autre côté, le plus loin possible de l'horreur, Patti était assise sans forces et tremblante de froid, le poing serré contre la bouche, les yeux agrandis par le choc. Au bout d'un long moment de mutisme, elle se tourna et se pencha par-dessus bord, prise d'une terrible nausée. Lakshman restait en alerte, en proie à l'inquiétude, un œil sur elle et l'autre sur le corps inconscient du batelier.

— On devrait aussi le prendre à bord, *lui*, dit Dominic, en baissant les yeux sur le fond de la cale, si on y arrive.

— Perte de temps, personne ne pourra rien pour lui.

— On pourrait remorquer le bateau, suggéra Romesh, qui claquait des dents.

— On le perdrait dès qu'on l'aurait dégagé de la vase. Pur hasard que ça se soit passé tout près de la rive. Une fois en eau profonde, il coulerait comme une pierre.

— Qu'est-ce qui s'est passé ? demanda Larry d'une voix fébrile. Est-ce que le moteur a pu exploser ? Est-ce possible ?

— Donne-moi un coup de main, on va essayer de le prendre à bord.

Mais cela leur fut épargné, car dès que le poids de Larry s'ajouta à celui de Dominic, le bateau commença à glisser loin du rivage et à s'enfoncer. Il était clair que, sans équipement adapté, ils ne feraient que le déplacer et l'expédier à nouveau dans des eaux plus profondes où il risquait fort de couler. Ils attachèrent en hâte la coque brisée à l'arbre le plus proche et, soulagés, revinrent se hisser péniblement à bord de leur propre bateau.

— Ramenez-nous le plus vite possible à l'hôtel, Romesh. Il faut qu'on trouve rapidement un médecin.

Romesh était recroquevillé sur son moteur, tremblant mais maître de lui, et il fit sortir le bateau de l'anse à pleine vitesse pour rejoindre le débarcadère de l'hôtel. Agenouillée près du patient, Priya serra son garrot et observa l'hémorragie qui s'était bien réduite à présent, près de s'arrêter. Mais il avait déjà perdu tellement de sang ! Dominic comprit, en regardant le visage de la jeune fille, qu'elle n'avait pas beaucoup d'espoir.

— Il est si froid ! Si seulement on était rentrés plus tôt, on aurait pu le sauver. Romesh, y a-t-il dans le bateau quelque chose, n'importe quoi, une couverture, pour le réchauffer ?

Une fine couverture était pliée sur un des sièges. Ils l'en couvrirent et attendirent en silence que le bateau ait contourné le dernier contrefort de verdure et longé la dernière ceinture d'arbres morts jusqu'à la cale de débarquement. Patti était assise dans un état de stupeur, un mouchoir sur les lèvres, et restait sans voix. Personne n'avait plus rien à dire. Jusqu'au moment où ils abordèrent et où Romesh sauta à terre pour amarrer le bateau. Alors Dominic lui lança d'un ton impérieux :

— Courez ! Allez tout droit voir le gérant et racontez-lui. Envoyez d'abord chercher un médecin et faites venir ici quelqu'un avec une civière ou un brancard pour le transporter. Et des couvertures ! Après quoi, dites-lui d'appeler la police.

— La police ? interrogea Larry, bouleversé. Ouais, je suppose qu'il va falloir qu'elle s'en mêle, même si c'était un accident...

— Ce n'était pas un accident, rétorqua Dominic brièvement en se penchant pour soulever la tête et les épaules de l'homme inconscient. Sauf erreur, il s'agissait d'une bombe. Et on l'a entendue sauter... vous vous souvenez ?

Ils se souvenaient et, à présent, ils comprenaient. Une détonation lointaine, étouffée, comme un tir dans une carrière, et une volute de poussière vive suspendue dans le ciel, un nuage minuscule, pas plus gros que la tête d'un homme.

Ils ne surent jamais exactement d'où venait la police, mais elle arriva dans l'heure qui suivit. Un inspecteur, son brigadier et deux hommes en uniforme apparurent dans deux voitures. Une ambulance les avait déjà précédés.

La plupart des excursionnistes étaient repartis en autobus, mais il restait encore quelques personnes à l'hôtel et, désormais, nul n'était autorisé à partir avant d'avoir été soumis à un interrogatoire et d'obtenir la permission de la police de poursuivre son chemin. Tout le personnel de l'hôtel était rassemblé à l'intérieur sous la surveillance d'un gendarme tamoul vigilant et un peu trop zélé, tandis que les bateliers de l'hôtel et les policiers récupéraient les restes de Mahendralal Bakhle et de sa vedette. Patti n'était manifestement pas en état de venir en aide à qui que ce soit; elle était assise, les yeux dans le vague, silencieuse et pétrifiée sous l'effet du choc. Puisqu'ils avaient été six dans le bateau et que cinq d'entre eux pouvaient fournir un témoignage tout aussi clair en son absence, l'inspecteur prit sur lui d'envoyer le médecin lui donner un sédatif, et de réserver une chambre à l'hôtel où elle pourrait s'envelopper dans des couvertures et dormir. Il était clair désormais qu'ils n'allaient pas quitter Thekady ce soir-là.

— Mais c'est terrible! se lamentait Mrs. Mani, versant des larmes d'inquiétude et d'indignation dans son mouchoir parfumé. C'est épouvantable! Pauvre Mr. Bakhle! Une telle tragédie! Un homme si distingué!

— Un accident abominable ! répondait son mari en écho.

Il n'y avait aucun faux-semblant dans son agitation. N'avaient-ils pas été dans ce même bateau toute la matinée ? Et si cela s'était produit à ce moment-là ?

— Et dire qu'il y a quelques heures à peine nous bavardions avec lui ! Il nous a montré son jardin... Et que savons-nous ? Pourquoi devons-nous rester ici ? A présent, il va nous falloir payer une journée supplémentaire pour notre voiture, avec le chauffeur, et nous avions l'intention de rentrer ce soir à Madurai...

Un accident abominable. Voilà ce qu'ils pensaient tous, sans aucun doute, et c'était déjà terrible.

Les Bessancourt étaient assis sous les palmiers, extrêmement placides, attendant patiemment d'être interrogés quand leur tour serait venu. Leur programme n'était pas rigide au point d'être bouleversé par un retard de vingt-quatre heures. Ils n'avaient rien à se reprocher et rien à redouter. Ils diraient ce qu'ils savaient, leurs allées et venues de la journée en somme, voilà tout. Et puisqu'ils n'étaient pas des acteurs du drame, mais de simples passants pris par hasard sur ses lisières, ils ne pensaient pas que la police allait leur donner la priorité sur sa liste et se résignaient à une longue attente, mais dans la dignité. Mme Bessancourt avait sorti de quelque nécessaire de survie personnel un grand pull-over inachevé et poursuivait obstinément son tricot.

Ils attendirent encore plus d'une heure avant que l'inspecteur Raju n'entrât dans le grand salon où étaient réunis les hôtes.

— J'aimerais voir d'abord Mr. Preisinger et Mr. Felse ainsi que les autres membres du groupe qui a découvert le bateau endommagé. Et leur batelier également. Si vous voulez bien me suivre.

Un petit bureau avait été mis à sa disposition. Avec des chaises pour tout le monde, la pièce était pleine, car un des angles était déjà occupé par le brigadier Gokhale et son calepin : un homme jeune, vif et impeccable comme un dandy, et, apparemment, tout à fait prêt à prendre note de dépositions faites en anglais. Comme son supérieur, il était en civil ; ils appartenaient de toute évidence à la brigade criminelle. Romesh entra le dernier, convoqué quelque part en coulisses, l'air méfiant et fatigué, et vaguement effrayé.

L'inspecteur Raju, grand, mince et grisonnant, la cinquantaine, avait un visage mince et ridé, et un regard vif auquel rien n'échappait, depuis les taches sur le sari que Priya n'avait pas encore eu l'occasion de changer jusqu'à la gêne inquiète de Romesh. Il n'avait pas le teint plus sombre qu'un Européen au hâle cireux à la fin d'un été moyen.

— Bon... j'ai eu, bien entendu, un bref rapport verbal de Mr. Felse à mon arrivée. Il était remarquable de concision, tout ce dont j'avais besoin à ce moment-là. Mais maintenant je veux que vous repensiez tous à cette journée et m'en fassiez un récit complet et circonstancié. Nous avons le temps. Ce que l'un de vous omet, un autre peut très bien s'en souvenir. Peut-être Miss Madhavan pourrait-elle faire sa déposition la première, afin de rejoindre ensuite son amie. Je n'ai pas besoin de voir Miss Galloway ce soir ; demain matin, elle aura recouvré ses esprits. Ç'a été, je le sais, une horrible épreuve.

Il jeta sur Priya un regard admiratif, elle qui, alors qu'elle avait subi la même épreuve, gardait un calme olympien.

— Vous comprenez bien qu'il va vous falloir passer la nuit ici ? J'ai demandé qu'on vous trouve des chambres.

Une autre pensée lui vint à l'esprit.

— Mais peut-être n'avez-vous pas vos bagages avec vous, puisque vous ne comptiez pas rester ?

— Nous avons tout ce qu'il faut dans la Land Rover, dit Larry. Nous pensions rentrer à Madurai ce soir, c'est pourquoi nous avons réglé la note au bungalow forestier.

— Bon, alors nous n'allons pas trop vous déranger, bien que je sois désolé du retard. Oui... Très bien, Miss Madhavan ?

Priya raconta rapidement et intégralement sa journée, non sans prendre le temps de réfléchir. Quand elle eut fini, elle déclara scrupuleusement :

— J'ai été formée, bien entendu, pour m'occuper de personnes accidentées. C'est un talent acquis, et non une vertu. Je crois que Miss Galloway a vraiment eu une vie très protégée, bien que je sois sûre qu'elle ne partage pas ce point de vue. Puis-je vous demander, inspecteur, si mon patient... s'il est toujours en vie ?

S'il hésita, ce ne fut qu'un instant.

— Jusqu'ici, oui, et c'est grâce à vous. Mais, à votre place, je ne me ferais pas trop d'illusions sur son compte. Il a fallu prendre le risque de le conduire d'urgence à l'hôpital, il a besoin d'être opéré immédiatement, et bien entendu il est déjà sous transfusion, mais... Eh bien, nous verrons ! Merci, Miss Madhavan ! Vous pouvez rejoindre votre amie, à présent.

Priya s'en alla. Les autres, chacun à son tour, ajoutèrent ce qu'ils purent au tableau de la journée. Raju s'adressa à Dominic en dernier :

— Et qu'est-ce qui vous fait penser, Mr. Felse, que ça pourrait ne pas être un accident ?

— Je ne vois pas comment ç'aurait pu en être un. L'explosion d'un moteur aurait fait moins de bruit, j'imagine. Rien de ce genre, en tout cas. Ici, le bateau est intégralement détruit, toutes les coutures ont sauté, et la violence des blessures... ça ressemble plus à une sorte d'engin explosif, placé là à dessein. Je n'ai pas pu m'empêcher de repenser au bruit que nous avions entendu et au nuage qui l'accompagnait. Ça devait être quelque part au-dessus de cette partie du lac.

— Et l'heure ? Vous n'avez pas noté l'heure exacte de la détonation ?

— Si, par pur hasard. Non pas à cause de l'explosion, mais parce que nous venions de prendre la décision de rentrer, et Romesh était en réalité en train de changer de direction. J'ai essayé de calculer dans ma tête le temps que nous allions mettre à rentrer. Il était alors cinq heures moins dix.

— Merci, c'est utile. Très bien, maintenant vous pouvez tous disposer. Mais ne quittez pas l'hôtel avant d'y être autorisés.

Mais, tandis qu'ils sortaient l'un derrière l'autre, il appela soudain :

— Mr. Felse !

Et quand Dominic revint docilement sur ses pas, il ajouta à voix basse :

— Restez un instant, Mr. Felse, et fermez la porte. Asseyez-vous.

Il se cala sur son siège et soupira, puis adressa à Dominic un sourire éloquent.

— Puis-je vous dire que vous nous avez rendu un grand service dans cette affaire ? Sans vous, je me demande si nous aurions été appelés aussi rapidement, et sans votre groupe, spécialement cette admirable jeune femme, nous n'aurions pas eu la moindre chance d'obtenir jamais la déposition de Ghose, le batelier. Cette chance est mince, mais du moins possible. Je vous dois à mon tour quelques renseignements. Vous serez peut-être content d'apprendre que vous aviez entièrement raison. Nous avons examiné le bateau avec beaucoup d'attention — c'est pourquoi nous avons tant attendu avant de vous convoquer. Il y avait bien un engin explosif à l'intérieur. Autant qu'on puisse en juger jusqu'ici, il était fixé sous le moteur. D'après la position des corps, il semblerait que Mr. Bakhle lui-même tenait le gouvernail quand l'explosion s'est produite et que Ghose se trouvait derrière lui, à la poupe. Le mécanisme de mise à feu était une petite horloge, nous avons identifié le cadran et des fragments de la bombe. Il semblerait qu'elle ait été prévue pour cinq heures.

— Alors, elle a explosé en avance, constata Dominic.

— Vraisemblablement, oui. Un engin défectueux, mais efficace tout de même. Vous comprenez l'importance de l'horaire choisi. Si le bateau sortait pendant la baignade de l'après-midi, il était censé sombrer au point le plus éloigné de son parcours, très loin de tout lieu habité et, par conséquent, de tout secours. C'était un vrai boulot de professionnel, Mr. Felse — bien combiné et pas plus volumineux qu'une torche électrique de taille moyenne. Un gros propriétaire — et, pour être franc, quelqu'un de cordialement détesté dans la région — a été liquidé.

— Il semble, risqua Dominic, que Mr. Bakhle ait préféré rester un peu plus près de chez lui que d'habitude, cet après-midi. Il avait des invités ce matin et peut-être était-il fatigué et n'avait-il pas envie d'aller loin. Si le bateau s'était réellement trouvé au point le plus éloigné de son parcours selon l'horaire habituel, il se serait trouvé là où nous étions, au large. Et il aurait sombré entièrement, vraisemblablement sans laisser de trace.

— C'est assurément le plus probable. Encore qu'avec les explosifs il y ait toujours une part de hasard. Dans notre pays, comme dans le vôtre, Mr. Felse, il y a certaines catégories de gens, sans parler des terroristes, dont les outils favoris sont le pistolet et la bombe. Votre attitude vis-à-vis de cette affaire m'intéresse, et je crois devoir vous avertir que vous et vos amis, pour la bonne raison que vous avez été les premiers arrivés sur les lieux du crime, témoins proches et intelligents qui plus est, courez peut-être vous-mêmes quelque risque. La preuve, comme vous l'avez dit, était très vraisemblablement censée disparaître au fond de l'eau. Mais ça n'a pas été le cas et, de ce fait, vous êtes mêlés à l'affaire. Je ne dis pas que vous ayez pu découvrir grand-chose — je dis simplement que les naxalites [1] auraient préféré ne pas courir ce risque.

— Les naxalites ?

Dominic leva brusquement les yeux vers lui.

— Vous pensez vraiment qu'ils pourraient être dans le coup ? Ici ?

— Ici et n'importe où. Ils ont commencé au Bengale, sans doute, mais ils n'y sont certainement pas restés, bien qu'ils soient moins bien organisés partout ailleurs. Une de leurs faiblesses, en fait, c'est que les ficelles sont presque toujours tirées du Ben-

1. Mouvement paysan maoïste né à Naxalbari, dans le nord du Bengale ; à la fin des années 1960 il mena des actions de guérilla pour obtenir le partage des terres. *(N.d.T.)*

gale. Mais ils s'étendent partout, de Darjeeling au Cap. « Mort aux propriétaires ! » est un cri de ralliement qui vaut aussi bien dans le Sud que dans le Nord.

Il y avait plus. Dominic s'en rendait compte à quelque chose de retenu et de vigilant dans les yeux gris profondément enfoncés. Ils avaient récupéré une partie du mécanisme... les ficelles étaient presque toujours tirées depuis le Bengale... il était sans doute possible d'identifier où cette bombe avait été fabriquée, et peut-être par qui.

— Alors, il est probable, dit-il lentement, qu'un agent du Nord travaille ici — pas nécessairement un Bengali, mais quelqu'un venu du Bengale. Et j'ai l'impression que vous étiez déjà à sa recherche avant le drame.

L'inspecteur sourit.

— Mr. Felse, vous ferez bien de ne pas vous enrôler dans notre police, ni de chercher à en savoir davantage.

Dominic sourit à son tour.

— Je suis en bonne voie, comme par hasard. Mon père est inspecteur principal en Angleterre, j'ai grandi dans la tradition, même si je ne me suis pas engagé dans la police. Je reproche aux fanatiques de gauche, dans n'importe quel pays, de chercher à discréditer la gauche légitime en essayant de faire du meurtre une arme reconnue, et j'ai horreur de voir que leurs revendications bidon aliènent la sympathie pour des revendications authentiques qu'il faudrait prendre en compte sérieusement. Je ne dis pas qu'il fallait sacrifier Bakhle... mais sûrement pas Ajit Ghose. Une vie de plus, une vie parfaitement innocente, ça ne fait pas de différence, on dirait.

— Une ou cent, je peux vous l'assurer. C'est bon,

dans cette pièce, nous sommes en privé, j'y ai veillé et le brigadier Gokhale ici présent, bien qu'il soit un jeune homme impudent et insubordonné, est la discrétion même.

Le brigadier Gokhale leva un œil sombre en direction de son supérieur et émit un faible sourire, sans se laisser troubler par le fait qu'on parlait de lui en ces termes. De toute évidence, ils travaillaient ensemble en bon accord depuis quelque temps.

— Mais si j'étais vous, je n'émettrais pas de théories hors de cette pièce, même avec vos amis. Ici, vous pouvez.

— Je pensais à la bombe, dit Dominic. Si elle était réglée pour se déclencher à cinq heures, alors elle a été placée — ou du moins activée — au plus tôt à cinq heures ce matin. J'ignore si on s'est servi du bateau hier...

— Oui, matin et soir. Et le soir, le chef des bateliers, qui est absolument fiable, a fait le plein de carburant et l'entretien — c'est un homme du coin qui travaille ici depuis des années. Non, je crois que nous pouvons écarter l'hypothèse que quelqu'un ait pu placer cet engin lors d'une visite, puis soit revenu aujourd'hui le déclencher. On peut se concentrer sur cette journée, à partir de cinq heures du matin...

— Alors, qui a eu accès au bateau? A en juger par l'heure à laquelle nous avons rencontré le bateau de Bakhle ce matin, il n'était pas précisément en avance...

— Vous avez raison, il n'est pas parti avant sept heures bon poids, et il est rentré vers onze heures. Il était donc au débarcadère de cinq heures à sept heures vingt-cinq, puis à nouveau de onze heures à trois heures et quart. Pendant la première période de la journée, l'accès aurait été très facile pour n'importe quel employé des bateaux ou de l'hôtel, peut-être même pour des gens de l'extérieur. Pendant la seconde, il devait y avoir beaucoup de monde tout autour et, même si l'accès était aussi facile, il devenait risqué, puisque quiconque n'ayant pas d'autorisation pouvait être interpellé s'il s'approchait du bateau et courait en tout cas le risque d'être remarqué, repéré et identifié par la suite. Je crois qu'on aurait choisi plutôt le petit matin. Et à ce moment-là, il y avait les hôtes du matin, Mr. et Mrs. Mani et leur serviteur. Je les verrai, évidemment. Ils viennent du Bengale...

Il laissa ces derniers mots s'éteindre doucement dans le silence, un œil sur Dominic. Il n'y croyait pas très sérieusement, mais il restait ouvert à tout.

— Ils étaient très flattés et surexcités à l'idée de rencontrer Mr. Bakhle, expliqua Dominic. Mais je suppose qu'ils auraient joué cette comédie s'ils avaient voulu être présentés et invités dans un but précis. Pas vraiment susceptibles d'être des naxalites, à première vue, ils ont beaucoup à perdre et rien à gagner, ce qui est d'ordinaire le facteur déterminant. Encore que pas toujours, j'imagine. Mais il y a plus : toutes les lettres de recommandation du monde n'auraient pu leur *garantir* une invitation à partager son bateau.

— C'est vrai. Sans compter que les agents terroristes n'agissent pas à trois, d'habitude, et si un tel agent faisait partie du trio, il risquerait d'être soupçonné par les deux autres. Pourtant, il pourrait exister des secrets vitaux même entre mari et femme, et encore plus entre maître et serviteur. Quant aux biens matériels, avez-vous remarqué que les dogmes d'une croyance sont parfois observés religieusement par l'adhérent de base, mais ne semblent pas être contraignants pour les chefs du culte ? Il y a des patrons naxalites qui sont eux-mêmes des propriétaires gourmands et tenaces. Ma foi... et vous ne voyez personne d'autre qui aurait pu avoir accès au bateau et serait également originaire du Bengale ?

— Si, dit Dominic après un long silence pendant lequel ils se jaugèrent du regard avec curiosité et étonnement. Simplement, ça n'a pas de sens. Oui, je n'ai pas manqué de faire le rapprochement. Personne n'avait davantage la possibilité d'agir qu'Ajit Ghose, personne ne pouvait sauter dans le bateau et en sortir aussi légitimement que lui. Ç'aurait été facile, pour lui, il sortait ce bateau aujourd'hui, personne n'aurait pensé à l'interroger. En plus, il vient du Bengale et n'est ici que depuis peu. C'est Romesh qui nous l'a dit. Et il nous a dit autre chose : lui, Romesh, aurait dû à l'origine être le batelier de Bakhle pour la journée et Ghose a trouvé le moyen d'inverser leurs rôles, afin que le boulot lui revienne à lui, à la place. Je n'ai pas oublié. Mais ce serait fou ! Il s'exposait à sauter aussi. S'il l'a fait, il s'est fait sauter lui-même.

— Peut-être n'avait-il pas envisagé une telle suite des événements. Des terroristes sont déjà morts tués par leur propre bombe.

— Pas avec autant de marge de manœuvre. Il aurait pu s'arranger pour que la bombe explose quand il n'était pas à bord...

— Comment ? Vous croyez qu'un homme comme Bakhle serait jamais monté à bord le premier et aurait attendu son batelier ? Quel que soit le prétexte qu'il aurait pu inventer au débarcadère pour s'absenter, ce n'aurait pas été une proposition pratique. Il aurait été aussitôt soupçonné. Non, si cela devait arriver sur le bateau, il fallait que ça ait lieu loin au large et, par conséquent, sa présence était indispensable. Mais n'oubliez pas ce qui s'est passé. Ils étaient près du rivage et il semble que Bakhle en personne était à la barre à ce moment-là, une habitude courante chez lui, apparemment, et qu'il pouvait prendre sans doute plus ou moins à volonté. Ainsi, Ghose aurait été derrière lui, tandis que l'attention de Bakhle était focalisée vers l'avant. On m'a déjà confirmé que Ghose est un bon nageur. N'aurait-il pas eu l'intention de se glisser hors du bateau peu avant l'heure et de nager jusqu'à la rive ? Le bateau devait sombrer. Le batelier aurait été considéré comme un survivant chanceux soufflé par-dessus bord, qui s'est trouvé dans l'impossibilité totale d'aider son passager. S'il souhaitait continuer ici et se comporter comme une victime innocente, je crois qu'il avait une bonne chance de succès. S'il souhaitait disparaître, ayant accompli sa mission immédiate, cela aussi aurait été facile. *Mais...*

— Mais, dit Dominic catégoriquement, le mécanisme d'horlogerie était défectueux et la bombe est partie dix minutes trop tôt.

— C'est possible. Je n'en dis pas plus. Nous examinerons ses affaires et retrouverons ses antécédents. Comme nous le ferons dans le cas de toute personne concernée.

Il se leva pour indiquer que l'entretien était terminé.

— Pour l'instant, rappelez-vous seulement que vous et vos amis êtes peut-être dans une position dangereuse, si quelqu'un vous soupçonne d'avoir remarqué trop de choses, de trop près.

Puis il ajouta :

— Un dernier point... Il se peut qu'un naxalite très dévoué ait considéré le sacrifice de sa propre vie avec équanimité, si un tel risque s'avérait nécessaire pour supprimer Bakhle. Je ne dis pas qu'il s'y serait soumis avec joie, ou qu'il n'aurait pas pris toutes les précautions possibles. Mais il n'aurait pas laissé cette considération l'arrêter. Comme d'habitude, c'est seulement au sommet de la hiérarchie que le cynisme absolu prévaut. L'adhérent de base est généralement d'un dévouement absolu.

Dominic était déjà à la porte quand il s'arrêta et se retourna.

— Mais si vous avez raison, le terroriste est déjà *hors de combat*, même s'il est toujours en vie.

— Et alors ?

— Et alors il semble qu'il n'y ait plus aucune menace pour aucun d'entre nous.

L'inspecteur Raju dit avec douceur :

— Il n'est pas encore certain que la solution que j'ai esquissée soit la bonne. Mais même dans ce cas... Mr. Felse, Ajit Ghose, bien que sachant lire et écrire, n'a reçu pratiquement aucune éducation. Il se peut qu'il ait déposé la bombe, mais il ne l'a certainement pas fabriquée. Quelqu'un la lui a fournie et lui a enseigné les rudiments pour la faire fonctionner. Quelqu'un, quelque part, sera nécessairement très occupé à étudier les résultats.

CHAPITRE IV

Thekady : lundi matin

Patti sortit lentement et comme à regret de son sommeil artificiel, pour sentir sur ses paupières la blancheur du jour. Elle resta étendue un instant les yeux clos, peu disposée à affronter le monde. Mais, même dans son esprit replié sur soi, elle voyait toujours l'horreur obscène de la mort violente, le corps mutilé remuer au rythme implacable du ressac, le visage tourné vers le ciel, avec du sang et de la boue à la place des yeux. Un homme qui, selon Romesh, avait loué des voyous pour attaquer et tuer, simplement pour éviter d'entendre des revendications de salaire. Se rappeler cela aussi... Ce monde est pourri et rien n'est jamais simple. Mais tuer de cette façon, de loin, en toute sécurité, sans se soucier le moins du monde du malheureux batelier innocent, qui n'avait jamais loué de voyous pour tuer personne, et ne possédait aucune terre... Il est des choses qui ne sauraient jamais se justifier...

Elle savait qu'il lui faudrait finir par ouvrir les yeux, se lever et s'habiller, mais elle attendit le bruissement du sari en coton de Priya. Alors elle sut que son amie, déjà levée, s'affairait, tout en gardant un silence courtois par égard pour elle. Elle souleva résolument les paupières et s'assit dans son lit. Priya, debout devant le miroir, tressait sa longue chevelure noire. Elle portait ce matin un corsage blanc décolleté et un sari ambre et or. Elle avait dû laver l'autre, souillé la veille, et le mettre à sécher dans la salle de bains. Au léger mouvement de Patti, elle se retourna d'un geste vif et sourit calmement à sa compagne, même si elle était un peu inquiète.

— Bonjour ! Comment te sens-tu, ce matin ?

— Droguée, dit Patti, sincère.

« Mais pas assez, se dit-elle, je le vois toujours. »

— Et stupide. Et j'ai honte. Je suis désolée d'avoir été un tel boulet hier. Mais je n'avais jamais rien vu, jamais rien imaginé de semblable. Même si on essayait de le décrire à quelqu'un qui n'a jamais vu, de ses yeux, une chose pareille, ça ne voudrait rien dire. Mais quand on tombe littéralement dessus...

— Je sais, concéda Priya affectueusement. Ce n'était pas du tout ta faute. N'y pense plus... ou du moins essaie.

— Ça risque de prendre du temps, dit Patti d'un ton narquois. Priya, comment tu fais, toi ? Je veux dire, dans un service d'urgences, quand on vous les amène — des victimes dont l'agresseur a pris la fuite, des meurtres perpétrés par des gangs, des coups de couteau dans des bagarres... tout ça... Comment tu t'y prends pour garder ton sang-froid ? Ou est-ce que tu t'habitues simplement, à la longue ?

— Non, on ne s'habitue jamais à ça, dit Priya, presque agressive. Ou plutôt, peut-être que oui et non, parce que, si on ne s'habitue pas — d'un côté —, on ne peut supporter de continuer à être infirmière, et si on s'habitue — d'un autre côté — on ferait mieux d'arrêter, parce qu'on n'est pas faite pour être infirmière. L'esprit s'habitue, et alors on peut utiliser ses facultés pour essayer d'aller contre. Mais le cœur ne s'habitue jamais et on ne cesse jamais de souffrir.

Elle ajouta comme pour s'excuser, soudain consciente de sa passion :

— Ce n'est pas pour tout le monde, bien sûr, pourquoi le serait-ce ?

— Pas pour moi, déclara Patti, catégorique.

Elle posa les pieds au sol et s'assit au bord du lit. Dans l'angle du plafond, un minuscule gecko vert jade était accroché, immobile, à part le lent battement des paupières transparentes et les pulsations de sa gorge qui vibrait presque trop vite pour qu'on les voie. « Petits bijoux inoffensifs et mystérieux. Plus je vois les hommes, plus j'aime les animaux ! Mais on finit tous par être pris, n'est-ce pas ? On ne peut démissionner, une fois qu'on est né. »

— Il semble s'être lui-même rendu coupable de quelques morts, dit Priya, cherchant des paroles de réconfort qui lui semblaient tout à fait déplacées, mais pourraient aider Patti. Ce n'est pas seulement Romesh, j'ai demandé. Tout le monde connaît l'histoire et la plupart des gens pensent que Bakhle est responsable de cette attaque. C'est une très sale affaire : une famille a été brûlée dans sa cabane. Mais les auteurs du raid ont pris la fuite et personne n'est en mesure de rien prouver.

— Non, reconnut Patti, qui se sentait mieux, j'ai cru comprendre que ce n'était pas quelqu'un de très bien.

Elle se leva et trottina pieds nus jusqu'à la salle de bains, soudain vive et résolue, comme si elle s'était décidée à affronter à la fois la journée qui s'amorçait et celle de la veille, et qu'il lui fallait se jeter à l'eau maintenant, violemment, ou perdre complètement l'initiative.

— Crois-tu que l'inspecteur Raju soit toujours là ? Il faut que je le voie...

— Attends ! lui cria Priya de la chambre. Il y a quelqu'un à la porte.

Elle alla l'ouvrir et se trouva face au brigadier Gokhale, ensommeillé mais toujours jovial. Même après une nuit blanche, il n'était pas fatigué au point de ne pouvoir prendre plaisir à voir une belle jeune fille, fraîche et pimpante après sa toilette du matin, ni dévoué à sa tâche au point de ne pas faire usage de ses yeux et de son sourire pour exprimer son plaisir.

— J'espère que je ne vous dérange pas de trop bonne heure, Miss Madhavan. L'inspecteur Raju aimerait vous parler dans son bureau... la pièce qu'il utilisait hier soir. Mais quand cela vous conviendra, il n'y a pas urgence.

— Merci, c'est parfait maintenant. Je vais venir.

Et elle dit, en direction de la salle de bains :

— L'inspecteur veut me voir. Je n'en ai pas pour longtemps. Déplace le sari s'il te gêne.

— C'est déjà fait. Bon, dit Patti, mi-résignée, mi-soulagée, je te suivrai !

Patti était en train de s'habiller quand Priya revint. Elle entra sans bruit, à sa façon douce, et ramassa ses vêtements de nuit sans un mot, avec des gestes aussi habiles et rapides que d'habitude. Patti mit plusieurs minutes à se rendre compte que son silence était d'une qualité différente, il exprimait une tension intérieure, certes maîtrisée — elle n'avait jamais vu jusque-là la moindre émotion échapper à son contrôle —, mais néanmoins trouble et déroutante. Puis, regardant avec attention, sans cesser de les brosser, à travers l'écran de ses épais cheveux blonds, elle vit des larmes couler lentement des yeux sombres. Elle posa sa brosse et traversa la chambre en un instant.

— Priya, qu'est-ce qu'il y a? Qu'est-ce qui se passe? Que te voulait-il?

Elle glissa un bras autour des épaules minces et fières, puis, par peur que son geste ne fût trop familier et malvenu même en pareilles circonstances, elle le retira prestement. Priya lui adressa un sourire léger mais sincère et sécha ses larmes. Il n'y en eut pas d'autres.

— Tout va bien, c'est-à-dire, il n'y a rien d'inattendu. Je ne m'attendais pas à autre chose. Mais, je te l'ai dit, ça ne devient jamais plus supportable, d'en perdre un...

— Mais qu'est-ce que l'inspecteur t'a fait?

— Il est très gentil, et c'était délicat de sa part de penser à me le dire. Bien entendu, il savait que je m'y attendais, mais comment a-t-il pu savoir que ça avait encore tellement d'importance pour moi?

— Mais qu'est-ce qu'il t'a dit, à la fin? insista Patti.

— Il m'a envoyé chercher pour m'annoncer la mort d'Ajit Ghose.

— Oh, *non*! murmura Patti.

— Mais si! C'était de la folie d'envisager une autre possibilité, parce que, d'un point de vue pratique, il n'y en avait vraiment pas d'autre. Mais on essaie toujours. Il est mort sur la table d'opération. Il y est arrivé encore en vie.

— Alors, il n'a pas parlé? Il n'a eu à aucun moment l'occasion de leur dire quelque chose?

— Il n'a jamais repris connaissance.

Elle continua de rassembler ses affaires en un tas ordonné et parcourut la pièce des yeux pour s'assurer que rien n'avait été oublié.

— Je crois qu'il a l'intention de nous laisser tous partir après le petit déjeuner. Je veux dire l'inspecteur, bien sûr. Il a été très gentil. Il a essayé de me réconforter en me disant quelque chose d'autre, que c'était peut-être aussi bien qu'Ajit Ghose soit mort. Il a dit que je pouvais aussi te le dire, si je pensais que ça pourrait t'aider à te ressaisir.

— J'irai le voir, s'obstina Patti, perdue dans de sombres pensées.

— Il dit que ce n'est pas nécessaire, à moins que tu ne le souhaites. D'ailleurs, ça paraît vraiment superflu à présent. Il m'a raconté qu'Ajit Ghose était venu du Bengale il y a à peu près un mois, comme Romesh nous l'a dit, et c'est vrai qu'il avait demandé d'intervertir les attributions pour aller sur le bateau de Mr. Bakhle. Romesh pensait que c'était pour avoir un gros pourboire, mais il semble désormais qu'il avait peut-être d'autres raisons.

Le regard de Patti se concentra ailleurs, examinant cette idée incroyable, puis se tourna vers Priya.

— Tu veux dire que lui, il aurait placé... Le batelier lui-même ? Bien sûr, je me rends compte qu'il est le seul qui aurait pu le faire sans la moindre difficulté ni le moindre risque, mais alors... *Pas de risque !* Mon Dieu, je suis folle ! Ce serait du suicide !

— Eh bien, pas tout à fait, d'après eux. Encore que, s'ils ont raison, il a dû accepter le risque de suicide. Ils disent que c'était un bon nageur, il se peut qu'il ait eu l'intention de se glisser par-dessus bord et de s'éloigner du bateau avant l'explosion, mais il n'aurait dû partir qu'à la dernière minute, tu vois. Et, apparemment, la bombe était légèrement mal réglée. Elle s'est déclenchée dix minutes plus tôt que prévu.

Patti réfléchit, les yeux agrandis, se tordant les mains nerveusement contre sa modeste robe-chemisier. Elle avait le regard absent, les pupilles pâles et fixes.

— Mais ils doivent en savoir plus, pour être si sûrs. Ils ont sûrement découvert quelque chose d'autre.

— Oui, en effet. Ils ont examiné ses affaires. Des gens comme Ajit n'ont pas grand-chose — quelques vêtements, une couverture, un tapis de couchage, peut-être une ou deux casseroles, quelques livres s'ils savent lire et écrire. C'était le cas pour lui, tout juste, mais il avait un ou deux livres. L'un d'eux était *Shakuntala*[1], tu connais ? Ils ont trouvé, glissés entre les pages, plusieurs tracts naxalites et de la littérature maoïste. Ils s'y attendaient. C'est précisément ce qu'ils recherchaient.

Patti restait assise, silencieuse et sans réaction, regardant devant elle.

— Et tu crois que c'est vrai ? demanda-t-elle. Ils en sont sûrs ? Il a fichu sa vie en l'air pour être certain de liquider Bakhle ? Alors, il n'était pas seulement la victime innocente et pathétique que j'imaginais ? Mon Dieu ! dit-elle, pour elle plus que pour Priya. C'est effrayant !

— Il a pensé que ça m'apaiserait, dit Priya avec un sourire attristé. L'inspecteur, je veux dire. De savoir cela aussi, que ce n'était pas simplement une victime innocente, qu'il est mort à cause de son acte. Il croyait que ça ferait une différence !

— Et ça n'en fait pas ? demanda Patti, étonnée. Pour moi, si.

— Pas pour moi. Pas tellement. Je t'ai dit, on ne s'habitue jamais à la mort de quelqu'un. Ce qu'il a bien pu faire ne change pas grand-chose. Sauf qu'il aurait pu vivre et mourir d'une façon encore pire. Ne

1. Pièce du poète et dramaturge sanscrit Kālidāsa (IVe-Ve siècle). Le sujet est tiré du *Mahābhārata. (N.d.T.)*

devrions-nous pas aller voir si les hommes sont levés ? Ils ont dû dormir dans la Land Rover, il n'y avait pas assez de chambres.

Patti se leva lentement, comme quelqu'un qui rêve encore.

— Tu es incroyable ! Tu m'effraies et je t'envie, tu sais. Je t'imagine, toi, mourant pour une cause — sans le moindre mélodrame, de sang-froid... comme Ajit Ghose !

Une pensée soudaine lui vint à l'esprit et elle s'arrêta, la main sur la poignée de la porte.

— Il t'en a dit long, l'inspecteur, dis-moi ! Crois-tu qu'il va informer tout le monde ? Que son affaire est d'ores et déjà close ?

— Je crois, dit Priya, songeuse, qu'il se peut qu'il le fasse. Peut-être pour une raison personnelle.

— Oh, que veux-tu dire par là ?

— Je pense, avança-t-elle prudemment, que l'inspecteur Raju émet des réserves. Oui, il croit sûrement que c'est la vérité à propos de l'assassinat de Bakhle. Cela ne semble faire aucun doute. Mais ce n'est pas toute la vérité. Tu vois, Ghose était un homme sans beaucoup d'instruction, quelle qu'ait été son intelligence...

— Et aussi fanatique qu'ait pu être son dévouement. Oui, je vois, il faut des connaissances de spécialiste pour fabriquer des bombes.

— Oui. Ajit Ghose aurait-il pu faire tout cela entièrement seul ? Aussi, en faisant savoir que l'affaire est close, je crois que l'inspecteur Raju est en train de rasséréner aussi quelqu'un d'autre et d'endormir sa méfiance.

Dans la salle à manger de l'hôtel, au petit déjeuner, en présence de la plupart des voyageurs dont le départ avait été retardé, l'inspecteur Raju fit sa déclaration. D'abord en tamoul, puis en anglais, à l'intention des étrangers, dont un couple d'Allemands non impliqués dans l'affaire, qui venaient d'arriver et ignoraient pitoyablement tout ce qui se passait. Larry traduisit, dans un allemand hésitant, à l'intention des infortunés ingénieurs d'une entreprise hydro-électrique du Nord :

— Toutes les personnes ici présentes sont désormais libres de circuler, à condition de laisser à la police des renseignements sur l'endroit exact où elles peuvent être contactées dans les prochains jours, si nécessaire. L'enquête est à présent parvenue à une conclusion satisfaisante, mais il se peut que nous ayons besoin de joindre certains témoins à propos du détail des événements d'hier. Tous ceux qui sont prêts à partir sont priés de bien vouloir se présenter d'abord au bureau de police de l'hôtel. Merci !

Mme Bessancourt, sans un mot, roula son tricot et le rangea dans un vaste sac noir qui ne la quittait pas. M. Bessancourt, avec la même manière posée, ramassa son panama d'une main et leur valise de l'autre : ils étaient prêts. Les premiers à l'être, tout comme ils avaient été les plus patients et les plus imperturbables pendant l'attente. Les règles de la police devaient être acceptées et respectées dans tous les pays, mais inutile de perdre du temps une fois que l'autorisation de partir était donnée. Ils passèrent près de la table où le groupe de Larry prenait son petit déjeuner et firent leur inclination de tête rituelle avec autant de sérieux que d'habitude.

— Rentrez-vous à Madurai ? demanda Larry, histoire de dire quelques mots en passant.

— Non, nous continuons vers Kottayam, puis nous longerons la côte jusqu'à Quilon et Trivandrum.

M. Bessancourt jeta un coup d'œil à la carte pliée dans sa poche de poitrine comme pour en avoir confirmation.

— Et ensuite jusqu'au Cap. Et vous ?

— Dans la direction opposée. Nous revenons sur nos traces presque jusqu'à Madurai, puis direction sud vers Tirunelveli. Après, nous prendrons aussi la route du Cap.

— Alors, peut-être nous y retrouverons-nous, dit Madame gracieusement.

« Inévitablement, se dit Dominic. Personne ne va faire du tourisme aussi près du cap Comorin sans aller jusqu'au bout, et le trajet est sensiblement le même, quel que soit l'itinéraire. Il y a des chances qu'on se retrouve tous là-bas. »

— Nous devons aller informer l'inspecteur de nos projets. C'est une tragédie de voir ce lieu magnifique souillé par un acte pareil. Je suis désolé que vous ayez connu une expérience si terrible. J'espère que vous pourrez oublier ce que vous n'avez pas pu empêcher. *Au revoir, messieurs dames*[1].

Ils murmurèrent tous des remerciements approbateurs et souhaitèrent *« Bon voyage*[1] *! »* au couple sur le départ, qui disparut comme prévu dans le petit bureau, indiqua son emploi du temps, se dirigea vers la Ford bleue cabossée et se mit en route.

Les Mani étaient arrivés trop tard pour entendre la déclaration. Seul Sushil Dastur, se démenant avec inquiétude près de leur table et multipliant les efforts pour s'assurer que le thé et les œufs seraient juste comme ils les préféraient, écouta avec un soulagement et une gratitude manifestes, heureux d'avoir de bonnes nouvelles à transmettre à ses employeurs dès

1. En français dans le texte. *(N.d.T.)*

qu'ils apparaîtraient. Leur situation, après tout, avait été la pire ; n'avaient-ils pas passé toute la matinée dans le bateau où avait été placée la bombe ? Naturellement, tous trois avaient protesté avec horreur de leur innocence en se disculpant les uns les autres, mais, tout de même, ils avaient dû passer une nuit extrêmement agitée.

— Même nous, fit remarquer Larry, nous nous serions sentis assez mal à l'aise, si nous n'avions pas passé la journée ensemble tous les cinq — à part les instants d'isolement indispensable, bien sûr. C'est le cas de dire : « Plus on est nombreux, moins il y a de danger. »

Sudha Mani entra enfin dans la salle à manger, les vêtements flottants, l'air ravagé par une nuit blanche, son joli visage plutôt bouffi et pâle ; son mari la suivait d'un pas lourd, comme s'il était anormalement déprimé et fatigué. S'il n'avait pas eu de bonnes nouvelles à communiquer, Sushil Dastur aurait sans doute souffert de leur mal-être. Les choses étant ce qu'elles étaient, les observateurs purent lire, depuis l'autre bout de la salle, l'expression soudaine de détente et de réconfort qui envahit le visage des Mani, quand ils apprirent qu'ils étaient libres de partir. En quelques instants à peine, l'assurance et l'amour-propre anciens avaient visiblement commencé à regonfler leurs chairs flasques. Sudha s'empara de la théière et, avec un appétit recouvré, ils attaquèrent les œufs qui se trouvaient devant eux. A en juger par leurs échanges, que l'on voyait sans les entendre, ils eurent même le courage de reprocher à Sushil Dastur les défauts du cuisinier avant de l'envoyer, de toute évidence, veiller à ce que leurs bagages soient portés à leur voiture de location, la note de l'hôtel payée, et que le chauffeur tamoul soit tiré de son repos semi-permanent sur la banquette arrière. Il n'y avait pas un instant à perdre : ils voulaient fuir ce lieu si prometteur qui s'était révélé si violent. Sans aucun doute, ils regrettaient d'avoir jamais entendu le nom du distingué Mahendralal Bakhle, à plus forte raison de lui avoir apporté une lettre de recommandation.

— Je suppose que nous ferions mieux de faire nos bagages et de partir d'ici, nous aussi, dit Larry.

— Je vais régler la note, déclara Lakshman en se levant.

Les filles, avec une hâte légèrement embarrassée, entamèrent un duo insistant pour payer leur part, mais Larry rejeta aussitôt leur proposition, ou du moins remit à plus tard le moment d'envisager le problème.

— Plus tard... Ne vous en inquiétez pas pour l'instant. Lakshman va tout payer et on verra ça plus tard. Après tout, il n'y a pas le feu, vous descendez avec nous jusqu'à la voie ferrée. Allez-y, Lakshman, et nous irons nous occuper des formalités de départ avec l'inspecteur.

Il leur fallait passer tout près de la table des Mani pour sortir de la salle à manger et Sudha, qui venait de recouvrer toute sa volubilité, les arrêta d'une main suppliante.

— Pouvez-vous imaginer ce qu'on raconte ! Vous vous rendez compte comme ça a été terrible pour nous ! C'était ce batelier ! Oui, lui qui est resté avec nous tout le temps sur le bateau et ressemblait à n'importe quel autre batelier, si tranquille et si plein de bonne volonté ! Et on aurait pu nous en faire porter la responsabilité — nous étions dans une situation si épouvantable !

— Je suis sûr que l'inspecteur ne vous a pas soupçonnés, la rassura Dominic. Il était de son devoir de nous interroger tous.

— Oui, mais même maintenant, il faut lui dire où nous allons, où on peut nous trouver... Pourquoi cela, si c'était ce batelier ?

— Simple routine, commenta Gopal Krishna tranquillement. Même s'il n'y a pas d'arrestation ni de procès parce que cet homme est mort, on doit tout de même classer le compte rendu de l'affaire. Supposez qu'ils veuillent confirmer auprès de nous certain détail concernant l'heure ? Ou auprès de Mr. Preisinger, ici présent ? C'est la même chose pour tout le monde.

— C'est exactement cela, confirma Larry, apaisant.

— Allez-vous vers la côte ? demanda Mani.

— Non, on rentre à Madurai.

— Nous aussi, bien sûr, car nous devons rendre la voiture que nous avons louée. Puis nous avons envie d'aller en train à Rameswaram pour une ou deux nuits, avant de gagner le Sud.

— Je suis vraiment très soulagée, reprit Sudha avec ferveur, qu'ils aient découvert si vite qu'il s'agissait de ce batelier. Vous vous rendez compte, il avait des tracts de propagande naxalite cachés dans ses affaires. Je vous demande un peu, est-ce qu'on aurait dit un terroriste ? On ne peut plus avoir confiance en personne ni en rien.

— Calme-toi, ma chère, ne t'inquiète pas, murmura Gopal Krishna caressant sa main potelée couleur d'ambre. C'est fini maintenant. Il vaut mieux oublier.

— C'est tellement facile à dire, protesta-t-elle en s'agitant, mais comment oublier qu'on était assis dans le même bateau qu'un meurtrier ?

— Deux meurtriers, corrigea Larry avec cynisme mais dans un murmure, et pas avant de s'être éloigné de la table pour n'être pas entendu. L'un riche, l'autre non. L'un qui a loué des voyous pour faire le boulot à sa place, l'autre qui s'en est chargé lui-même — si désireux d'accomplir ce meurtre qu'il s'est tué en même temps pour en avoir la certitude. Mais vous savez pour lequel d'entre eux *elle* gardera du respect, n'est-ce pas ?

— Ah, vous partez déjà ! dit l'inspecteur Raju en les regardant par-dessus une table parsemée de papiers, de reliefs d'un petit déjeuner rapide et de mégots de cigarettes d'une nuit blanche qui débordaient de deux cendriers de verre.

Il avait enlevé sa cravate et sa veste et ses cheveux plats grisonnants se dressaient dans toutes les directions sous ses longs doigts fins. Même le brigadier Gokhale avait l'air moins impeccable que la veille.

— Vous savez maintenant comment cette affaire s'est terminée ? A présent, il ne me reste plus qu'à vous souhaiter un bon voyage, où que vous alliez, et une suite plus heureuse dans les endroits où vous ferez étape.

Il ne regardait pas plus Dominic que les autres ; la conversation de la veille aurait pu aussi bien ne jamais avoir eu lieu.

— On est vraiment sûr que ce Ghose était responsable ? s'enquit Larry avec curiosité.

— Miss Madhavan ne vous a pas tout révélé ?

L'inspecteur regarda Priya avec un petit sourire lumineux.

— Quelle discrétion admirable ! Mais oui, les faits sont connus, à l'heure qu'il est. Pourquoi pas ? Nous avons trouvé dans les affaires du mort des preuves écrasantes qu'il était profondément impliqué avec les terroristes naxalites, et le batelier en chef confirme que c'est à la demande de Ghose qu'il a permuté les services pour la journée d'hier. Cela ne laisse pas beaucoup de place au doute.

« Très catégorique et satisfaisant, tout cela, se dit Dominic, en croisant le regard gris placide. Une affaire rapidement et soigneusement élucidée, et le champ libre à l'autre, celui qui a fourni la bombe mais ne l'a pas déclenchée, pour relâcher sa vigilance et sortir de l'ombre, tels les animaux qui traversent cette ceinture de broussailles dépourvue d'arbres pour rejoindre l'eau. S'il s'avère qu'il s'agit de quelqu'un présent parmi nous, apparu seulement comme un participant innocent le jour des atrocités perpétrées sur ce lac, il va non seulement se révéler à la police en pleine lumière, mais aussi lui offrir une longue traque, prêt à être capturé quand elle le souhaitera. Parce qu'ils vont savoir où chacun de nous se trouve — ou dit qu'il va se trouver — dans les jours à venir, plus longtemps s'ils ont envie de poursuivre la surveillance. Et ils vont vérifier que nous sommes bien là où nous le prétendons. »

— Je crois, dit Priya en jetant sur Patti un regard hésitant, que Miss Galloway voulait vous parler, inspecteur.

— A votre service, Miss Galloway. J'espère que vous vous sentez mieux ce matin ?

Pour une fois, Patti eut l'air décontenancé et balbutia même un peu.

— Merci, tout va très bien. C'est que je croyais plutôt que, vous, vous voudriez me parler, à moi, puisque je me suis tellement ridiculisée en m'effondrant ainsi hier soir. Je ne crois pas pouvoir ajouter grand-chose à ce que les autres vous ont dit, mais je pensais en tout cas que vous voudriez peut-être me voir.

— C'était très correct de votre part. Mais il n'y a pas lieu de vous ennuyer davantage. Si vous voulez bien nous donner des détails sur vos déplacements ultérieurs, le brigadier Gokhale va noter tout cela.

Il recula sa chaise de la table et étendit ses longues jambes avec un soupir de lassitude et de satisfaction mêlées.

— Vous continuez tous ensemble, pour le moment ?

— D'ici, oui, confirma Priya, après un silence pour permettre à Patti de prendre l'initiative si elle le souhaitait et un coup d'œil rapide et timide à Larry. Mr. Preisinger a eu la gentillesse de nous proposer de nous emmener jusqu'à la gare ferroviaire de Tirumangalam, et, de là, nous prendrons le train jusqu'à Tenkasi Junction. Nous serons dès ce soir à Kuttalam — Patti voulait visiter ce lieu de villégiature et les chutes de Chittar. Mais nous ne savons pas encore où nous logerons. S'il y a de la place au bungalow des voyageurs, nous y passerons la nuit, et peut-être aussi la suivante. Nous pourrions nous présenter à la police là-bas, si ça vous convient, et dire où nous logeons. Le lendemain, nous irons en train jusqu'à Tirunelveli, puis par le car jusqu'à Nagercoil où nous logerons chez mes parents. Je vais vous donner l'adresse.

Elle l'énonça avec gravité, et le brigadier Gokhale la nota.

— Merci, cela suffit amplement. Et Mr. Preisinger et Mr. Felse ?

— Après avoir déposé les filles, expliqua Larry, nous poursuivrons par la route de Tirunelveli jusqu'à un endroit près de Koilpatti. C'est un village qu'on atteint par une route secondaire, un peu plus haut dans les collines. C'est quoi, le nom, Dom ?

— Malaikuppam. C'est pour moi que nous faisons ce détour. Je dois rendre visite à quelqu'un et nous sommes invités à y passer deux nuits. Nous devrions, avec de la chance, arriver en début de soirée, donc nous y serons ce soir et demain soir. Je ne sais pas comment s'appelle la maison de mon hôte mais c'est la principale maison du village. Lui, c'est Purushottam Narayanan.

— Je vois. Et vous y passerez deux nuits. Et après ?

— Après, ajouta Larry, nous allons à Nagercoil et au Cap. Probablement en un jour, ce n'est pas loin, pas plus de deux cents kilomètres. Nous resterons à l'hôtel du Cap au moins une nuit, peut-être deux. Si vous nous donnez un numéro de téléphone où vous joindre, nous pouvons vous signaler directement toutes les modifications éventuelles, ou nous rendre au poste de police local, comme vous voulez.

— C'est inutile tant que vous ne quittez pas le Cap, mais à tout hasard je vais vous donner le numéro de téléphone de mon propre bureau, au cas où vous auriez besoin de *moi*.

Il leur énuméra les chiffres en souriant — un sourire froid et légèrement oblique.

— Merci, c'est tout. Je vous souhaite à tous bon voyage et bon séjour.

Patti l'interrompit d'un ton vif et brutal.

— Un instant ! S'il vous plaît... Pourrais-je... Si Priya n'y voit pas d'inconvénients, j'aimerais modifier nos projets. Mais à dire vrai, cela dépend de Mr. Preisinger.

Elle se retourna pour implorer Larry du regard.

— Accepteriez-vous que nous poursuivions notre voyage avec vous, au lieu d'aller en train ? Je sais bien que j'ai dit que je voulais voir les chutes de

Chittar et ce village de Kuttalam dans les montagnes, mais après ce qui s'est passé ici, sincèrement, je serais tellement plus heureuse d'avoir une escorte sûre ! Voyez-vous, je n'avais pas encore réalisé que vous passiez justement par Nagercoil. Si vous pouviez nous supporter deux jours de plus et nous conduire jusque chez les parents de Priya, je me passerais sans problème des chutes de Chittar.

— Mais, Patti, ils vont chez un ami ! objecta Priya, quelque peu choquée par cette demande hardie.

— Je sais, mais il y a sûrement un petit hôtel ou une maison où nous pourrions passer la nuit. Nous ne serions pas encombrantes, franchement.

Il n'y avait pas moyen de savoir si Larry trouvait vraiment à redire ou si pour lui la suggestion était bienvenue, car son visage ne manifestait jamais de sentiment particulier et, pour l'instant, il était pris au dépourvu. Ils avaient, après tout, uni leurs forces plus ou moins par hasard et aucun d'entre eux ne s'était attendu à ce que l'alliance continue. Le fait que Priya se fût empressée de protester était encore plus embarrassant et le privait de l'occasion d'approuver vraiment ce projet avec chaleur ; il aurait dû intervenir tout de suite ou pas du tout. Cela ne faisait pas vraiment de différence, sauf qu'il n'était pas très sûr de lui, car il ne lui restait plus qu'une chose à faire : il s'en acquitta avec la meilleure grâce possible.

— Bien entendu, nous serons ravis de vous emmener avec nous. Pas de problème en ce qui concerne le transport et, si on ne trouve pas à se loger, nous pouvons toujours camper. Qu'en penses-tu, Dom ? Crois-tu que ton ami serait très contrarié si nous descendions chez lui à cinq au lieu de trois ? Il n'a pas bronché une seule fois à l'idée d'avoir Lakshman et moi en plus.

— Ce n'est pas exactement un ami, dit Dominic avec une honnêteté scrupuleuse, pas encore, en tout cas. Je ne l'ai jamais vu. Mais son père était un ami de mon patron, et le fils réclame notre aide et nos conseils pour ses terres, n'étant pas le moins du monde préparé à cette tâche. Son père n'avait pas cinquante ans, il ne s'attendait pas à devoir se consacrer à la direction du domaine avant de nombreuses années. Autant que je sache, une douzaine de personnes pourraient arriver sans crier gare et ne pas être remarquées, mais je ferais peut-être mieux de commencer par l'appeler et lui expliquer la situation.

— Oh non ! protesta Priya en rougissant, son visage prenant soudain une teinte de pêche mûre. S'il vous plaît, ne lui demandez pas l'hospitalité pour nous, c'est trop.

— Je ne lui demanderai pas. Sauf, peut-être, s'il y a un bungalow pour les voyageurs ou un petit hôtel indien à proximité. Mais vous ne pouvez pas lui refuser la possibilité de nous offrir l'hospitalité, la taquina-t-il, ce qu'il n'aurait pas osé faire la veille.

Au lieu de rester sérieuse et légèrement désemparée elle eut un bref mais lumineux sourire — encore une chose qui n'aurait pu se produire la veille. Ils avaient fait beaucoup de chemin sans s'en rendre compte en vingt-quatre heures.

— Arrangez ça avec Mr. Narayanan, conclut l'inspecteur Raju avec indulgence, et tenez-moi au courant.

Dominic revint quelques minutes plus tard : la réponse était celle qu'avec confiance il avait espérée.

— Nous sommes tous très chaleureusement invités.

C'était exactement les mots de Purushottam, pas les siens, dans l'anglais le plus pur, d'un ton à la fois retenu et cérémonieux, issu tout droit de Cambridge, mais enraciné très profond dans la terre et les rochers de l'Inde. Dominic avait entendu cette voix une fois déjà, mais jusque-là n'avait jamais vu le visage et la silhouette qui allaient avec, et il se demandait avec curiosité à quoi ressemblait l'individu en chair et en os. Tout ce qu'il savait, c'est que Purushottam Narayanan était d'environ un an son cadet et avait fait ses études en Angleterre jusqu'à la mort de son père, qui l'avait plongé tête la première dans les affaires complexes d'un grand domaine, riche mais quelque peu négligé les derniers temps. A en juger d'après sa façon de parler au téléphone, il vivait dans l'intimité de l'anglais classique, jour et nuit, mais l'anglais parlé n'avait jusque-là laissé aucune trace en lui.

— Ne vous faites aucun souci, Priya, il est sincère et il s'en réjouit. N'oubliez pas qu'il était encore en deuil tout récemment et vient de rentrer chez lui après plusieurs années en Angleterre : il doit se sentir comme un étranger inadapté. Un peu de compagnie lui fera du bien.

— C'est très gentil à lui, répondit Priya, pas vraiment contente, mais avec un sourire conciliant.

Son teint de pêche vira au rose foncé.

— Il doit avoir beaucoup de choses sur les bras. Nous essaierons de ne pas le déranger plus que nécessaire.

— Bon, eh bien, c'est entendu, trancha l'inspecteur Raju avec vivacité, on pourra ainsi tous vous joindre à Malaikuppam.

Le brigadier Gokhale corrigea ses notes en conséquence.

— Bon voyage ! J'espère qu'il sera sans histoires, désormais. Une expérience comme celle-là est plus que suffisante.

Ils sortirent dans la fraîcheur et l'éclat d'une belle matinée ; la Land Rover attendait, le capot parsemé des taches collantes du suc des arbres en fleurs.

Dominic revint des cuisines avec un cageot plein de provisions et de fruits, qu'il avait eu l'idée de commander en se levant, au cas où ils trouveraient plus commode de pique-niquer en chemin. Il y avait trois petites boîtes à gâteaux triangulaires bourrées de légumes, de crêpes croustillantes saupoudrées de paprika, de ces galettes de pain qu'on appelle *nan*, et de portions de poulet frit, des fruits de toutes sortes et une bouteille d'eau bouillie. Inutile maintenant d'aller à la jonction ferroviaire de Tirumangalam ; ils gagneraient un peu de temps et mangeraient mieux que dans n'importe quel restaurant sur leur route, sans parler de la possibilité de choisir l'endroit, l'ombre et le panorama.

Près de la porte arrière du bungalow, Romesh était accroupi, attachant un maigre sac de couchage qui contenait sans doute toutes ses affaires. Aujourd'hui, il ne portait pas sa tunique et son turban blancs, mais un short kaki et une saharienne, et ses cheveux bouclés tombaient en anglaises noires sur son front absorbé. Comme l'ombre de Dominic passait sur lui, il leva les yeux, révélant un visage résolu, mais préoccupé et circonspect, qui s'adoucit en un sourire engageant quand il le reconnu.

— *Namaste,* Felse sahib ! Vous allez à Madurai maintenant ?

Il avait eu un bon pourboire et était dans de bonnes dispositions, mais il n'avait pas l'air particulièrement heureux.

— Je m'en vais, moi aussi. Je prends le car dans pas longtemps.

— Vous quittez cet endroit ? Vous quittez votre boulot ?

Romesh fit pivoter sa tête d'un côté à l'autre, décrivant de violents signes d'affirmation en forme de huit, et montra le blanc de ses grands yeux.

— Je ne reste pas ici maintenant. C'est un mauvais endroit. Je ne reste pas où le batelier se fait tuer. Je l'ai dit à l'inspecteur, à mon patron aussi. Cet endroit n'est plus bon pour moi, alors je m'en vais.

— Mais c'est terminé, à présent. Tout est fini, plus rien n'arrivera. C'était un bon boulot, non ? Je ne renoncerais pas juste pour cela.

Romesh haussa ses maigres et larges épaules sous la saharienne flottante et serra les dents.

— Pas bon pour moi, maintenant. Je ne reste pas ici, je n'aime pas cet endroit. Je dois partir.

— Et l'inspecteur Raju sait que vous partez ?

— Oh oui, sahib, je lui ai expliqué et il a dit OK. J'ai fait une déposition à la police hier soir et ce matin, alors tout est OK. J'ai raconté où j'allais et il a dit que tout va bien.

— Et où allez-vous ? Qu'allez-vous faire ?

Dominic chercha quelques petites pièces de monnaie dans sa poche.

— Vous allez devoir payer le trajet en car. Tenez, prenez ça !

Romesh empocha alors les pièces avec un sourire légèrement plus enjoué et une petite courbette en signe de remerciement.

— Je vais voir mon frère à Tenkasi, peut-être qu'ils auront besoin de moi au chemin de fer. Si ça ne marche pas, j'essaierai à Quilon ou à Trivandrum. Je dis à la police où je me trouve tous les jours, je fais tout ce qu'ils me demandent. Seulement, je ne reste pas ici.

Il était bien décidé et rien ne le ferait changer d'avis. Il restait accroupi, patient et obstiné, à côté de son ballot, résolu à attendre le car, tournant déjà le dos à Thekady et au lac Periyar.

— Eh bien, bonne chance ! lança Dominic, qui partit rejoindre ses compagnons.

En descendant les lacets dans la forêt du côté est de la montagne, ils firent une brève halte en contrebas du bungalow forestier, afin que Larry puisse prendre ses diapositives de la stèle de Shiva parmi les arbres. La lumière était claire et brillante, les conditions parfaites. A présent qu'ils avaient quitté l'ombre persistante de la tragédie de Thekady, ils recouvraient leur bonne humeur et recommençaient à penser à l'avenir et non au passé. Seule Patti était relativement calme ; toujours légèrement abrutie par les sédatifs — elle le reconnaissait — mais peut-être également désireuse de bien montrer, puisqu'elle avait plus ou moins extorqué cette invitation, qu'elle avait l'intention de se faire oublier et de causer le moins de dérangement possible.

L'étal de fruits était bien au-dessous à l'endroit habituel, somptueux comme une fête des moissons. Seul manquait le sadhu ; personne n'était assis à côté du lingam à l'ombre des arbres, et il n'y avait pas même un carré d'herbe aplatie pour témoigner qu'il y avait jamais été.

CHAPITRE V

Malaikuppam : lundi soir, mardi

Ils s'arrêtèrent pour déjeuner sur une bande de sable près d'un ruisseau, tout près de la route, à l'ombre de jeunes cocotiers, tandis que devant eux se déployait le magnifique panorama des sommets lointains, bleutés et tourmentés, des Ghats occidentaux, d'où ils étaient venus et qui, sous des formes et des appellations locales variées, longent la route du sud presque jusqu'au Cap. Dans l'après-midi, ils traversèrent Sattur et pensèrent à Mahendralal Bakhle, dont les terres contestées se trouvaient quelque part dans les environs. Après Koilpatti, ils tournèrent bientôt à droite, suivant les indications hésitantes de Dominic, pour emprunter une petite route, blanche comme de la farine, qui s'élevait doucement entre des rizières d'un vert émeraude intense et de grands palmyrahs[1], les formes compliquées des montagnes bleues à demi voilées se modifiant à l'infini sous leurs yeux. Dès les premiers signes de la tombée du jour, ils atteignirent Malaikuppam.

Le village s'élevait à flanc de colline, face au sud-

1. Sorte de cocotier de la côte est de l'Inde, fournissant une mélasse comestible. *(N.d.T.)*

est, et le riz était devenu ici d'un genre différent, du riz de montagne, la récolte dorée des hautes terres, qu'on était en train de couper dans un des champs. Des bosquets d'arbres encadraient le village. D'un côté, il y avait un étang et deux garçons pataugeaient le long de ses rives, tout en gardant les buffles qui se vautraient dans ses eaux fraîches, leurs flancs d'un noir bleuté étincelant, leur tête placide et patiente exprimant le summum du bonheur. A un endroit, ils virent des plantations de tabac, dont les énormes feuilles allaient du vert pâle au jaune et dont les tiges avaient près de deux mètres de haut. Ce n'était pas une campagne riche, mais elle ne semblait pas non plus touchée par la crise ni frappée par la pauvreté. Pourtant, la vie dans l'Inde rurale se déroule le plus souvent dans un équilibre précaire de dettes et d'extrême indigence, et ils le savaient tous.

Des femmes étaient rassemblées comme tous les soirs pour tirer de l'eau d'un gros puits à la margelle en pierre sur la place poussiéreuse du village. L'une des jeunes filles, perchée sur la margelle d'un mètre cinquante de haut, se détachait sur un ciel qui virait à l'orange et à l'or; les autres lui tendaient leurs marmites en cuivre pour qu'elle les remplisse. Ses fins orteils bruns agrippant la pierre, elle plongeait et soulevait les marmites débordantes, faisant briller les bracelets qu'elle portait aux chevilles et aux poignets, et tous ses gestes étaient purs, gracieux et bien calculés, véritable leçon sur l'art de se mouvoir. Larry arrêta la Land Rover et toutes les femmes au visage sombre se tournèrent pour les regarder avec une curiosité naïve, et rirent tout haut en jaugeant sans détour leur bizarrerie et leur incongruité. C'était une expérience déconcertante que tous les étrangers du groupe avaient subie à maintes reprises auparavant. Mais quand Lakshman se pencha par la portière et demanda son chemin dans un tamoul plein d'aisance, la femme la plus proche s'avança spontanément, le sourire aux lèvres, et lui désigna la route. Un peu plus haut, ils apercevraient les grilles.

Ils virent d'abord la haute muraille blanche, coiffée de tuiles rouge vif, qui se prolongeait jusqu'à l'horizon. Puis ils franchirent les grilles en fer forgé qui s'ouvraient sur une courte allée poussiéreuse et une large cour centrale, autour de laquelle étaient regroupés de façon disparate les divers bâtiments de la propriété, nombre d'entre eux ayant été ajoutés à différentes époques. Ils étaient tous de faible hauteur, blancs et à un seul étage, ombragés par des avant-toits en surplomb ; les premiers bâtiments étaient de toute évidence les habitations des ouvriers agricoles et des domestiques, qui semblaient très nombreux. Puis des granges et des réserves, sans doute, remplissaient tout l'espace autour de la vaste aire de terre battue donnant accès, un peu plus haut, à une cour pavée. L'extrémité de la perspective aboutissait par quelques marches à une large terrasse, dominée par une longue maison basse à un seul étage, aux murs blancs et aux tuiles rouges, un peu comme un ranch, mis à part le crépi grossier des murs et la forme des toits. Par-dessus les tuiles, on apercevait les bosquets d'ornement et les arbres fruitiers d'un jardin et, au-delà, un bouquet d'arbres forestiers dominait le mur d'enceinte.

— Richesse sans prétention, commenta Patti d'un ton critique. J'avais un peu l'impression que ce serait comme ça. En tout cas, ça n'a rien d'anglais. Êtes-vous jamais allés dans les monts Nilgiri ? Avez-vous vu toutes ces maisons terriblement mal adaptées au pays, qui ont l'air de survivantes du jubilé de la reine

Victoria et s'appellent toutes « Waverley », « Rosemount » ou « Les Cèdres » ? On se demande si on n'est pas victime d'une hallucination. Du moins, ici, c'est bel et bien l'Inde rurale, pas les faubourgs de Cheltenham.

— J'ai été invitée une fois à une rencontre à l'Institut des Femmes, dit Priya de façon inattendue, à Bangalore.

Ils se tournèrent tous vers elle, stupéfaits, même à cet instant critique où ils se demandaient ce qui les attendait, pour la regarder, tant cette déclaration était suprenante, pas en elle-même, mais venant d'elle, Priya.

— Je n'y suis pas allée, dit-elle modestement. Je devais assurer des heures supplémentaires. J'étais infirmière là-bas à cette époque. Mais j'y serais allée, si j'avais été libre.

— C'est formidable ! s'exclama Patti avec satisfaction. Sais-tu quand les vrais problèmes ont commencé ? Quand les Anglaises sont arrivées ! Les hommes étaient très désireux de se mettre au courant et d'adopter tranquillement et discrètement le mode de vie indigène, personne ne s'en serait trouvé plus mal. Mais une fois qu'on a autorisé les épouses à venir, et les familles, et tout le sacré *establishment,* ç'a été fini. Tout devait être conforme à la façon de vivre de notre chère reine, et tout le monde a cessé d'étudier celle des autochtones et d'en tirer profit. Ça n'avait plus aucune importance, il fallait seulement tout ramener dans le rang. Ce qui bien sûr ne s'est jamais produit. Dieu merci ! On ne peut pas se contenter de faire le tour du monde en essayant d'apprendre aux autres peuples la respectabilité, alors que ça ne signifie qu'une chose : le respect d'une poupée anglicane en crinoline.

Elle rencontra le regard de Dominic, qui s'attardait sur elle pensivement, tandis que Larry arrêtait la Land Rover tout près de l'escalier de la terrasse.

— Oui, tu as raison, je parle trop parce que je suis mal à l'aise. Je me suis invitée ici, je sais.

— Tu viens de mettre exactement le doigt sur le problème, confirma Dominic franchement. Ne t'inquiète pas pour tes droits et tes titres. Cette sorte de caravansérail absorbe les visiteurs en bloc. Venez, allons retrouver notre hôte.

Ils sortirent de la voiture, secouèrent avec gêne la poussière de leurs vêtements. Lakshman se plaça à l'arrière du groupe, son travail s'arrêtait là. Ce fut Dominic qui, empruntant l'escalier, conduisit la petite troupe sur la terrasse, qu'il traversa en direction de la porte ouverte sous le large auvent.

Soudain, sans qu'on sache bien comment, un jeune homme apparut sous le linteau, prêt à les accueillir cérémonieusement. Ils n'avaient rien entendu ; il s'avança avec amabilité et délicatesse, à la manière des gens de sa caste et selon le code de sa lignée aristocratique. Il avait entendu la Land Rover arriver et n'avait pas eu besoin d'obéir à une autre injonction, étant donné son sens scrupuleux de l'hospitalité. Il avait sans doute perçu leur moteur depuis une heure ou plus, même s'il avait fait d'autres choses entre-temps. Il se tenait immobile dans l'embrasure de la porte pour accueillir ses hôtes — personne au monde n'avait l'air moins prétentieux ni plus sérieux —, un jeune homme mince, bien fait, en pantalon de flanelle grise et chemise blanche ouverte au col, avec des cheveux noirs coupés court qui ondulaient légèrement sur les tempes, et dans ses grands yeux sombres, fiers et distants, l'éclat de quelque chose de lointain et d'émouvant :

espoir de compagnie, souvenir de gaieté, foi dans la possibilité d'une amitié, quelque chose d'intimement lié à l'Angleterre et aux Anglais.

— Je suis Purushottam Narayanan, se présenta-t-il d'une voix claire, courtoise, presque didactique. Tout est prêt pour vous ! Entrez, je vous en prie !

L'hospitalité de la maisonnée Narayanan était parfaite mais sans complication, le mobilier des chambres confortable mais simple, dans le style indien, comme le dîner qu'ils partagèrent bientôt dans une vaste pièce plutôt nue qui donnait sur la terrasse et les faibles petits feux vacillants et les lampes du village au loin. Sur une grande table étaient disposés les couverts et neuf ou dix plats de légumes variés et de curry : les convives recevaient chacun une assiette chauffée qu'ils allaient remplir à leur gré. L'hôte, attentif, encore grave et réservé, leur expliquait les plats et ne manquait pas de les avertir lorsqu'ils risquaient d'être fortement épicés pour leur palais. Puis, après avoir fait leur choix, tous s'assirent à une table plus petite devant la fenêtre, et deux serviteurs restèrent au fond de la pièce, prêts à regarnir leurs assiettes sur un simple signe de tête de leur maître.

Après quoi, les serviteurs apportèrent des bols d'un dessert crémeux à base de riz, recouvert de feuilles d'argent fines comme du papier de soie, également faites pour être mangées ; des fruits, dans une jatte remplie d'eau, et du café fort et parfumé.

Pendant ce temps-là, ils avaient échangé toutes les politesses, leur hôte exprimant sa gratitude pour leur compagnie et le plaisir qu'il en retirait, les invités leurs remerciements pour son amabilité et leur reconnaissance pour toute l'attention qu'il avait mise à garantir leur confort. Pourtant, ils ne savaient pas davantage si son plaisir était vrai ou formel, sa gratitude réelle et sincère, ou seulement une formule convenue. Il était assis parmi eux, les jambes croisées à l'extrémité de la longue banquette fixée dans la fenêtre, parlant avec intelligence de choses ordinaires comme le paysage indien, leur voyage et comment ils allaient le poursuivre, ses grands yeux sombres et résolus passant attentivement d'un visage à un autre, sans rien oublier qui pût contribuer à leur bien-être. Mais il se pouvait — c'était même probable — qu'une part intime de sa personne fût à des milliers de kilomètres de ses invités.

De taille moyenne, il était aussi grand que Dominic, mais Larry, plus dégingandé, le dépassait de quelques centimètres. Il avait le type élancé de l'Inde du Sud : une ossature légère, des muscles lisses et athlétiques, l'air presque fragile au repos; une impression renforcée par le raffinement et la tension de son visage, aux traits nets mais harmonieux, sans rien du profil de faucon qu'arborait Lakshman — ces traits anguleux caractéristiques du Pendjab. Le modelé des lèvres était délicat et réservé, la tête droite en un équilibre parfait, voire légèrement en arrière, comme par une retenue insurmontable. Et dans ce cadre austère, les yeux tendres propres au Sud vous regardaient d'un air incertain, refusant tout échange, même quand il discourait poliment et les comblait d'attentions.

Mais il n'y avait rien d'indécis dans son visage, ni rien qui suggérât que le moi qu'il gardait secret n'était pas engagé à cet instant même dans une activité propre, acharnée et résolue.

— Il faut m'excuser, dit-il une fois que même le café eut été débarrassé, d'être un hôte si médiocre.

J'ai été trop préoccupé par la responsabilité de ce domaine, ce dont je n'ai pas du tout l'habitude. Donnez-moi quelques mois, et quand tout fonctionnera comme je l'entends, alors il faudra revenir et j'aurai plus de temps pour vous montrer les environs.

Pas un mot sur la mort de son père et son rappel pour prendre en main le domaine; de tels soucis familiaux ne doivent pas être infligés à des jeunes femmes qu'on reçoit chez soi.

— Je me rends compte que vous avez établi vos plans, aussi, bien sûr. Mais vous resterez au moins demain? Vous n'avez pas besoin de partir avant après-demain?

— Non, nous avons prévu de partir mercredi matin, acquiesça Larry.

— Et à quelle heure devez-vous vous mettre en route?

Il sourit pour la première fois, un peu timidement.

— Je suis désolé, c'est terrible. Je serais heureux si vous n'étiez pas tenus de partir ce jour-là, mais, voyez-vous, l'avocat de mon père vient précisément ce matin-là m'aider à mettre de l'ordre dans toutes les affaires qu'il a laissées en plan. Il a été malade quelque temps avant de mourir, bien que nous n'ayons jamais réalisé à quel point, et il a négligé un peu certaines choses, sans parler d'un procès avec un cousin à propos d'une parcelle de terre plus bas dans la plaine. C'est pourquoi je me suis enfermé dans son bureau toute la journée, jour après jour, à essayer de tout trier pour la venue de l'avocat. J'aimerais organiser mon entretien avec lui à une heure qui ne vous incommode en aucun cas.

— Nous devons partir tôt, répondit Larry. Il faut que nous déposions les filles à Nagercoil avant de continuer sur le cap Comorin. Je crois qu'on pourrait dire sept heures du matin.

— Alors, je ferai en sorte que Mr. Das Gupta vienne à huit heures. J'enverrai mon chauffeur le prendre à Koilpatti après votre départ. Mr. Das Gupta conduit, mais mal, et la route pour venir jusqu'ici est mauvaise, il sera content qu'on aille le chercher. Ne pensons plus au départ, maintenant. Vous disposez de la journée de demain, et ça nous laisse le temps de faire pas mal de choses.

Il regarda Dominic.

— Vous viendrez avec moi jeter un coup d'œil à notre installation ici ? Ça me ferait plaisir. J'ai des idées, mais vous saurez mieux que moi si elles sont réalisables.

— Je ne fais qu'annoncer la venue du Swami, dit Dominic, lui-même viendra dès que possible. Mais j'espérais, naturellement, voir un peu votre installation pendant que je suis ici, afin de lui indiquer les grandes lignes de vos projets. Il y aura beaucoup de chemin à faire ?

— On peut y passer facilement toute la journée. Peut-être pourrions-nous emprunter la Land Rover ?

Il se retourna pour lancer soudain un sourire engageant à Larry.

— Dominic me dit — il en a parlé au téléphone — que vous êtes ingénieur civil et avez travaillé sur un projet d'irrigation dans le Nord, c'est bien ça ?

Larry en convint, sans se donner la peine d'ajouter qu'il craignait pour la survie dudit projet.

— Alors vous êtes exactement l'homme qu'il nous faut ! Je vous en prie, venez avec nous. Voyez-vous, là-haut en direction des montagnes, nous avons une petite rivière, un affluent de la Vaippar, et, il y a des siècles, tout un système de réservoirs avait été construit le long de son cours, avec des barrages en terre. Ils sont hors d'usage et ont été envahis par la végétation — oh, depuis trois cents ans, j'imagine —, mais je crois qu'il serait possible de reconstruire tout le système. Avec des barrages en terre, il n'y avait pas grand risque pendant la saison des pluies — si la bonde supérieure lâchait, c'est tout le système qui lâchait, c'est pourquoi on les a abandonnés. Mais ce ne serait pas si difficile, avec une petite mise de fonds, d'investir dans un système plus solide du même genre. Venez voir avec nous !

— Entendu, et avec plaisir !

Larry se serait volontiers lancé dans une discussion technique sur la question de l'eau dans le Tamil Nadu, et la possibilité d'exploiter davantage les rivières du Kerala, sur le flanc ouest des Ghats, plus étroit et mieux arrosé, afin d'irriguer les plaines desséchées de l'Est. Mais Purushottam détourna la conversation. Il était nécessaire de faire des projets, mais aussi brièvement que possible. Le lendemain, ils parleraient toute la journée eau, riz, terrassement, ainsi que des anciens réservoirs mystérieux de Malaikuppam. Ce soir, ils devaient se consacrer à l'unique tâche de rendre agréable le séjour des jeunes filles dans la propriété.

— Pour vous, Miss Galloway et Miss Madhavan, je crois que nous pouvons organiser quelque chose de plus intéressant. J'espère ne pas m'être trompé. Dominic m'a signalé au téléphone que vous aviez à l'origine l'intention d'aller à Kuttalam. C'est à soixante kilomètres d'ici, alors pourquoi s'en priver ? Ma voiture vous y mènera demain, si cela vous fait plaisir, et Lakshman vous accompagnera pendant que nous sommes occupés. Nous nous retrouverons dans la soirée.

— Ça m'a l'air parfait, dit poliment Patti.

« Trop parfait, se dit-elle, échangeant un regard

avec Priya, on se débarrasse de nous pendant que les hommes d'affaires s'entretiennent. » Elle aurait tout à coup aimé percer une brèche dans cette défense imprenable, cette barrière de politesse attentive qui réussissait si bien à les écarter, sans leur laisser la possibilité d'émettre des réserves.

— Je ne pense pas que l'inspecteur Raju s'oppose à une excursion d'une journée, Priya, n'est-ce pas ?

— L'inspecteur Raju ? intervint Purushottam, rapprochant ses fins sourcils noirs en un froncement inquisiteur.

— Oh, je vois que Dominic ne vous a pas tout dit au téléphone ! Il ne vous a donc pas expliqué comment ils en sont venus à inclure deux filles dans leur groupe d'origine. Je suis désolée, je ne m'étais pas rendu compte.

Mais elle s'était bel et bien rendu compte. Comment Dominic aurait-il pu communiquer entièrement cette longue histoire pendant les quelques minutes passées au téléphone depuis Thekady ?

— Ce n'est pas une histoire très agréable, je suis désolée d'en avoir parlé. Nous avons été mêlés à une enquête de police, c'est tout, et nous sommes censés être disponibles, au cas où. Mais nous serons de retour ici le soir. Et j'aimerais beaucoup y aller.

Elle savait évidemment que les choses ne pouvaient en rester là ; puisqu'elle en avait tant dit, quelqu'un d'autre devait raconter le reste, sinon personne n'aurait plus de tranquillité d'esprit. C'est à Dominic qu'il revint d'entrer dans le détail de l'histoire, puisqu'il était à l'origine du séjour chez Purushottam.

— Je n'en ai pas parlé au téléphone parce que l'inspecteur attendait, et le temps était précieux.

Mais je vous en aurais sans doute parlé demain, en tout cas.

« Demain à nouveau, quand ils se seraient débarrassés des femmes et disposeraient de la journée entière pour leurs affaires », se dit Patti. Au lieu de cela, Dominic raconta tout sur-le-champ, en peu de mots mais avec précision. Purushottam écouta attentivement, l'air bouleversé, les sourcils froncés jusqu'à former une ligne droite en travers du front. A un moment, il regarda Priya, d'un regard ni machinal ni furtif, mais direct, appuyé et pénétrant, comme s'il la voyait pour la première fois. C'était un succès, d'avoir surpris Purushottam en dépit des préoccupations qui le submergeaient.

— Et vous pensez qu'il pourrait se trouver d'autres agents naxalites actifs dans les parages ? Ce ne serait pas la première fois, bien sûr, il y a eu par ici des affaires de ce genre auparavant. Deux d'entre eux ont été arrêtés près de la frontière du Népal il y a environ une semaine, on dirait qu'il n'y a guère de limites à leurs agissements. Je suis vraiment désolé que vous ayez dû traverser une telle épreuve.

Patti, curieuse, demanda sans sourciller :

— Cela ne vous fait pas regretter d'être revenu au pays ? Ou n'auriez-vous pas souhaité être dans une branche d'activité différente, plutôt que rivé à tout ce grand domaine ? C'est une situation tellement vulnérable, quand il existe une gauche révolutionnaire dont les membres sont prêts à perdre la vie pour une cause — comme cet Ajit Ghose.

Il eut un bref haussement d'épaules presque méprisant, et sur ses lèvres mobiles se dessina quelque chose qui n'était pas précisément un sourire.

— J'ai du travail qui m'attend ici, et je vais m'y atteler. Je veux que cette terre soit dirigée de façon deux fois plus efficace qu'elle l'a jamais été auparavant pour devenir deux fois plus productive, et qu'elle le prouve en rapportant un bénéfice substantiel chaque année. Nous aurons deux récoltes de riz là où il n'y en avait qu'une autrefois et, là où nous obtenons déjà une certaine récolte de *thaladi*, nous l'augmenterons d'au moins cinquante pour cent. Et nous ne devons pas non plus demeurer une ferme de monoculture, je vais introduire des plantations de bananes et d'autres produits, afin que nous puissions procurer mieux que du travail temporaire. Je veux voir cette terre rapporter et produire selon mes vœux, ou mourir à la tâche. Vous savez ce que dit le Bhagavad-gita : Fais ce que tu dois faire, sans réfléchir aux conséquences. « Mais si tu ne veux pas mener cette bataille légitime, alors tu manqueras à ta loi et à ton honneur, et commettras le péché. »

— Le problème, déclara Patti après un instant de silence, c'est que les naxalites citent sans doute, eux aussi, le Bhagavad-gita et je parie que Krishna leur dit exactement la même chose.

Lentement, ils descendirent tous trois la colline jusqu'à l'endroit où ils avaient laissé la Land Rover, garée dans la poussière blanche comme de la farine sur le bord de la piste. Derrière eux, le terrain s'élevait en plissements inégaux, et des forêts clairsemées s'amorçaient qui, au loin dans les hauteurs, proliféraient en une jungle dense. Devant eux s'étalait la campagne : champs, bosquets et villages, ruisseaux presque à sec, récoltes sur pied et bétail dans les pâturages. Ils longèrent la rivière presque tarie, observant à chaque dénivellation les renflements du sol où se trouvaient autrefois les bondes des réservoirs d'irrigation, monticules mystérieux sous l'herbe.

Ils parlaient sérieusement à présent, avec animation et pertinence. Larry était formel : les réservoirs pouvaient être remis en route à relativement peu de frais, si la main-d'œuvre était nombreuse et décidée. En même temps, on pouvait niveler certains de ces champs en bordure, et conserver l'eau et la terre par un terrassement discret.

— Nous n'avons pas une économie de delta, nous ne réussirons jamais à tirer trois récoltes de ce terrain. Mais il est possible d'en tirer deux, oui, grâce au mûrissement rapide de ces nouveaux hybrides que le gouvernement produit à Aduthararai.

— Nous avons nous-mêmes travaillé dans ce sens, expliqua Dominic, dans notre laboratoire, et notre situation n'est pas très différente de la vôtre par ici. Le Swami amènera sans doute Satyavan Kumar voir vos terres, dès que possible. C'est l'homme qu'il vous faut pour les semences.

— Savez-vous ce dont on aurait vraiment besoin ? De petites industries fondées sur l'agriculture. Quelque chose qui procure un emploi stable, et non précaire. Le capital ne sera pas un tel problème. Mon père a laissé beaucoup d'argent. Et vous avez vu ma maison — qu'ai-je besoin d'un si grand logement ? Ces bâtiments constitueront les magasins et les bureaux centraux, et il y a assez de place pour construire davantage de fabriques et d'ateliers à mesure qu'on s'agrandira. Sans compter qu'on a quantité de talents et des dirigeants intelligents dans les conseils de villages. Trois de ces villages sont assez hardis et astucieux pour participer dès le début, et deux autres les suivront sans doute. Ceux qui restent mettront une saison ou deux à se décider, et tout ce que nous aurons à faire pour les attirer sera de montrer l'accroissement de nos bénéfices. Une fois qu'ils verront leurs voisins prospérer, ils voudront participer aussi.

Ils avaient atteint la route et la Land Rover. Purushottam se pencha et ramassa une motte de terre noire séchée, l'écrasa dans ses mains et l'examina attentivement en fronçant les sourcils.

— J'aimais beaucoup mon père, mais je n'ai jamais vu les choses comme lui, si bien que je me suis senti terriblement coupable à sa mort et il a fallu que je rentre. Non qu'il soit très facile de rentrer, en tout cas, après avoir mené une vie si différente en Angleterre. On se sent étranger dans l'un et l'autre pays. Mais je n'aurais pas pu vivre ailleurs qu'en Inde, pas de façon permanente, aussi il me semble qu'il ne me reste qu'à m'adapter le plus vite possible. Non pas en continuant sur la voie de mon père, toutefois. Ce serait un mensonge phénoménal pour moi. Il a essayé de s'accrocher au moindre hectare, vous savez — c'était un bon propriétaire, remarquez, et ce qu'il éprouvait tenait à sa loyauté envers ses fermiers, mais il ne savait pas comment changer. Il était un peu procédurier par inclination, aussi, dans ses années de maturité, et il y a eu des complications. Maintenant, il faut que je tire les choses au clair, je sais ce que je veux et, avec l'aide du Swami, nous parviendrons peut-être à trouver un arrangement avec les autorités.

— Son mérite est reconnu dans l'État et au niveau national, dit Dominic, et il fera tout ce qu'il peut, vous pouvez compter là-dessus.

— Je n'ai pas l'ambition d'être propriétaire, pas la moindre, mais je veux voir cette terre rendre le meilleur service possible et fournir de bons revenus à quiconque la cultive, et il m'a semblé qu'un groupement coopératif était la meilleure façon d'y arriver. Et si la coopérative est effectivement lancée et me fournit un travail utile, alors je serai satisfait. Je suis prêt à investir l'essentiel de la fortune de mon père dans les fonds.

Il fit couler la fine poussière brune entre ses doigts et la laissa glisser à terre.

— L'eau est le problème numéro un. Mais il ne sert pas à grand-chose de chercher une nappe phréatique par ici. Dommage.

— On peut remettre en service ces réservoirs, l'assura Larry, et une fois que vos champs seront à niveau, les canaux d'irrigation vous coûteront très peu. Vous aurez l'eau si vous avez la main-d'œuvre. Et s'ils ne vous font pas président de la coopérative, c'est qu'il n'y a ni gratitude ni justice.

Purushottam bascula la tête en arrière et rit à gorge déployée. C'était la première fois qu'ils entendaient son rire gai, impulsif, presque surprenant. Ils se rendaient compte seulement maintenant que ses yeux avaient perdu un peu de leur isolement défensif et que ses traits pâles et finement tirés s'étaient détendus, de même que sa démarche et ses gestes n'avaient plus la raideur formelle de la veille. Il s'agissait d'une transformation discrète, mais complète. Pendant les deux ou trois semaines après qu'il était revenu jouer son rôle de fils aux funérailles de son père, il avait dû être le jeune homme le plus solitaire de l'Inde et, soudain, il avait des compagnons, des alliés, même.

— Je ne crois pas que je sois fait pour être président. Je finirai sans doute comme homme à tout faire et mécanicien, comme Dominic. Croyez-vous que je puisse entretenir autant d'employés en choisissant cette voie ? Du moins, jusqu'à ce qu'on les reconvertisse tous en ouvriers agricoles ?

Ils rentrèrent à la maison en début de soirée, très contents. La lumière virait au rose dans le ciel à l'ouest. Patti, Priya et Lakshman étaient revenus avant eux de Kuttalam et les serviteurs surveillaient le dîner d'un œil et la cour de l'autre, guettant le retour du reste de la compagnie avant de servir le repas.

Pendant le dîner, Purushottam fit un gros effort pour garder un tour général à la conversation et prêter attention à tout ce que les jeunes filles avaient à dire ; mais une fois la grande table débarrassée, il ne se passa pas beaucoup de temps avant que les cartes à grande échelle ne la recouvrent à nouveau et que les hommes se penchent sur elle avec sérieux, suivant les lignes de pente du sol et le cours des maigres rivières, et marquant les limites possibles de la nouvelle exploitation.

— On ne peut travailler cette terre dans de petites exploitations, et c'est ce que les gens d'ici essaient encore de faire. Il en résulte des dettes partout dès les premières pertes dues à la mousson, ou à une maladie des céréales, parce qu'il n'y a jamais de réserves. Ça ne peut être efficace qu'à grande échelle.

— Et avec une économie diversifiée.

— C'est exact. Nous n'avons pas affaire à un sol fertilisé par le limon comme dans les deltas, où, même à grande échelle, la main-d'œuvre est plus payante que la mécanisation. Nous avons moins à perdre et plus à gagner.

Ils appelèrent Lakshman pour qu'il vienne voir le terrain qu'ils avaient examiné pendant la journée et laissèrent les deux jeunes filles lire les journaux et écouter la radio. Patti voyait les aiguilles de l'horloge glisser lentement au-delà de neuf heures et demanda à Purushottam d'un ton résigné :

— Avez-vous une machine à écrire, par hasard? Si ça ne vous ennuie pas, j'aimerais écrire une lettre à ma famille. Avec tout ce qui s'est passé à Thekady, il y a un moment que je n'ai pas écrit, et ils ont plutôt tendance à attendre des nouvelles tous les deux ou trois jours.

Il bondit de son siège, plein de remords.

— Je suis tellement désolé, nous vous négligeons affreusement. Oui, il y a une machine à écrire dans le bureau, mais elle est vieille et massive. Je pourrais leur dire de vous l'apporter...

— Non, vraiment, ce n'est pas nécessaire. Si je peux emprunter le bureau pendant une heure environ. Je ne dérangerai rien. C'est juste que je n'ai vraiment pas pu écrire jusque-là, et ma mère est du genre inquiet.

— Bien sûr, si vous trouvez l'endroit suffisamment confortable. Ce sera peut-être plus tranquille pour vous, vous avez raison, c'est juste en face, au bout de la cour. Je vais vous accompagner.

Elle protesta qu'elle allait bien trouver, mais il l'accompagna tout de même. Au-dessus de la terre battue de la cour inférieure, le ciel formait une voûte immense et pleine d'étoiles, du bleu le plus profond et pourtant si clair qu'il semblait avoir une qualité lumineuse bien particulière. Les bâtiments bas et blancs absorbaient le peu de lumière restant dans l'air et chatoyaient faiblement, creusés de fenêtres et de portes profondes, d'où émanaient ici et là le murmure des voix et l'éclat d'une lampe. Le bureau, ainsi qu'il l'avait dit, était le plus éloigné des bâtiments, même ses fenêtres ne donnaient pas sur la cour qui, toute la journée, était le centre de l'activité de la maisonnée. Sans être très grand, il avait des murs épais dont l'un était couvert de placards et de classeurs à tiroirs ; il y avait un gros bureau près de la fenêtre. Le bureau et la machine à écrire qui y était posée étaient tous deux jonchés de papiers et de dossiers.

— Vous étiez en plein travail, je suis désolée !

— Non, tout est à peu près en ordre maintenant. Quand Mr. Das Gupta arrivera ici demain, je serai prêt à le recevoir.

Il ramassa les papiers éparpillés pour les mettre de côté et arracha la feuille engagée sur le chariot d'un geste si brusque qu'il la déchira. Elle poussa un cri. Il se mit à rire.

— Ça ne fait rien. J'ai quitté le bureau si précipitamment ce matin qu'il m'aurait de toute façon fallu la refaire, j'ai complètement perdu le fil. Ça ne me prendra pas plus d'un quart d'heure de travail, je le ferai demain aux aurores.

— Beaucoup d'argent signifie sûrement beaucoup de travail, dit-elle avec tant de sérieux qu'il n'y avait rien dans ces propos qui pût l'offenser. Il ne vous arrive jamais d'avoir envie de tout laisser tomber ?

— Je n'ai encore jamais rien laissé tomber. On ne peut pas abdiquer ses responsabilités, quelles qu'elles soient.

— Non, en effet. Krishna avait raison.

Purushottam secoua le coussin afin de rehausser un peu le siège et regarda autour de lui pour s'assurer que la lumière tombait bien sur le chariot.

— Mon père détestait tellement les chiffres — je veux dire, sur le papier, car il jouait assez bien avec eux mentalement — qu'il a placé son bureau bien loin dans un coin près du potager pour ne pas se laisser distraire quand il se débattait avec eux. Vous êtes sûre d'avoir tout ce qu'il vous faut ? Il y a des timbres ici, prenez ce dont vous avez besoin.

Il la laissa et, à quelques pas seulement de la porte, elle l'entendit se mettre à courir d'un pas léger et rapide, tant il était impatient de retourner à ses projets de ferme modèle. Elle s'assit au bureau, glissa une feuille de papier blanc dans la machine et s'apprêta à taper sa lettre à sa famille.

Quand Priya et Dominic vinrent la chercher, plus d'une heure après, elle avait achevé non pas une, mais deux lettres, et était juste en train de plier la seconde pour la glisser dans l'enveloppe.

— Une pour ma grand-mère en Écosse, aussi. Elles sont toutes les deux expurgées : je ne pouvais guère leur dire que nous étions si près lors des événements de Thekady, n'est-ce pas, ils paniqueraient ! Voilà, dit-elle en fermant l'enveloppe d'un coup sec, j'ai fait mon devoir pour deux ou trois jours.

Et elle fouilla dans son sac à bandoulière, accroché au bras du fauteuil, pour chercher ses timbres. Elle était heureuse que ce ne soit pas Purushottam qui soit venu la chercher; il aurait pu s'offusquer de ce qu'elle utilisât ses propres timbres alors qu'il lui avait offert les siens, et elle aurait été désolée de le blesser.

CHAPITRE VI

Malaikuppam : mercredi matin

Le petit déjeuner fut servi à six heures, mais Purushottam était déjà debout depuis plus d'une heure, d'abord pour veiller à la préparation de provisions à leur donner à emporter, puis pour taper à nouveau le protocole d'accord qu'il avait déchiré la veille. Il tapait irrégulièrement mais vite, et au moment où on l'appela pour le petit déjeuner il avait fini et entrepris de mettre en ordre tout ce qui était utile et de ranger hors de la vue tout ce qui ne l'était pas. Il suffirait d'un quart d'heure de travail énergique après le départ de la Land Rover, et tout serait prêt.

Une servante à la peau très foncée, trop timide pour parler, apporta une tasse de thé matinale à Patti et à Priya dans leur chambre. Elle tira les rideaux et là, sur la table, à côté du grand sac de Patti, se trouvaient les deux lettres, timbrées, portant l'étiquette réservée au courrier par avion.

— Purushottam te les postera, dit Priya.

— Oh, je vais les emporter. On peut les mettre à la boîte dans la première ville où nous passerons. Tu en es arrivée à l'appeler par son prénom quand vous regardiez les cartes, dis donc ! fit-elle remarquer avec insouciance.

— Non, rectifia Priya calmement, je me suis bornée à penser à lui de cette façon. Je ne l'ai pas encore appelé comme ça.

Elles s'habillèrent et firent leurs bagages rapidement, averties désormais que Larry voulait respecter strictement l'horaire. Dans quatre heures environ, elles seraient à Nagercoil. Chez elle, pour Priya, et même pour Patti, c'était en un sens la maison.

L'Inde n'avait pas encore saisi la nature vitale du temps pour un esprit européen, et le thé et le café arrivèrent plutôt tard, mais, malgré cela, c'est juste après sept heures qu'ils sortirent tous sur la terrasse et se rendirent au bas de l'escalier où attendait la Land Rover. Les serviteurs avaient apporté tous les bagages de leurs chambres et attendaient de les ranger là où Lakshman le leur indiquerait. Larry avait soulevé le capot de la Land Rover et examinait le moteur. Purushottam et Dominic se retrouvèrent debout tous les deux, dans la douce lumière du matin, sans rien à faire. Ils se regardèrent et sourirent.

— Transmettez mes respects et mes hommages au Swami, si par hasard vous le revoyez avant qu'il ait trouvé un peu de temps à me consacrer. Dites-lui que je compte sur lui pour faciliter mon examen devant le gouvernement de l'État. S'ils sont d'accord pour me laisser agir de cette façon, personne ne soulèvera aucune difficulté à Delhi. J'ai réfléchi à tout cela depuis que j'ai appris la nouvelle, en Angleterre...

Jusqu'à ce moment-là, il ne s'était jamais senti seul ou isolé en Angleterre ; jamais avant la mort de son père, veuf, dans la fleur de l'âge, qui laissait à un étranger virtuel — oui, aussi aimant et attaché à lui qu'il eût été, un étranger — le domaine qu'il avait tenté de maintenir intact contre vents et marées. En un instant, il avait su alors à quel point il était indien, et senti les muscles de son cœur se contracter et le ramener ici, où il avait été élevé, où il connaissait tout le monde dans les trois villages les plus proches, tous les fermiers à quinze kilomètres à la ronde, et il se sentait envers eux dans la même disposition que son père, mais avait d'autres moyens d'exprimer qu'il faisait partie de leur communauté.

— Non, avant ce moment, en vérité. Depuis que j'ai commencé à devenir adulte et à penser par moi-même, et pas seulement comme on me l'avait appris. Ici, on pourrait presque vivre en autarcie. Tous ont deux ou trois buffles, les femmes s'en occupent, ils en ont besoin pour le lait, les travaux et le fumier. Avec le temps, on pourrait avoir une laiterie aussi — pas une aussi grosse affaire que Anand, juste un petit Anand régional. Et nous avons des maréchaux-ferrants, de bons ouvriers, on pourrait devenir d'ici un an le magasin d'outillage et le centre de réparation de la région. De là, il n'y a pas loin à une petite usine d'outils spécialisés, pourquoi pas ?

— Pourquoi pas ? convint Dominic. En Inde, il y a un facteur qui ne manque jamais et dont on n'est jamais à court : l'habileté manuelle en tout genre, prête à copier n'importe quoi, prête à improviser n'importe quoi, une fois que l'idée a été donnée. Quelque chose qu'on ne trouve pas dans les procédés répétitifs, les chaînes de montage et l'organisation moderne de la main-d'œuvre.

Les deux jeunes filles se tenaient un peu à l'écart, prêtes à monter en voiture dès que tout serait chargé. Elles avaient achevé ce qu'elles avaient à faire et, désormais, plus rien ne les empêchait d'écouter.

— Croyez-vous vraiment qu'ils achèteront l'idée ?

— Je ne vois pas pourquoi ils ne le feraient pas. Ils ont souvent dit que la coopérative était l'espoir de l'Inde rurale, pourquoi feraient-ils machine arrière dans ce cas précis ? Et si le Swami et la Mission nous épaulaient, l'affaire serait réglée.

— Les relations seront difficiles à établir, bien sûr, sans parler d'amener les petits cultivateurs et les ouvriers agricoles harijan sur un pied d'égalité, mais c'est aux hommes de loi de résoudre la question. Ça peut très bien se faire, avec de la bonne volonté, et je crois vraiment que cela, nous l'aurons. Pour autant qu'ils acceptent l'idée dans son principe !

— Ils seraient fous de ne pas le faire, dit Dominic, étant donné que vous proposez de leur donner la base centrale, une bonne quantité d'équipements, toutes vos terres et l'essentiel du capital que vous possédez.

— Ma foi, pas tout à fait, vous savez. J'ai des actions dans l'industrie et un peu d'argent que ma mère m'a légué, je le conserve à titre d'assurance. Mais en quoi ai-je besoin d'une telle plantation ? Ma génération ne tient pas à vivre de cette façon. Je n'ai en vérité pas besoin de davantage, fondamentalement, que n'importe quel homme du village — j'ai besoin de moins que ceux qui ont une famille à nourrir. J'espère pouvoir faire mes preuves dans les mêmes conditions que les autres. Ça ne marchera sûrement pas de cette façon, ajouta-t-il honnêtement. Le nom compte pour beaucoup, et il n'y a aucun moyen de modifier cela même si je le souhaitais. On m'élira membre de la direction, je le sais. Et ce sera une joie pour moi, aussi, de faire en sorte que cette région fonctionne pour tous ceux qui y vivent, plus efficacement que jamais. Mais du moins il faudra qu'on m'élise ! S'il ne restait pas que moi et une vieille grand-tante décrépite dans la famille, reconnut-il, ce n'aurait pas été aussi simple. Mais il n'y a personne désormais pour s'opposer à ce que je choisisse de donner tout ce que j'ai.

Il n'aurait pas dit cela en des termes aussi directs s'il s'était rappelé que les jeunes filles se trouvaient seulement à quelques mètres de là. Mais il les avait totalement oubliées, il ne s'adressait qu'à Dominic, qui savait déjà ce qu'il pensait.

Les bagages avaient tous été chargés. Lakshman ouvrit la porte pour laisser monter les filles et Larry ferma le coffre et reprit son souffle avant de faire ses adieux.

— Vous avez été extrêmement gentil de nous accueillir tous de cette façon...

Patti, qui fouillait frénétiquement dans son sac, s'exclama soudain :

— Zut ! je savais que j'allais oublier quelque chose. Le bureau est-il ouvert, Purushottam ? J'y ai laissé mon journal hier soir, je m'en souviens maintenant... Il faut que je me dépêche d'aller le chercher !

— J'y vais, offrit-il immédiatement, mais elle était déjà partie en courant.

— Non, je me rappelle exactement où je l'ai laissé. J'en ai pour une seconde !

Par-dessus son épaule on entendit flotter un interminable « Désolée ! ». Elle descendit la cour en pente douce, le sac tressautant à son épaule, de petits nuages de poussière dansant à ses talons.

— Typiquement féminin, nota Larry avec philosophie en regardant sa montre. Oh, pas si mal ! Seulement huit minutes de retard.

— Au bout de quelques mois passés dans mon pays, je trouve que c'est un record de si bien tenir l'horaire.

— Bon, vous avez mon adresse, faites-moi savoir si vous commencez le travail, et si je suis toujours dans les parages, j'aimerais y participer.

— J'en serais très heureux ! En tout cas, revenez avant de quitter l'Inde.

Ils restèrent là à attendre. Patti avait disparu dans l'embrasure profonde de la porte du bureau. Ils attendaient toujours mais elle ne réapparaissait pas.

— Et dire qu'elle savait exactement où elle l'avait laissé ! dit Larry, résigné.

— Je vais l'aider à mettre la main dessus, proposa Priya.

Elle ne s'était pas écartée de plus de deux ou trois pas de la Land Rover quand il se produisit soudain un étrange tremblement qui ébranla les contours des objets solides et donna l'impression que la terre se soulevait sous l'effet d'une force prisonnière et contenue. Puis une répercussion assourdie, comme un grand souffle d'air comprimé, fit se boursoufler et trembler les murs du bureau, le chaume se souleva, tangua et retomba sur le côté, porté par une vague de poussière ; la porte qui avait volé en éclats sortit de ses gonds, s'affaissa à l'extérieur, et des fenêtres à l'arrière deux nuages de poussière et de débris s'élevèrent en tourbillonnant, se dissolvant lentement dans les airs. Le bruit de l'explosion était étrangement amorti et contenu entre les murs d'argile d'un mètre d'épaisseur, mais le souffle se propagea en ondulant comme un serpent sur le sol, soulevant des tourbillons de poussière, fouettant les plis du sari de Priya, le gravier lui cinglant les chevilles. Elle fut aveuglée et le souffle fit pression sur elle, la maintenant immobile. Elle sentit un bras la prendre par la taille et quelqu'un s'interposer entre elle et la force déchirante qui l'assaillait. Elle s'agrippa à ce corps protecteur les yeux fermés jusqu'à ce que le vent ravageur se fût apaisé et les eût laissés toujours debout. Elle entendit une voix qui disait :

— Oh, mon Dieu, mon Dieu, pas ça à nouveau !

Une autre voix, la sienne, disait, non pas implorante, mais investie d'une vive autorité professionnelle, tandis qu'elle regardait Purushottam droit dans les yeux :

— Laissez-moi y aller ! Laissez-moi aller vers elle ! C'est mon métier !

Le bureau, quand ils s'y introduisirent à tâtons à travers le brouillard d'épaisse poussière, de particules de papier, d'éclats de bois fendu et de débris provenant de l'explosion du chaume, n'était plus qu'une coquille mutilée, aux fenêtres et aux châssis soufflés et éparpillés dans le potager à l'arrière, où trois enfants terrifiés mais indemnes, accroupis, hurlaient de façon hystérique. La porte était réduite à un entremêlement de planches affaissées, le sol couvert de décombres. Ce qui restait de la machine à écrire, un squelette de touches arrachées et de métal tordu, gisait sous les fenêtres brisées. Le bureau, disloqué, oscillait contre le mur.

Tandis qu'ils avançaient à l'aveuglette dans la pièce, ils trébuchèrent sur le corps de Patti Galloway, sans comprendre tout d'abord de quoi il s'agissait. Son corps était recouvert de papier et de poussière, réduit à un rouleau d'éléments en miettes. Des lambeaux de vêtements se devinaient encore, une fois qu'ils eurent dégagé la poussière, mais elle était disloquée et brisée comme une poupée de chiffon déchirée dans un moment de colère. Dominic rapporta une sandale du coin opposé de la petite pièce. L'enceinte resserrée de ce lieu avait amplifié l'effet de l'explosif bien au-delà de ce qu'ils avaient vu en plein air à Thekady. Pourtant, il semblait que certaines choses étaient restées presque intactes, les objets mous et flexibles, qui n'opposent aucune résistance au vent, comme les longs cheveux blonds et raides qui glissèrent souplement sur le bras de Priya, quand elle souleva la tête mutilée.

Patti était morte avant qu'ils arrivent auprès d'elle.

CHAPITRE VII

Malaikuppam : mercredi soir

Aucun d'eux ne parvint, avant longtemps, à se faire une image nette des événements de ce jour-là, ni à les assembler en une séquence significative. Ils réagirent de façon rationnelle, répondirent aux questions de manière cohérente, se rappelèrent même les précautions complexes qui leur étaient recommandées et les considérèrent comme allant de soi, mais ils le faisaient dans une sorte de brume, comme des automates répondant à des stimuli automatiques. Trop choqués pour éprouver quoi que ce soit, ils pouvaient encore penser et raisonner, et faire ce que les circonstances exigeaient d'eux.

Ils laissèrent donc Patti là où ils l'avaient trouvée, parce que sa position même pouvait signifier, aux yeux de l'observateur entraîné, quelque chose susceptible d'indiquer où l'explosif avait été placé, et comment il avait été déclenché. Ils ne pouvaient rien faire pour elle, si ce n'est, dès que cela serait supportable et que le temps leur aurait permis de se détendre suffisamment pour en reconnaître la nécessité, faire savoir à ses parents ce qui lui était arrivé et peut-être aussi informer les personnes qui avaient été plus ou moins responsables d'elle dans ce pays, son directeur ou la relation d'affaires de son père qui lui avait obtenu le boulot. Plus personne ne pouvait aider Patti elle-même. S'il existe quelque chose comme la mort instantanée, c'est ce qui lui était arrivé et personne n'y pouvait rien.

Ils installèrent donc un gardien sur le seuil du bureau ravagé, et un autre des serviteurs de Purushottam dans le jardin à l'arrière. Priya, suivant toujours aveuglément sa nature, récupéra les enfants qui hurlaient au milieu des légumes et s'assura qu'ils n'avaient aucune égratignure avant de les rendre, secoués désormais seulement par des sanglots et des hoquets, à leur mère bouleversée. Après quoi, ils retournèrent à la maison, chacun d'eux marchant d'un pas rapide et mécanique de somnambule, le visage glacé, les yeux anormalement fixes et agrandis, et ils entreprirent de téléphoner. D'abord à la police locale; et il leur restait assez de bon sens pour se rendre compte que le nom de famille de Purushottam compterait beaucoup dans cette affaire. Puis à Mr. Das Gupta à Koilpatti, pour lui dire qu'aucune voiture ne viendrait le chercher ce jour et qu'aucune rencontre ne serait possible. Sans lui en donner la raison néanmoins, pas encore. Plus tard, il se pourrait qu'ils sentent la nécessité de lui demander un conseil en matière légale, mais ils devaient d'abord laisser la police diriger l'enquête. Ne rien toucher, ne rien déplacer, ne rien modifier. La Land Rover chargée était toujours en bas de la terrasse. Ils l'avaient oubliée, jusqu'à ce que Purushottam envoie un serviteur chercher les bagages et retirer la nourriture avant qu'il fasse trop chaud. Ils savaient qu'il n'était plus question de départ.

— Nous devrions, suggéra Dominic, exprimant ce que tous ressentaient, informer également l'inspecteur Raju de ce qui s'est passé.

Car cela pouvait difficilement être autre chose qu'un corollaire de l'affaire de Thekady. Soit un attentat de plus dans une série qui avait commencé là-bas, soit un coup pour éliminer les témoins du premier crime. Ils hésitaient entre les deux hypothèses, mais ils étaient sûrs d'une chose, c'était que ce dernier incident était lié au précédent. Ils avaient sans le vouloir pénétré dans un labyrinthe, peut-être pour la simple raison qu'ils étaient sur le bateau qui avait découvert le corps assassiné de Mahendralal Bakhle ; et à présent le moindre geste pour en sortir pourrait s'avérer une erreur.

— C'est une question délicate, avança Purushottam. Nous sommes dans le Tamil Nadu mais le lac se trouve dans le Kerala, et la police de l'État risque de défendre jalousement ses droits. Nous devons attendre qu'elle arrive. Malgré tout, comme cela semble être un prolongement de l'affaire de l'inspecteur Raju, il se peut qu'elle désire le consulter. Il va falloir nous montrer diplomates.

Ils avaient beau s'exprimer en ces termes et considérer de telles subtilités, en même temps, dans leur esprit choqué, les pensées frénétiques ne cessaient de tourner en rond comme des animaux blessés tentant d'atteindre leur douleur : « Patti est morte. Elle avait laissé son journal dans le bureau, elle s'en est souvenue et a couru le rechercher, le bureau lui a explosé à la figure et l'a tuée. A dix minutes près, la Land Rover aurait été en route, et elle aurait été saine et sauve à bord — mais c'est Purushottam qui se serait alors enfermé dans le bureau avec ses comptes. Patti a retardé le départ, et elle a trouvé la mort... Mais lequel d'entre eux était visé ? »

— Nous pourrions appeler le Swami, proposa Dominic.

— A Delhi ?

Cela semblait presque aussi loin que l'Amérique.

— Pourquoi pas ?

Il voulait entendre la voix la plus sensée, la plus rassurante et la plus détachée qu'il connaissait. Elle avait une façon de fixer les choses dans une vraie perspective, même la mort. Ce n'était pas la première fois qu'il s'était trouvé face au Swami Premanathanand devant le corps d'une victime [1] et avait constaté que la mort est seulement un élément du tableau, aussi inévitable et omniprésent soit-il.

— Il aura besoin de savoir ce qui s'est passé, puisqu'il m'a envoyé ici, et il est certainement inquiet à votre sujet.

— Oui, convint Purushottam, vaguement encouragé. Je crois que ce pourrait être une bonne idée au moins de lui faire part de ce qui s'est passé.

Il fallut quelques instants à Dominic pour obtenir sa communication et même quand il eut le numéro du vague petit bureau central de la Mission, perdu dans le dédale du bazar de Sadar, il lui fallut encore plus longtemps pour entrer en contact avec le Swami. Il y avait une conférence sur la politique à suivre pour acheter de nouvelles machines agricoles, et le Swami ne put quitter le conseil que pour quelques minutes pressées. Dominic imaginait les têtes sérieuses penchées sur des brochures en couleurs et tous les visages fervents, jeunes et vieux, si illuminés par un enthousiasme partisan que l'esprit retors d'un Européen ne pouvait reconnaître leur perspicacité angélique et leur sens pratique, jusqu'au moment où ils lui auraient fait baisser ses prix et arraché ses produits les meilleurs. Ils avaient une petite usine dans

1. Voir *Raga mortel*, coll. 10/18, n° 2908. *(N.d.T.)*

l'Andhra où ils fabriquaient leurs propres modèles, les adaptant aux besoins particuliers de la région, mais ils ne pouvaient pas encore tout fabriquer eux-mêmes. Et les anges doivent être à la fois pratiques et astucieux, afin de tenir bon en face d'une humanité faillible.

La voix lointaine, douce, courtoise mais préoccupée, lui dit :

— Je n'ai que quelques instants, je suis désolé. Tu es à Malaikuppam ?

— Oui, Swami, en effet. Depuis avant-hier...

— Et tout va bien avec Purushottam ?

— Non, rien ne va. Nous avons besoin de votre avis.

— Alors, parle, dit le Swami, sur le qui-vive, se préparant à écouter en silence.

Quand le récit bref mais bouleversant fut achevé, il resta silencieux un instant puis il prononça une phrase, fit une pause, en prononça une seconde, et raccrocha très doucement.

Dominic revint dans la pièce où les autres attendaient. Tous les yeux se portèrent sur lui et Priya, au moins, sembla lire sur son visage quelque chose de réconfortant, comme si on lui avait fait une promesse et qu'il en tirait un soulagement et un réconfort lisibles dans son regard.

— Qu'a-t-il dit ?

— Il a dit, rapporta Dominic fidèlement, « Pour celui qui naît, la mort est certaine, pour celui qui meurt, la naissance est certaine ; il est donc inutile de se lamenter, quand l'issue est inévitable. »

— Quel secours ! ironisa Larry, outré dans sa mentalité de Nouvelle-Angleterre.

— Puis il a dit : « Je vais réfléchir à ce qu'il y a de mieux à faire. » Et il a raccroché.

— Et c'est tout ?

— Tu ne le connais pas, dit Dominic.

Étrangement, comme si un ressort entravé s'était relâché pour jaillir librement, Priya baissa sa tête aux cheveux noirs brillants et se mit à pleurer, librement, en silence, non comme un cœur qui se brise, mais comme un cœur brisé qui commence à guérir. Purushottam, beaucoup trop indien pour lui passer un bras autour du cou, se pencha néanmoins avec un geste d'une délicatesse extrême, presque un geste de crainte, comme surpris de sa propre réaction, et prit sa main dans la sienne.

L'inspecteur de police tamoul du quartier général du district offrait un puissant contraste avec l'inspecteur Raju. Très tendu et anxieux, il faisait beaucoup de bruit autour de ses activités mais, par chance, son manque d'assurance le poussait à accepter une échappatoire très commode quand elle se présentait. Après une discussion assez longue au téléphone avec le commissaire de district, il annonça qu'il était d'avis, en accord avec son supérieur, de consulter les autorités du Kerala, puisque cela semblait relever de l'affaire antérieure de l'inspecteur Raju. La probabilité devait au moins être examinée. En attendant, on laissa dans l'incertitude tous les témoins à l'intérieur de la maison, tandis que Purushottam montrait aux policiers le lieu où s'était déroulée la tragédie. Puis lui aussi rejoignit les autres.

Rien d'étonnant à ce qu'ils eussent longtemps à attendre. Ils avaient vu l'état de désolation du bureau, dont chaque débris devrait être examiné, car les fragments de la seconde bombe, ce qui en restait, y étaient éparpillés. Ils avaient vu la violence dont Patti, entre les mains désormais du médecin légiste, avait été victime. Ce qu'ils avaient à dire était secondaire. Ils attendaient tranquillement, un peu plus détendus mais encore hébétés, glacés par le choc en dépit de la chaleur grandissante de la journée. Les serviteurs apportèrent de la nourriture, mais chacun se contenta de jouer avec, si tant est qu'on puisse décrire ce dégoût implacable comme un jeu. Ce n'est que tard dans l'après-midi que l'inspecteur Tilak vint les voir, pour leur dire qu'on avait informé l'inspecteur Raju plusieurs heures auparavant et qu'il était en route. On sentait la satisfaction dans sa voix, mais refoulée. La mort d'une jeune Anglaise dans un attentat terroriste était un sujet extrêmement brûlant, qu'il ne regrettait nullement d'être autorisé à confier aux soins de la police de l'État voisin. Ce qu'il voulait d'abord apprendre d'eux, par conséquent, c'était toute l'histoire des événements de Thekady, et ils les lui rapportèrent chacun séparément, et chacun d'eux se les remémora de son côté. Leur déposition concernant le nouvel attentat dut attendre que l'inspecteur Raju arrive, ce qu'il fit en début de soirée, dans une Mercedes plutôt inattendue, conduite par le brigadier Gokhale.

Soucieux de ses devoirs d'hôte, Purushottam avait pris pour eux des dispositions. Un repas les attendait et on leur prépara des chambres, puisqu'il était clair qu'ils ne pouvaient rentrer chez eux le soir même. Les deux inspecteurs eurent un assez long entretien avant d'interroger leurs témoins et il était plus de neuf heures quand ils eurent terminé leur seconde déposition et qu'ils se retrouvèrent pour discuter. Il semblait que l'inspecteur Raju, eu égard à ce qu'ils savaient déjà, ne voyait pas de raison de leur cacher les aspects de cette affaire qui ne correspondaient que trop sûrement à la précédente.

— Mr. Bakhle a été tué par une bombe, posée délibérément à bord de son bateau. Je peux vous dire maintenant que la bombe qui a tué Miss Galloway, dont nous avons retrouvé des éclats — plus fragmentaires, hélas, que dans la précédente affaire —, semble avoir été fabriquée de façon analogue, avec les mêmes matériaux, probablement par la même main et au même moment. Le lien est clair. Nous ne pouvons reconstruire cette fois-ci le cadran du mécanisme de mise à feu et nous ignorons pour quelle heure elle était programmée, car il est possible qu'elle ait explosé sous l'effet d'un choc ou d'une vibration imprévus. Aussi ne pouvons-nous rien déduire de précis de l'heure de l'explosion en ce qui concerne la personne à qui elle était destinée. Mais je suis sûr que vous n'aurez pas manqué de remarquer ce que cela implique. Cinq ou dix minutes plus tard, le groupe aurait été loin et il semble évident, d'après vos dépositions, que Mr. Narayanan serait retourné travailler dans son bureau après votre départ, pour préparer la visite de son avocat.

Il les regarda tous à la ronde : son visage ridé était un peu gris et las après son voyage, mais l'acuité de son regard restait entière.

— Oui, il est vrai que, mis à part les membres de la maisonnée, personne n'aurait pu être plus au courant de ce fait que vous. Mais cela est moins significatif que vous l'imaginez, car il semble que, depuis les funérailles de son père, Mr. Narayanan a passé dans ce bureau l'essentiel de ses journées, ce qui est sans doute bien connu à l'heure qu'il est de la plupart des gens de la région. Quiconque aurait fait une enquête privée sur les habitudes de Mr. Narayanan aurait pu aussi l'apprendre très facilement. J'ai constaté que, malgré la présence d'un gardien pendant la nuit, cette maison est virtuellement ouverte vingt-quatre heures sur vingt-quatre. Le portail n'est presque jamais fermé et même s'il l'était, il serait très facile d'escalader les murs. Bref, la bombe aurait pu très facilement être déposée au cours de la nuit par quelqu'un qui aurait surveillé pendant quelques jours les allées et venues de Mr. Narayanan, sans peut-être même se rendre compte qu'il avait en ce moment des invités. Les observations nécessaires ont très bien pu être faites avant votre arrivée. Mais, de toute façon, une autre mort, celle d'une personne innocente, étrangère aux conflits idéologiques de l'Inde, ne ferait pas reculer les poseurs de bombes. J'ai bien peur que, pour eux, Miss Galloway ne représente que la perte d'un peu d'explosif. Ils en ont en réserve.

Dominic intervint avec calme et précaution :

— Vous dites, inspecteur, que l'attaque visait Purushottam, et non Patti.

— Je dis que c'est très clairement ce que vous avez tous déduit de ce qui s'est produit. C'est évidemment ce que n'importe qui pourrait conclure. A tel point maintenant que je me demande seulement — et je vous propose d'en envisager également la possibilité — si ce n'est pas ce que nous sommes tous censés penser. Voici un nouveau propriétaire, une cible vulnérable, de toute évidence la bombe lui était destinée.

Le visage sombre de Purushottam ne s'altéra pas ; l'idée n'était pas nouvelle pour lui. Cela ne semblait pas non plus l'impressionner outre mesure, après la journée qu'ils avaient passée ensemble, et le spectacle qui leur brûlait encore les yeux et qu'ils ne pouvaient s'empêcher de voir.

— Mais, dit l'inspecteur Raju, il y a beaucoup de

propriétaires terriens, dont certains sont des cibles plus évidentes que notre ami. Voici un nouvel attentat à la bombe, chez le propriétaire qui se trouve *par hasard* accueillir les témoins les plus proches du meurtre de Bakhle à Thekady, et cet attentat liquide *par hasard* un de ces témoins, à la place de son hôte. Je n'aime pas trop les coïncidences. J'essaie toujours d'aller voir ce qu'il y a derrière — et j'ai tendance à croire qu'il ne s'agit pas du tout de coïncidences. Par conséquent, j'aimerais que vous envisagiez la possibilité qu'un agent des naxalites ait très bien pu se déplacer de Thekady à Malaikuppam, non pas parce que la victime suivante avait déjà été repérée en ces lieux, mais *parce qu'il vous suivait, vous, les témoins*.

— Mais, dans ce cas, objecta Larry, poussé à la spéculation presque malgré lui, si c'est vraiment de nous qu'il voulait se débarrasser, pourquoi ne pas poser sa bombe dans la Land Rover, et la programmer pour la faire exploser quand nous aurions été carrément loin d'ici ? Je ne vois pas de méthode plus sûre.

— Pour la bonne raison, Mr. Preisinger, que ces deux dernières nuits, le gardien de Mr. Narayanan a fait de votre Land Rover sa base. C'est un romantique et, pour lui, la Land Rover est une merveille d'exotisme. Vous pouvez être sûr que personne n'a eu l'occasion de violer ce véhicule sacré. De plus, à supposer qu'ils aient craint qu'un témoin n'ait su quelque chose, ils auraient cherché à l'éliminer sans toucher aux autres. Il ne s'agit pas d'un attentat improvisé dans la panique. Miss Galloway a occupé le bureau hier soir. On l'a peut-être surveillée à ce moment-là — et même de si près que quelqu'un savait qu'elle y avait oublié son journal. Je ne dis pas que les choses se sont passées ainsi. Je dis seulement que c'est une éventualité à envisager, et je vous demande de le faire.

— Elle a écrit deux lettres, déclara soudain Priya en levant ses grands yeux sombres. Elle les avait mises dans son sac, cachetées et timbrées, prêtes à être postées. Si elle avait eu la moindre connaissance de quelque chose, si quelque détail troublant l'avait inquiétée, ne l'aurait-elle pas mentionné dans les lettres qu'elle envoyait à sa famille ?

— Nous avons déjà pensé à cette possibilité, Miss Madhavan. Le sac n'est pratiquement pas abîmé. Nous avons ouvert les lettres. Elles disent exactement ce qu'on pourrait attendre des lettres d'une jeune fille qui écrit à sa famille — des comptes rendus tout à fait fidèles de ses voyages, où elle passe uniquement sous silence, et c'est compréhensible, les affreux événements de Thekady. Il n'y a rien là pour nous. Naturellement, on les transmettra à sa famille. Mais qu'est-ce qui vous a fait penser à cela ? S'était-elle comportée comme si elle détenait un secret et des informations dangereuses ? Son effondrement à Thekady suggère presque, à présent, qu'elle croyait savoir quelque chose d'une dangereuse importance et redoutait de le confier... le redoutait à un point que le choc causé par la découverte de l'horreur, que vous avez tous subi, ne peut expliquer entièrement. Ce choc, ajouterai-je, qui ne vous a pas empêchée de vous comporter avec une détermination exemplaire.

Elle entendit à peine le compliment, qui lui aurait procuré à la fois plaisir et souffrance. Elle regardait fixement devant elle, fronçant les sourcils avec inquiétude.

— Je ne sais pas... Elle avait eu une vie si protégée avant de venir en Inde, elle a été naturellement très bouleversée par la façon dont Mr. Bakhle est mort. Elle n'avait jamais rien connu de tel. Je ne sais pas, il serait facile de mal interpréter ce qui n'était rien d'autre que le contrecoup du choc. Que puis-je dire ? Je la connaissais à peine. Vous avez sûrement regardé dans ses affaires. N'y avait-il rien de particulier ?

— Rien. Bien sûr, vous avez raison, nous avons regardé.

— Et le journal qu'elle avait oublié... c'était très important pour elle, elle a couru immédiatement le chercher... elle est partie comme une flèche.

— Ah, le journal !

L'inspecteur Raju poussa un long soupir.

— Qu'est-il devenu ? Qui nous le dira ? On a passé au crible le moindre petit bout de papier qui reste dans le bureau, Miss Madhavan. Mais on n'a pas trouvé de journal.

Dans les heures qui précédèrent l'aube, quand il finit par trouver le sommeil après un long combat contre des images qui le tenaient éveillé et dont il n'arrivait pas à se débarrasser, Dominic rêva qu'il entendait le moteur d'une voiture qui montait régulièrement la piste depuis la route principale, ne cessait de monter, indéfiniment, refusant de renoncer ou de se décourager, bien que chaque mètre gagné fût remplacé par une distance égale devant la voiture. Il ne dormait pas profondément et il se rendait compte qu'il s'agissait d'un de ces rêves frustrants qui se produisent entre la veille et le sommeil, généralement dans les derniers instants avant le lever, et semblent se prolonger une éternité, qui se révèle n'avoir duré que l'espace d'un clin d'œil. La frustration est là parce que la minuscule parcelle de temps concernée réduit l'éternité de façon trop absolue pour qu'aucun accomplissement soit possible. La voiture ne réussirait jamais à arriver au sommet, ni à aller nulle part. Il le savait, tandis qu'il s'enfonçait dans un sommeil plus profond.

Mais quand il ouvrit les yeux sur la lueur rose de l'aube, et que son oreille perçut le pépiement des moineaux sur la véranda ainsi que le cri fugace des perruches qui passaient comme un éclair lumineux, il sentit dans ses os et son sang qu'un changement s'était opéré depuis la veille. Il prit une douche et s'habilla, traversa la maison silencieuse où rien ne bougeait que les serviteurs qui allaient et venaient discrètement, gagna la terrasse pour se rendre jusqu'en haut des marches.

En contrebas, la Land Rover attendait toujours tristement; mais à côté était garée, avec une méticulosité presque maniaque, une vieille Morris noire. On aurait dit que la voiture de son rêve avait enfin réussi à grimper jusque-là et était parvenue à destination. Il n'avait pas conscience de l'avoir jamais vue auparavant. Elle avait l'aspect discrètement vieillot et anonyme du véhicule de location courant et ne trahissait rien quant à l'homme ou à la femme qui l'avait récemment conduite.

Dominic partit à la recherche du conducteur. La terrasse contournait la maison et courait tout le long du mur nord-est. A l'heure où tout ce qui s'éveille tourne le dos au froid de la nuit et regarde vers l'est les premiers rayons du soleil, cet angle saillant paraissait l'endroit où tous les êtres déjà tirés du sommeil devaient naturellement se rendre. Un banc en pierre occupait l'angle, drapé d'un tapis tissé à la main. Un homme y était assis les jambes croisées, les mains sur le ventre, le visage tourné vers le soleil levant.

Il avait un teint de bronze clair et dans les rayons rougeoyants et dorés de l'aube, projetés horizontalement comme des lances sur la terre colorée de brume bleue et de poussière ambre, il aurait pu être un bronze, fabriqué non loin de là à Tanjore dans la haute période de cet art, trois siècles plus tôt, car tous ses vêtements se fondaient dans le même registre de teintes métalliques brillantes. La texture sombre des cheveux ne rompait même pas cette unité car sa tête, aux oreilles bien collées, qui donnait à imaginer sous la peau la belle forme subtile du crâne, était rasée comme son visage. Les sourcils, nobles et saillants, s'arquaient au-dessus des paupières closes ; la grande bouche était scellée sereinement dans le sourire le plus léger et le plus pur, et le nez fin et droit respirait avec tant de douceur et de sérénité que le mouvement ne semblait pas altérer sa parfaite immobilité.

Mais il ne dormait pas. Dès que la silhouette de Dominic jeta une ombre sur son épaule, ses paupières, telles des coupelles de bronze, se soulevèrent, dévoilant des yeux sombres extrêmement brillants, doux et intelligents, et profondément enfoncés. Quand deux pas supplémentaires projetèrent l'ombre en travers de son corps, il se réduisit magiquement mais avec grâce à un gentleman âgé, de taille moyenne, vêtu d'une robe safran à l'ourlet effiloché, drapée confortablement en kilt autour des reins, et un trench-coat beige foncé jeté sur les épaules. Ses pieds nus — ses sandales étaient posées à côté du banc — étaient minces, osseux et blancs de poussière. Il semblait éprouvé par le voyage mais non pas fatigué. Il regarda Dominic avec un sourire de satisfaction lumineux et d'un geste léger joignit les paumes sous le menton en signe d'accueil.

— *Namaste*, mon fils !

— *Namaste*, mon père ! Je suis heureux de vous trouver ici.

Sa présence même ramenait toutes choses à une affaire de discrétion placide.

— Tu n'es pas surpris ? fit remarquer le Swami Premanathanand, indiquant nettement qu'il était déçu.

— Jamais par vous. Mais je suis très content de vous voir.

— J'ai pris l'avion de Delhi jusqu'à Madurai — c'est fastidieux, mais si rapide. De Madurai, j'ai conduit cette voiture de location — une voiture qui m'est complètement étrangère, je ne suis habitué qu'à la mienne.

Il s'agissait d'une Rolls de quarante ans, réduite par le dur labeur à l'état d'épouvantail roulant, mais dorlotée comme un enfant unique sur le plan mécanique. Il était légèrement surpris d'être arrivé à bon port avec cet engin dégénéré moderne, et en retirait une certaine fierté.

— Je suis arrivé il y a presque une heure, mais je ne voulais déranger personne. Je crains que cette maison ne soit pas vraiment, à l'heure qu'il est, le lieu béni pour un sommeil sans rêve.

— J'ai rêvé que je vous entendais arriver, dit Dominic.

— Ce n'était pas un rêve, je pensais à toi. Comme je te l'avais promis, ajouta-t-il, j'ai réfléchi à ce qu'il conviendrait le mieux de faire. Et j'ai compris que ma responsabilité dans cette affaire est très grande et qu'il me fallait être ici avec toi.

Il se leva, glissa ses pieds dans les sandales usées, ses longs orteils préhensiles agrippant les lanières de cuir.

— Et si nous allions dans la maison ?

CHAPITRE VIII

Malaikuppam : jeudi

Purushottam, les yeux bouffis d'avoir trop peu dormi, mais soulagé et réconforté en voyant son visiteur, salua cérémonieusement et s'inclina pour toucher les mains et les pieds du Swami en signe de vénération. Larry, agressivement américain quand son scepticisme était incité à résister, resta planté, la mine longue, l'air hésitant : toute sa personne, depuis ses cheveux en brosse hérissés jusqu'à ses chaussures de voyage à semelles épaisses, affirmait qu'il n'avait absolument rien d'indien. Priya présenta tranquillement un timide *namaskaram*[1] et répondit au sourire grave par le sourire retenu dont elle avait le secret. Lakshman se montra respectueux, soumis, jouant plus obstinément qu'à aucun moment ces derniers jours le rôle du guide payé, afin qu'il n'y eût pas d'erreur quant à sa position, à laquelle il entendait bien se tenir.

La police, soupçonneuse pendant un moment tout en manifestant une politesse et un respect scrupuleux, finit par accueillir le nouveau venu dans ses

1. Formule de salutation (ou d'adoration), qui se fait en joignant les mains devant la poitrine ou le visage. *(N.d.T.)*

rangs. Ce fut peut-être le plus grand hommage fait au Swami Premanathanand ce jour-là.

L'inspecteur Tilak convoqua la conférence de l'après-midi, qu'il présida au haut bout de la table ; l'inspecteur Raju fut placé avec doigté à sa droite. Mais une fois la procédure engagée, la direction des débats fut transférée avec habileté et reconnaissance au policier du Kerala, en tant que responsable chargé de la première affaire. Le Swami prit place à l'autre bout de la table, mais Dominic, assis à égale distance des deux, se trouva expérimenter cette illusion d'optique où le haut devient le bas, l'extérieur l'intérieur et la place du bout de la table la place d'honneur. Cela ne le déconcerta pas. Il l'avait déjà constaté, toujours en présence du Swami, même lorsque ce personnage énigmatique faisait, comme alors, de son mieux pour éviter ce phénomène. L'air attentif et respectueux, les yeux doux, il demandait des indications plutôt qu'il ne faisait des suggestions ; et avec son éternelle courtoisie toute en finesse, il écoutait avec soin ce que les autres avaient à dire, tandis qu'ils reprenaient une fois de plus le récit intégral de l'affaire.

— Ainsi, d'après ce que je comprends, commença-t-il d'un ton mal assuré, quand il eut tout enregistré, nous avons ici deux morts qui sont certainement liées très étroitement, et il y a des faits qui n'ont pas besoin d'être mis en doute. En particulier, qu'ils sont l'œuvre de terroristes expérimentés, très probablement naxalites. Que les bombes ont été fabriquées par la même personne, presque certainement au Bengale, et que, par conséquent, quelqu'un les a apportées dans le Sud à l'agent désigné pour les utiliser. Or, on a découvert l'identité de l'agent à

Thekady — malheureusement après le crime et son décès involontaire. Nous ne savons pas s'il devait jouer à nouveau le même rôle, mais puisqu'il est mort, on ne peut de toute évidence pas le tenir pour responsable de ce qui s'est passé ici. Reste le fournisseur. Je ne suis pas naïf au point de supposer qu'on ne puisse pas trouver d'autres agents naxalites dans le Sud, mais il est peu probable qu'ils sachent se servir d'armes aussi sophistiquées que celles-ci. Sans compter qu'il est dangereux de mettre trop de gens au courant des actions projetées. Même les partisans sont plus sûrs s'ils ne savent rien. Une seule personne, le messager qui a apporté les bombes, était déjà dans le secret et c'est sans doute la même qui a mené le projet à bien. Vous ai-je correctement suivi ?

— A la perfection, approuva l'inspecteur Raju.

— Est-il établi que cette personne a dû apporter les bombes dans le Sud tout récemment ?

Les deux inspecteurs se regardèrent et Raju finit par dire, après un instant d'hésitation :

— Lors du premier attentat, on a utilisé des feuilles de journal pliées pour rembourrer le boîtier. Nous avons identifié un journal de Calcutta, remontant à un peu moins de quatre semaines.

— Nous recherchons donc quelqu'un qui est venu du Nord depuis cette date. Quelqu'un qui n'est pas d'ici. Un étranger. Il ne devrait évidemment pas nous échapper, dit-il avec douceur, que nous sommes plusieurs dans ce cas ici, en ce moment, y compris moi. Naturellement, ceux d'entre nous qui se connaissent depuis quelque temps trouveront que cette piste ne mérite guère d'être suivie, mais nous ne devons pas l'ignorer complètement. Il y avait aussi, à Thekady, un certain nombre de visiteurs de la réserve. Et ceux-là, je le sais, ont été placés sous surveillance depuis. Mais aucun d'entre eux, autant qu'on sache, n'est venu à proximité de Malaikuppam.

— Autant qu'on sache, confirma Raju sèchement. Mais certains d'entre eux n'étaient pas à plus de soixante-dix ou quatre-vingts kilomètres mardi soir et, avec une voiture, il n'est pas difficile de se déplacer d'un endroit à un autre. Les Mani, par exemple, ont décidé tout compte fait de conserver leur voiture de location avec chauffeur plutôt que de faire en train les dernières étapes de leur voyage. Ils n'ont passé qu'une nuit à Rameswaram. Mardi soir, ils étaient à Virudhunagar et, la nuit dernière, à Tirunelveli, ni l'un ni l'autre très éloignés d'ici. Oh, ils nous ont scrupuleusement signalé leurs déplacements. Mais il reste encore les huit heures de la nuit. Nous allons vérifier tout le monde.

— Nous avons de la chance d'avoir affaire à un officier qui connaît la région comme l'inspecteur Tilak, dit le Swami avec chaleur.

Il avait déjà appris du cuisinier et du gardien de Purushottam que l'inspecteur était de la région, qu'il était né et avait été élevé à moins de quarante kilomètres de là.

— Aussi bénéficiera-t-il du zèle et de l'aide de tout le monde dans son enquête concernant les étrangers récemment aperçus dans les parages.

Pas forcément, se dit Dominic, avant de se rappeler que l'étranger qu'ils recherchaient était un terroriste naxalite. En théorie, les forces marxistes d'extrême gauche se trouvaient du côté de la grande majorité silencieuse ; mais, en fait, les membres de cette classe silencieuse étaient les plus susceptibles de tous mourir dans le carnage idéologique, et personne ne le savait mieux qu'eux, ni ne le déplorait plus amèrement.

— Puis-je continuer ? Je parle surtout pour clarifier les choses dans mon esprit. Alors, nous avons le crime actuel et cet inconnu qui en est l'auteur. Il semble que nous soyons en face de deux théories possibles : l'une, que X suivait un schéma prévu en tentant d'assassiner Purushottam, qui correspondait bien au « principal ennemi de classe » ; l'autre, qu'il avait suivi Miss Galloway jusqu'ici afin d'éliminer celle qui risquait d'être — et il avait toutes les raisons de le croire — un témoin dangereux contre lui dans la première affaire. Bref, dans le premier cas de figure, la bombe était destinée à Purushottam, et dans le second à sa victime effective, Miss Galloway. Envisageons d'abord ce dernier.

« Si c'est Miss Galloway qu'il voulait, alors il a dû suivre la Land Rover jusqu'ici, sinon il n'aurait eu aucun moyen de retrouver sa trace par la suite jusqu'à cet endroit particulier. Et X a dû voir Miss Galloway dans le bureau, qui tapait à la machine, et supposer — peut-être à cause du journal qu'elle y a oublié — qu'elle allait vraisemblablement y revenir, sinon à quoi bon poser la bombe à cet endroit-là ? Mais s'il était là à l'observer pendant la soirée, pourquoi risquer une bombe ? Pourquoi pas un couteau, tout de suite, ou ses mains ? Le bureau est un des bâtiments les plus isolés, ses fenêtres ne donnent pas sur la cour. Entrer et sortir n'était pas difficile, on pouvait étouffer un cri rapidement et profiter de l'obscurité pour battre en retraite. Il aurait été idiot d'utiliser un moyen plus détourné mais extrêmement hasardeux. Cela contredit cette hypothèse, mais ne l'invalide pas complètement, car nous savons tous que, parfois, sous la pression des événements, les hommes se comportent comme des imbéciles et utilisent les moyens les plus inappropriés pour parvenir à leurs fins. Peut-être celui-ci, jusque-là simple messager, avait-il trop peur d'être personnellement responsable, ou était-il trop circonspect pour se montrer réellement à visage découvert. Mieux valait une tentative ratée à une distance raisonnable qu'une confrontation directe qui risquait d'être désastreuse. Gardons donc cette hypothèse à l'esprit comme une possibilité. Qu'est-ce qui peut la confirmer ? L'histoire du journal oublié, dont s'est avisée Miss Galloway, mais qui n'était pas dans son sac quand on l'a découverte, ni nulle part ailleurs dans le bureau. Aussi se peut-il après tout que quelqu'un l'ait observée, quelqu'un qui voulait que ce journal disparaisse de là pour être détruit. Quelqu'un qui, cette nuit-là, a à la fois placé la bombe et volé l'objet. Miss Madhavan, avez-vous jamais remarqué ce journal ? Pouvez-vous nous dire à quoi il ressemblait ?

— Elle avait un petit carnet d'adresses en cuir rouge où elle rangeait aussi ses timbres, dit Priya, et un gros nécessaire de correspondance. Le journal en faisait peut-être partie.

— Nous les avons trouvés, mais pas le journal, dit l'inspecteur Tilak.

— Je ne me rappelle pas l'avoir vue tenir un journal régulier. Mais ça ne veut rien dire. Il s'agissait sans doute juste de quelques lignes qu'elle n'écrivait peut-être même pas tous les jours. Après tout, je n'ai été avec elle que très peu de temps, seulement une dizaine de jours.

— Cependant, maintint le Swami, il reste possible qu'elle y ait inscrit quelque chose d'une importance vitale — peut-être quelque chose dont elle avait sous-estimé l'enjeu. Dans ce cas, il ne peut s'agir que de quelque chose lié à l'attentat à la bombe à Thekady. Or vous étiez tous là-bas, comme on sait. Même avant que les deux groupes se réunissent, dans le bungalow forestier, Miss Madhavan était avec elle, voyageait avec elle, partageait une chambre avec elle. Alors, qu'est-ce que Miss Galloway a bien pu voir ou comprendre que vous n'ayez pas vu ?

Ils n'arrivaient à envisager aucun moment où Patti aurait pu avoir à Thekady une expérience différente de la leur.

— Pourtant, dit Larry lentement, quand nous avons découvert le bateau, elle s'est effondrée de façon surprenante. Je veux dire, ce n'est peut-être qu'une différence de tempérament — j'ai d'abord été moi-même choqué au point d'en rester paralysé. Mais elle était KO et on lui a donné un sédatif pour qu'elle dorme jusqu'au lendemain.

— Néanmoins, elle n'a rien vu d'autre que ce que vous avez vu. Donc ce n'était pas quelque chose dont elle a été *témoin* à ce moment-là. Se peut-il qu'elle ait *reconnu* quelque chose qui aurait *pris sens* alors, lié à une information qu'elle avait déjà, sans s'en rendre compte ? Rappelez-vous, Miss Madhavan, votre voyage jusqu'à Thekady. Repassez-le en détail et voyez s'il n'y a pas, à un moment donné, quelque chose qu'elle a fait et pas vous, quelque chose qu'elle a vu et pas vous.

Priya ouvrit de grands yeux fatigués, fouilla dans le passé récent et se mit à passer en revue tous les détails insignifiants de ce voyage en car dans les montagnes, dont la lenteur ne préfigurait pas d'émotions fortes à l'arrivée.

— Nous sommes descendues au bungalow et avons pris une chambre. Personne d'autre n'a quitté le car à cet endroit-là. Le couple français était déjà là et les Mani sont arrivés juste au moment où nous sortions pour redescendre au stand de fruits. La Land Rover de Larry est passée pendant que nous étions au stand, mais c'était déjà presque le crépuscule, surtout là-bas au milieu des arbres, et ils ne nous ont pas remarquées. Puis nous sommes revenues à pied au bungalow. Il n'y a rien eu d'autre, je crois, sauf que Patti a vérifié que le sadhu était toujours assis près du lingam et elle est retournée sur ses pas lui donner quelques pièces. Pour porter bonheur, a-t-elle dit.

Porter bonheur ! La force qui avait désigné à Patti son destin avait fait en sorte qu'il virât entièrement au malheur.

— Le sadhu ? demanda l'inspecteur Raju, retirant brusquement ses longs doigts inquiets de ses cheveux gris emmêlés. Quel sadhu ?

— Juste un sadhu. Il était assis à côté du lingam de Shiva, dans le virage de la route au-dessous du bungalow. Je ne me souviens pas l'avoir remarqué quand nous sommes passées devant en car, mais nous l'avons vu quand nous sommes descendues au stand de fruits, puis, sur le chemin du retour, Patti est retournée en arrière pour lui donner de l'argent. Elle a dit soudain : « Attends-moi une minute ! » et elle m'a confié ses paquets pour retourner vers lui. Je l'ai vue chercher de la monnaie dans son sac et entendue la déposer dans son bol.

— Voilà quelque chose d'intéressant, dit l'inspecteur Raju en ôtant le capuchon de son stylo. Je connais cette route comme ma poche et je n'ai jamais vu un sadhu élire cet endroit particulier. Vos amis l'ont-ils vu également ?

— Non, il n'y était pas quand nous sommes retournés en voiture à Madurai, dit Lakshman. Et nous ne l'avions pas remarqué à l'aller.

— Ainsi, seules les deux jeunes filles l'ont vu de leurs yeux et pouvaient le reconnaître ?

Priya hésita.

— Je ne le reconnaîtrais pas... je ne crois pas que je pourrais jamais être sûre. Il portait une marque de dévotion comme ceci...

Elle dessina les trois traits et le petit ovale vertical qui les réunissait.

— Mais il était assis en retrait sous les arbres et l'obscurité tombait. Je ne me suis pas approchée, j'attendais juste Patti.

— Donc elle a été la seule à l'avoir vu de près ?

— Est-il si important ? risqua Larry. Je croyais qu'ils étaient susceptibles de se montrer à peu près n'importe où, d'arriver et de repartir à leur guise.

— C'est vrai, mais malgré tout c'est étrange. Voyez plutôt ! Un virage au-dessous du bungalow, où les cars s'arrêtent pour déposer quelques personnes ; un virage au-dessus du stand de fruits, où on peut s'attendre à ce que certaines des voitures qui passent fassent un arrêt. Eh bien, non, il ne choisit aucun de ces deux endroits, mais leur préfère celui où personne ne va faire une halte à part l'archéologue de passage, et encore seulement si son attention a déjà été attirée par les maigres vestiges qui s'y trouvent. Ceux qui vivent d'aumônes vont en général là où il y a du monde.

— Mais il y a sans doute des moments où ils ne pensent pas uniquement à extorquer de l'argent aux touristes, suggéra Larry.

— Ceux qui désirent sincèrement un lieu solitaire pour la méditation ne choisissent pas d'aller s'installer à côté d'une route carrossable. Non, cela ne prouve rien, mais c'est un détail des plus étranges.

— C'est aussi, fit remarquer le Swami finement, l'apparition de ce que précisément nous recherchions : un étranger dans le tableau, même pour peu de temps. Quelqu'un qui n'appartenait pas au personnel ni aux visiteurs de Thekady, ni au bungalow, ni à l'autocar, ni d'aucune façon à cette banale excursion du week-end. Est-il possible qu'elle ait revu ce visage ailleurs et qu'elle l'ait reconnu ? Peut-être au lac, dans un contexte tout à fait différent ? Il se peut que cet homme n'ait rien à voir avec notre affaire, bien entendu. Mais on ne risquerait rien à chercher à savoir si un adepte shivaïte a également été vu récemment près de Malaikuppam.

— On va vérifier ça tout de suite, dit l'inspecteur Tilak en prenant des notes très énergiquement.

— Et puis, si vous permettez, j'aimerais envisager l'autre possibilité. Car, dans ce cas, nous devons trouver la marche à suivre, au lieu de nous borner à réfléchir. Si la bombe était destinée à Purushottam, et non à Miss Galloway, beaucoup de choses sont simplifiées. La Land Rover n'a pas été suivie. Le terroriste est venu ici parce que sa mission l'y attendait et l'arrivée du groupe de Mr. Preisinger a été une simple coïncidence. Comme nous l'avons dit, une petite enquête aurait montré que Purushottam a passé ses journées à essayer de classer les affaires de son père. En bref, une bombe posée dans son bureau et programmée pour exploser presque à n'importe quel moment de la journée, entre les repas, aurait eu une grande chance de l'éliminer. Elle était faite pour lui, et ce n'est qu'en raison d'un léger retard dans le départ de la Land Rover, et peut-être aussi de cette tendance à l'explosion prématurée, qu'elle a tué Miss Galloway à la place.

« Voilà les deux hypothèses. L'une et l'autre sont possibles. Mais la raison pour laquelle nous devons prendre cette dernière au sérieux a peu de chose à voir avec la question de savoir laquelle se révélera finalement la bonne. C'est la suivante : dans le premier cas, s'ils voulaient tuer Miss Galloway, ils ont réussi, et par conséquent ils veulent simplement disparaître dans la nature sans être poursuivis. Dans l'autre, s'ils avaient eu l'intention de tuer Purushottam, ils ont échoué.

« Par conséquent, conclut le Swami avec le plus grand calme, ils vont faire une nouvelle tentative. Et la question est maintenant de savoir comment nous allons assurer sa protection.

Purushottam, qui n'avait jusque-là écouté que d'une oreille, tout en réfléchissant à un sujet d'inquiétude qui semblait le torturer, lié au clair profil de Priya, leva brusquement la tête avec un sourire surpris et presque moqueur. Comme s'il ne croyait pas encore vraiment au danger qui le menaçait, se dit Dominic, ou, plus dangereusement, comme s'il ne s'en souciait pas.

— Ma protection ? Que peut-on faire sinon prendre toutes les précautions raisonnables et puis continuer à vivre ? Je ne vais pas aller au-devant des ennuis, vous pouvez me croire. Et nous avons ici un personnel nombreux en qui j'ai toute confiance.

— Et pourtant Miss Galloway est morte, lui rappela l'inspecteur Raju sévèrement.

Il rougit intensément.

— Je suis désolé, vous avez raison. J'ai oublié qu'attirer le danger sur moi a peut-être déjà coûté la vie à quelqu'un. Mais cette situation peut se modifier facilement si vous, monsieur, êtes disposé à laisser mes invités poursuivre leur voyage. Je ne les mettrai plus en péril.

— Comment pourrions-nous partir ? protesta Priya. Nous avons envoyé un télégramme aux parents de Patti et nous devons rester ici pour prendre des dispositions — faire tout ce qu'ils souhaiteront. Il se peut même qu'ils prennent l'avion pour la ramener ensuite chez eux. Comment pouvons-nous les abandonner maintenant ?

— En ce qui concerne la police, dit l'inspecteur Raju, après un bref coup d'œil à son collègue, les voyageurs sont libres de poursuivre selon les modalités antérieures. Ils peuvent partir demain matin, à condition de rester joignables et disponibles au cas où.

— Et je leur conseille de le faire, ajouta le Swami. Je resterai ici pour accueillir Mr. et Mrs. Galloway ou recevoir leurs instructions, et je ferai tout mon possible pour alléger leur épreuve. Mais cela ne saurait régler le problème de Purushottam. Non, ne dites pas non tout de suite, écoutez d'abord ce que je vous propose.

Il se pencha, les mains jointes paisiblement sur la table, et ses yeux bruns et vifs les examinèrent longuement, l'un après l'autre. Il avait mis ses lunettes cerclées de métal, qui, mal équilibrées, s'affaissaient sur l'aile droite du nez car l'un des verres était plus épais et plus lourd que l'autre. A travers le pesant galet de verre, son œil droit prenait un aspect cosmique, grossi démesurément et d'une sagesse déconcertante. Il s'attarda sur Priya et continua tranquillement ; sur Larry, qu'il considéra brièvement mais avec attention ; sur Lakshman, qu'il examina plus longuement.

— Nous avons ici un groupe d'invités censés se rendre en voiture à Nagercoil et au Cap. Naturellement, notre ennemi ne sait que trop bien à présent qu'une seule jeune fille retourne dans sa famille. Mais trois jeunes gens sont venus et trois repartiront.

Je reconnais, cela étant, que si on a étroitement surveillé cette maison et ses occupants ces jours derniers, il est probable que Purushottam a désormais été identifié par ceux qui cherchent à le tuer. Mais, d'un autre côté, il y a de bonnes chances qu'il ne l'ait pas été. Il n'est de retour en Inde que depuis peu et il a été si préoccupé tout ce temps qu'il n'a pas franchi le portail de sa maison avant mardi. Lakshman a à peu près la même carrure et le même teint.

Les grands yeux brillants ne s'étaient pas détournés du visage de Lakshman.

— Lakshman restera ici avec moi, revêtu des habits de Purushottam. Il deviendra Purushottam. Et Purushottam accompagnera le groupe à la place de Lakshman, comme guide. Ainsi nous ferons en sorte de l'éloigner en toute sécurité de cette maison, sur laquelle le terroriste va se concentrer. Cela nous laissera le temps de prendre d'autres mesures et permettra à la police d'agir plus librement. Et naturellement, ajouta-t-il, une surveillance de tous les instants, vingt-quatre heures sur vingt-quatre, sera assurée pour protéger Lakshman.

Cela fut proposé avec tant d'assurance et de sérénité que seul Dominic, qui le connaissait bien, se rendit compte à quel point cette suggestion était étonnante de la part d'un homme comme le Swami, pour qui la plus humble des vies valait autant que la plus noble et aurait sans aucun doute la priorité dans sa demande de protection et de sollicitude. Et elle n'avait pas la moindre chance d'être acceptée. Il regarda avec curiosité Purushottam dont les lèvres s'étaient déjà entrouvertes avec un dédain prévisible pour opposer un veto à cette proposition. Il était probablement le dernier jeune homme au monde à supporter l'idée d'être tiré clandestinement de chez lui sous prétexte que sa vie était menacée, surtout si cela signifiait laisser quelqu'un d'autre servir d'appât à sa place, pour le piège tendu par la police. Dominic attendit, confiant, la protestation de Purushottam mais, pour une raison inconnue, les mots lui étaient restés sur le bout de la langue. Il lança un bref regard de côté, pénétrant, en direction du profil de Priya, et un autre, sembla-t-il, jusqu'au tréfonds de son âme, où il cachait cette préoccupation personnelle qui l'avait troublé un peu plus tôt. Il prit le temps de la réflexion avant de parler. Alors il fut trop tard, car Lakshman avait parlé le premier.

— J'accepte très volontiers, dit-il, si vous pensez que cela peut être utile.

Il gardait un visage impénétrable, distant et grave, plus que jamais marqué par cette ambivalence entre serviteur et égal. Il y avait même un peu de l'indulgence du serviteur acquiesçant à une demande qu'on ne saurait faire qu'à un égal. Et comme s'il l'avait deviné, Purushottam recouvra la parole l'instant d'après : une voix plus contenue que celle à laquelle on aurait pu s'attendre, et plus raisonnable.

— Vous ne pouvez guère me demander de fuir maintenant, si cela signifie laisser ici un de mes amis à ma place, là où se trouve le danger.

Le choix des mots n'était pas calculé. Purushottam n'était pas calculateur. Le visage de Lakshman perdit de sa politesse glacée. Il répéta avec fermeté :

— J'accepte très volontiers. Je serai bien protégé.

— Mais tout ce qu'on pourrait faire pour vous protéger vaudrait aussi pour, moi. Pourquoi ne serais-je pas, moi, l'appât susceptible d'attraper cet agent ? Car j'imagine que c'est cela que vous espérez ? Puisque c'est à moi qu'on en veut, je pourrais faire aussi bien l'affaire, et même mieux.

Mais cela ne ferait pas du tout l'affaire, Dominic s'en rendit compte dans un soudain éclair de lucidité. Cela n'atteindrait pas le but que le Swami avait en tête, ni celui que l'inspecteur avait immédiatement perçu et approuvé, tout en restant muet. Le Swami avait regardé tout le monde à la ronde d'un œil détaché, sauf Dominic, qu'il connaissait, et Priya — oui, il avait acquitté Priya sans la moindre hésitation —, pour des raisons bien à lui. Restaient Larry et Lakshman, qui avaient voyagé ensemble depuis le Nord. Tout compte fait, il avait considéré que Lakshman, en tant qu'Indien, avait plus de chances d'être impliqué dans des intrigues politiques que Larry, sans compter que sa proposition ne pouvait raisonnablement s'adresser qu'à Lakshman. Comment savoir jusqu'à quel point il croyait à cette possibilité ? En tout cas, on ne pouvait l'exclure. La suggestion avait été faite surtout pour voir comment Lakshman réagirait. Or il avait résolu le problème sans délai en acceptant la proposition comme un honneur. Cela le mettait-il totalement à l'abri des accusations ? Pas forcément. On pouvait contacter et utiliser des naxalites ici aussi, sans pour autant les mettre dans le secret. Ainsi, le Swami allait persister dans sa proposition. Son objectif était d'éloigner Purushottam de chez lui sans que son départ soit connu, et de maintenir à sa place Lakshman, sur qui on veillerait nuit et jour. S'il était innocent, comme il semblait l'être, il serait protégé du danger. S'il était coupable, il serait surveillé et gardé avec tant de soin qu'il n'aurait pas la moindre occasion de faire passer clandestinement un mot ou un signe à un contact extérieur pour lancer d'autres agents à la poursuite de Purushottam. S'il était innocent, il jouerait certainement le rôle d'appât pour un piège tendu par la police et les quelques jours de répit qu'ils gagneraient à l'échange pourraient aboutir à une capture satisfaisante. S'il était coupable, et assez malin, ils se retrouveraient dans une impasse. Il resterait tranquille, sans bouger, et ils ne découvriraient rien. Mais ça valait la peine d'essayer.

— D'ailleurs, poursuivit Purushottam avec bon sens, s'ils ont décidé de me faire disparaître, c'est parce que je suis un gros propriétaire. Si bien que le meilleur moyen de me défendre consiste sûrement à mettre mes projets à exécution et transformer le domaine en une ferme coopérative, pour ne plus être un propriétaire terrien.

— Vous commettez l'erreur, dit l'inspecteur Raju avec un sourire amer, de penser que la logique et les principes jouent un rôle dans la motivation de vos ennemis. Les fanatiques ne reconnaissent ni l'une ni les autres. Ils peuvent décréter la haine. Je doute qu'ils sachent comment la révoquer.

— De plus, souligna le Swami avec douceur, même si votre confiance était justifiée et qu'ils renoncent à vous poursuivre, ce même tueur d'hommes et de jeunes filles serait libre de porter son attention ailleurs. Nous vous demandons plutôt de nous aider à l'arrêter pour épargner la prochaine victime, et pas simplement pour sauver votre vie.

— Oui, je suis désolé, vous avez tout à fait raison. Mais, si je reste et que Lakshman poursuit le voyage, en quoi la situation sera-t-elle différente ?

Il posa cette question par devoir, sans conviction. Le ton de sa voix suggérait même vaguement qu'il ne désirait pas poursuivre le débat.

Ce fut Lakshman qui fournit la réponse sensée et dispensa le Swami d'avoir à chercher des arguments plausibles pour appuyer sa proposition. Lakshman le fit avec chaleur parce qu'on l'avait spontanément considéré comme un ami. Un geste en réponse semblait nécessaire, même s'il devait être plus embarrassé.

— Je crois, dit-il en souriant, que le Swami sent qu'il trouverait en moi une personne plus malléable, plus susceptible d'obéir aux ordres et de se montrer prudente. Peut-être respirerions-nous tous plus librement en sachant que vous êtes en sécurité loin d'ici.

— En tout cas, ajouta doucement le Swami, on pourra dans quelques jours envoyer tranquillement Lakshman vous rejoindre. Dans l'immédiat, il s'agit seulement de couvrir votre retraite immédiate. On doit voir partir le nombre exact de personnes, et voir quelqu'un rester, qui représente le maître de maison. Si personne ne fait le guet, eh bien, on aura pris des précautions pour rien, mais qu'est-ce que cela peut faire ?

— Je reste, dit Lakshman d'un ton décidé.

Tout le monde regarda Purushottam, qui n'observait pas moins attentivement le Swami, perplexe et étrangement reconnaissant, comme si on l'avait amené, par ruse, il le comprenait à présent, à faire quelque chose qu'il avait souhaité faire.

— Très bien, si c'est ce que vous désirez, je m'en irai.

Manifestement très soulagé, l'inspecteur Tilak se retira dès que la conférence prit fin, et l'inspecteur Raju lui emboîta le pas, laissant deux hommes sous les ordres du brigadier Gokhale pour passer la nuit sur les lieux. Dominic les accompagna à leur voiture.

— Les problèmes d'effectifs sont aussi importants chez nous que partout ailleurs, dit l'inspecteur tristement. On ne peut faire plus. Ce ne serait pas très avisé, en tout cas, d'attirer l'attention sur votre groupe en lui attachant une surveillance policière, même si nous disposions d'un homme de plus.

— Nous sommes prévenus, dit Dominic. Nous serons sur nos gardes, mais il semble que nous allons vous laisser au cœur de l'action.

— Si tant est qu'il y ait de l'action. Le léopard se retire trop souvent dans la jungle et on ne le voit plus.

— Savez-vous où se trouve le couple français — les Bessancourt ?

— La nuit dernière, à Trivandrum. La nuit précédente, à Quilon. Tout le monde semble avoir fait exactement ce qui était prévu, et tous m'ont tenu informé.

— Et le batelier ? Celui qui ne voulait pas rester à Thekady après l'explosion ? Il devait redouter d'être le suivant !

— Romesh Iyar ? Il s'est présenté régulièrement à la police à Tenkasi. En tout cas, de tous ceux d'entre vous qui sont partis après ce meurtre, il a été constamment sous surveillance car il travaillait là-bas à la gare de jonction comme porteur, à titre temporaire. Ce soir, on lui dira — à l'heure qu'il est, on a dû lui dire — qu'il peut partir s'il le souhaite, sans plus avoir besoin de se présenter à la police. Pourquoi le surveiller plus longtemps ? Il travaillait à une soixantaine de kilomètres d'ici quand la bombe qui a tué Miss Galloway a été posée.

— Et les Mani sont à Tirunelveli. Nous seuls, ajouta Dominic d'un air sombre, étions ici.

Il songea au réalisme pratique et nécessaire du Swami et se demanda s'ils avaient vraiment voyagé en compagnie du complice du meurtrier qui en était devenu un à son tour. Inutile de faire comme si c'était impossible, aussi difficile à croire que cela fût. Inutile de prendre pour argent comptant les manifestations convaincantes d'innocence et la coopération de Lakshman. Il espérait ardemment qu'il y aurait bientôt du nouveau qui permettrait à la police de découvrir le véritable meurtrier, vivant, indiscutablement coupable, et totalement inconnu.

Purushottam rejoignit au crépuscule l'endroit où le Swami était assis sur le banc de pierre de la terrasse, paisible, absorbé et solitaire. Le jeune homme avait apporté un tabouret bas et s'assit à ses pieds. Pendant quelques minutes, aucun des deux ne parla. La brièveté même du crépuscule le rendait précieux, un moment lumineux suspendu dans les airs, coloré délicatement d'or, de pourpre et de vert transparent, prompt à se dissoudre dans le clair-obscur de la nuit.

— Vous vous intéressez vraiment à cette jeune fille ? demanda le Swami au bout d'un moment, sur le même ton détaché et avec la même assurance que s'il avait demandé l'heure.

— Comment saviez-vous que je voulais partir ?

— Je ne le savais pas, jusqu'à ce que vous me le laissiez voir. Je croyais que nous aurions de grosses difficultés, mon fils, à vous persuader d'obtempérer. Vous m'avez évité beaucoup d'efforts.

— Elle me plaît, dit Purushottam prudemment.

Il regarda ses mains jointes en fronçant les sourcils, conscient à la fois de l'inadéquation et de l'ambiguïté de l'expression.

— Swami, j'incarne le problème indien classique, et vous devez le savoir. Je suis le jeune Indien instruit à l'étranger qui rentre au pays. J'ai deux cultures, c'est-à-dire aucune, deux origines, c'est-à-dire aucune, deux patries, c'est-à-dire aucune. Vous connaissez le dicton : « Il n'a pas de maison, celui qui en a deux. » Moi, je suis réel, je suis plus réel que je ne l'ai jamais été, mais rien désormais n'a de lien réel avec moi. J'ai perdu mes parents, je n'ai pas de famille proche et, par conséquent, je suis plus libre, en un sens, que la plupart des jeunes gens qui rentrent, mais à maints égards c'est une liberté illusoire, parce qu'elle doit affronter le manque possible de liberté chez les autres. Et même en moi, il y a encore beaucoup de respect pour la tradition, que ça me plaise ou non. Les gens comme moi rentrent en ayant désespérément conscience — une conscience presque morbide — des complexités et des rigidités du mariage indien. Et je me rends bien compte que n'importe quelle famille orthodoxe pourrait bien hésiter à essayer d'assimiler un être aussi bizarre que celui que je suis devenu. Pire même, dans cette situation — dans cette ombre et cette incertitude...

— N'ayez pas d'inquiétudes au sujet de Miss Madhavan, l'assura tranquillement le Swami. J'ai connu des étudiantes, des secrétaires, des employées, des cuisinières, des femmes au foyer, des artistes, toutes sortes de femmes qui, à un moment donné, sont passées au terrorisme. Mais jamais, dans aucun pays, je n'ai entendu parler d'un seul cas d'infirmière qui soit devenue terroriste.

— Ce n'est pas ce que je voulais dire. Je n'ai aucune inquiétude, bien entendu. Mais si je dois continuer à être la cible des assassins, comment puis-je l'impliquer avec moi ? Je n'en ai pas le droit. Pourtant, si je la laisse partir maintenant, je ne la reverrai peut-être jamais. Et je ne sais absolument rien de sa famille, des projets qu'ils ont formés à son sujet, ni, mon Dieu, de ce qu'ils feront de moi.

— Il y a un remède bien simple à cela, dit le

Swami, qui regardait surgir les étoiles, aiguës et fragiles comme le gel, dans le ciel lointain, où s'estompait le vert qui suit les dernières lueurs du jour. Accompagnez-la à Nagercoil, et découvrez-le vous-même.

— Trois jeunes gens étranges qui débarquent de nulle part ? Il n'en est pas question. Nous la déposerons à proximité de sa maison et elle aura soin d'attendre que nous disparaissions avant d'entrer.

— Ce serait une erreur très stupide de votre part, dit le Swami d'un ton de reproche, de commencer par sous-estimer cette jeune femme.

Priya apparut dans l'embrasure de la porte, le vert de son sari souligné par une lumière argentée venant de l'intérieur.

— Purushottam, puis-je utiliser le téléphone ?

— Bien sûr !

Il se leva brusquement.

— Vous voulez appeler chez vous ?

Les dents blanches de la jeune femme dévoilèrent un sourire amusé.

— Notre maison est très modeste, nous n'avons pas le téléphone. Mais il y a un orfèvre au coin de la rue, un ami de mes parents, il prendra un message si je le lui demande. Je voudrais les informer de notre arrivée, afin qu'ils puissent prendre leurs dispositions. Je crois que nous devrions y être vers une heure de l'après-midi, n'est-ce pas ? Vous êtes tous invités à déjeuner chez moi. Ma famille sera très heureuse de vous accueillir.

Le Swami, qui contemplait les étoiles, ne dit pas un mot.

CHAPITRE IX

Nagercoil : vendredi matin

Ils franchirent les portes du domaine au petit matin, Priya entre Dominic et Larry sur le siège avant, Purushottam au milieu des bagages à l'arrière, là où, vraisemblablement, Lakshman aurait fait le trajet. Ce dernier leur dit au revoir depuis la terrasse, assez convaincant dans son nouveau rôle. Si quelqu'un faisait le guet, la scène lui était destinée. Mais il leur était difficile d'y croire, sauf quand les ruines du bureau se détachèrent sur leur gauche ; un sentiment d'affliction les transperça à nouveau et fit soudain paraître glaciale et surnaturelle l'atmosphère matinale. Ils pensaient tous à Patti, qui avait été d'une vitalité tellement stimulante et n'était plus à présent qu'un corps brisé, toujours aux mains de la police. Il avait suffi d'un seul instant, d'un clignement de paupière. « Pour celui qui naît, la mort est certaine, pour celui qui meurt, la naissance est certaine ; il est donc inutile de se lamenter, quand l'issue est inévitable. »

Priya avait indiqué au Swami, avant qu'ils montent dans la Land Rover :

— Ses parents ne doivent pas la voir. Il serait préférable qu'ils n'emportent que ses cendres et ses affaires.

— Je me charge de tout, avait-il répondu.

Car Priya avait vu Patti, et elle avait des idées bien arrêtées sur ce que des parents endeuillés pouvaient endurer. C'était un domaine où le Swami avait lui aussi une certaine expérience, mais il respectait la sienne.

Il avait dit à Dominic, en privé :

— Téléphone-moi tous les soirs jusqu'à ce qu'on se revoie. S'il se passe quoi que ce soit de significatif, ou qui ait trait à cette affaire, alors téléphone à n'importe quel moment, dès que possible. Nous ne savons pas encore si le fil de l'histoire se dévidera ici avec nous ou là-bas avec vous.

Mais quand ils eurent franchi les portes et qu'ils s'éloignèrent du village, Dominic conduisant la voiture sur le chemin de terre, dans la clarté saisissante du petit matin, ils ne purent s'empêcher de détourner les yeux du naufrage qu'ils laissaient en arrière, pour contempler le monde qui s'ouvrait devant eux, magnifique dans sa variété et plein de promesses.

Ils traversèrent Tirunelveli vers neuf heures et abordèrent la région la plus christianisée de toute l'Inde, bien que, tant qu'ils n'eurent pas franchi le pont sur la rivière Tambrapurni ni aperçu devant eux la flèche élancée de l'église de la CMS[1], rien ne leur fît prendre conscience de cette caractéristique. A partir de Palayankottai en direction du sud, ils empruntèrent la route principale, non goudronnée, qui mène au cap Comorin. Le paysage déroulait une suite de palmeraies qui se déployaient au milieu des rizières, de villages aux toits de chaume, de *gopura*[2]

1. *Church Missionary Society :* Société missionnaire de l'Église. *(N.d.T.)*

2. Tours élevées au-dessus des entrées des temples. *(N.d.T.)*

de petits temples et, toujours, sur leur droite, les formes inévitables, brumeuses et d'un bleu-vert profond sous la jungle qui les envahissait, des Ghats occidentaux. Des singes tapis sous les arbres le long de la route, impassibles, les regardaient avec des yeux tristes dans leur visage ridé, et des jaques semblables à d'énormes ballons de rugby bosselés vert foncé pendaient lourdement des branches au bout de leurs tiges fines.

— Bientôt, dit Priya, l'air plus animé et les yeux agrandis par l'impatience, il va falloir tourner à droite pour Nagercoil.

Ils n'étaient plus maintenant qu'à une dizaine de kilomètres de la mer dans l'une ou l'autre direction, sud-est ou sud-ouest. A la fourche, ils prirent la route vers l'ouest, comme l'avait indiqué Priya. L'Inde avait déjà annoncé, comme toujours, la proximité de l'océan, que ses habitants n'aiment pas, hormis quelques communautés de pêcheurs. Le ciel avait quelque chose d'anglais, bleu seulement à moitié, le reste fait de nuages qui se déplaçaient à vive allure, malgré l'absence de vent au niveau du sol, se formant et se reformant en des volumes, des temples et des tours qui changeaient sans cesse. La lumière était devenue maritime, humide et chargée de couleurs fondues, scintillante et non plus éblouissante.

La route s'élargissait tout en paraissant se rétrécir, car des rangées de petites maisons avaient commencé à l'encadrer de chaque côté. Elle prit l'aspect d'une rue, et d'autres bâtiments plus hauts surgirent derrière les premiers, prémices d'une ville de plus de cent mille habitants. Une ville textile sans caractère particulier où on faisait, entre autres choses, des serviettes tissées à la main de toutes sortes et de toutes tailles. Une ville où foisonnaient les associations jaïns et chrétiennes, de plusieurs confessions. C'était en son genre un endroit agréable, plus aéré que la plupart de ses semblables, avec un air de bourg campagnard, où l'on a de l'énergie et du temps à perdre.

— On arrive à Nagercoil, annonça Priya.

La maison se trouvait à l'écart dans une des rues les plus tranquilles et les plus étroites en bordure de la zone commerçante centrale. Il y avait une cour de terre battue avec un arbre solitaire dans un angle, à l'ombre duquel on voyait un carré d'herbe blanchie. Sur trois côtés de la cour se dressaient trois petites maisons blanchies à la chaux, munies d'un auvent profond, hautes d'un étage et couvertes de tuiles rouges. Elles étaient aussi coquettes et propres que des maisons de poupées flambant neuves, sans être beaucoup plus grandes. La résidence de Purushottam, qui tenait du ranch, en aurait contenu une dizaine comme elles, et l'enceinte du domaine au moins cinquante. Les bambins qui jaillirent en désordre de la maison de droite, dès que la Land Rover pénétra dans la cour, étaient aussi vifs, pimpants et menus que des poupées. Des petites filles en robe de coton minuscule, à l'européenne, des petits garçons en short de coton et chemise blanche ; ils écarquillaient les yeux et souriaient de plaisir, mais restaient parfaitement silencieux, les filles portant de petites couronnes de fleurs. Dès qu'ils eurent vraiment saisi que la Land Rover était arrivée et s'en furent convaincus, ils filèrent à la maison aussi précipitamment qu'ils en étaient sortis et les voix qui dehors s'étaient tues déversèrent un torrent de paroles aiguës en tamoul pour annoncer la nouvelle. Avant que les voyageurs fussent tous descendus et eussent secoué leurs vêtements pleins de poussière, les parents de Priya apparurent dans la profondeur de l'entrée au sommet des cinq marches basses. Ils firent avancer devant eux les trois fillettes les plus petites, qui tenaient à bout de bras des guirlandes de boutons de lotus, de roses et de jasmin humides de rosée. Elles descendirent les marches en grande solennité, prenant un soin extrême à ne pas se prendre les pieds dans leur fardeau, et se dirigèrent vers les visiteurs.

— Mon Dieu ! s'exclama Larry d'un air ébahi, hésitant entre la confusion et le ravissement. Où est-ce que vous nous avez fourrés, Priya ?

— On ne vous a encore jamais accueilli avec des guirlandes ? dit-elle en toute innocence. Dans ma famille, on fait les choses comme il faut.

Et elle s'avança vers les petites filles, prit un collier de fleurs qu'elle passa par-dessus la tête de Larry, puis un second par-dessus celle de Dominic. Mais Purushottam, le visage plus lumineux qu'ils ne lui avaient jamais connu, s'accroupit sur les talons pour se mettre à la hauteur de la plus petite, qui était tout essoufflée, et lui permettre de lui passer elle-même la guirlande autour du cou. Ce n'était pas juste, il était avantagé car il pouvait parler à son hôtesse, qui lui répondit, ravie.

— Tous les enfants qui vont à l'école savent l'anglais, dit Priya, rassurante. Venez, j'aimerais vous présenter à mes parents.

Mr. Madhavan approchait de la cinquantaine ; c'était un homme petit, carré et musclé aux cheveux raides qui commençaient à grisonner aux tempes. Sa femme était ronde et potelée, et son visage enjoué souriait même au repos. Leurs plus beaux habits de fête étaient en coton uni sans prétention, une tenue blanche pour lui et un simple sari bordeaux pour elle, lavés quantité de fois mais impeccables. Ils n'étaient pas riches, ils gagnaient leur vie à la sueur de leur front, une vie judicieusement planifiée, où la bonne humeur huilait les rouages de la machinerie qui consistait à se contenter de ce qu'on avait. Il y eut un tourbillon joyeux de salutations, par bonheur en anglais. Les visiteurs furent alors introduits dans la fraîcheur de la maison avec un cérémonial qui n'avait rien de guindé tant il était exubérant dans sa chaleur.

— Tous les enfants ne sont pas les nôtres, expliqua Priya, en lisant dans leurs pensées. Deux des plus petits sont à mon frère aîné, et deux autres à ma sœur — l'un et l'autre vivent non loin d'ici — et il semble qu'un ou deux enfants des voisins se soient joints au groupe. C'est un grand jour pour eux, il ne faut pas leur en vouloir de s'être invités.

Il y avait également une fille très belle d'environ dix-sept ans, une autre, plus ordinaire mais avenante, de quinze, et deux garçons de onze et neuf ans. Ils étaient si nombreux et si colorés, et les petits si légers et rapides dans leurs mouvements que les visiteurs avaient l'impression d'être entourés d'une nuée de papillons.

Comment ceux de la maison eux-mêmes y trouvaient de la place, mystère ! A première vue, il n'y avait que deux pièces, bien que de toute évidence la cuisine fût ailleurs. La pièce où on les conduisit était meublée très simplement de deux banquettes revêtues de coussins qui devaient aussi servir de lits, une grande table et quelques chaises, une commode contre un mur, recouverte d'un tissu brodé et arborant fièrement la photo de mariage des parents, deux ou trois autres photos de famille, une boîte sculptée et un vase où flottaient des fleurs. Une porte masquée par un rideau menait à une seconde pièce plus petite occupée par deux *charpai*[1] drapés de housses colorées et d'une petite table encombrée de bibelots et de souvenirs de famille. Le calendrier aux couleurs vives accroché à un mur montrait un Krishna efféminé et espiègle conduisant une Rhada craintive dans un bosquet. Mais sur un autre mur se trouvait une reproduction inattendue d'une Nativité chrétienne moderne, romantique et mièvre, assortie du bœuf et de l'âne. Purushottam l'examina, l'air sidéré, et se retourna pour regarder Priya avec de grands yeux.

Quant à Priya, elle était parfaitement à son aise, calme, un peu amusée même, certainement fière de sa famille pauvre, prolifique, accueillante et aimable. Elle aida sa mère à installer ses hôtes confortablement, les débarrassa de leurs guirlandes et apporta, avant toute autre chose, des verres d'eau froide. Puis les femmes disparurent en direction de la cuisine sacrée et invisible. Elles emmenèrent aussi les petits dans la cour pour jouer, mais ils avaient tendance, tant que leur curiosité ne fut pas assouvie, à revenir se glisser en un petit arc-en-ciel à la porte, ouvrant tout grands leurs yeux débordants de curiosité.

— Ma fille me dit que vous allez au cap Comorin, commença Mr. Madhavan, s'asseyant avec ses invités. C'est à une dizaine de kilomètres d'ici seulement. Mais vous êtes, vous aussi, un Indien du Sud, Mr. Narayanan, et vous le savez sûrement déjà.

Il essayait d'aborder à tâtons un sujet qu'on ne

1. Sorte de lit en filet de cordes, monté sur un cadre en bois et quatre hauts pieds. *(N.d.T.)*

pouvait passer sous silence, pour que tout fût bien clair, mais auquel on ne devait pas permettre de jeter une ombre trop grande sur cette réunion.

— Vous comprenez, on s'attendait que Priya nous amène son amie. Toutes mes filles se réjouissaient beaucoup de sa visite. Priya nous a déjà raconté ce qui s'est passé, par l'intermédiaire d'un ami cher, Mr. Achmed, qui a sa boutique à deux pas d'ici. C'est une terrible tragédie, et nous sommes profondément désolés. Pour ses parents surtout. C'est une perte si terrible pour eux. La mort n'est pas une fin, bien sûr, mais c'est une séparation.

Ces propos ne semblaient pas très éloignés de ceux du Swami : « Pour celui qui naît, la mort est certaine... » Mais, en les entendant, Purushottam jeta un coup d'œil rapide à la jolie représentation de la Nativité.

Mr. Madhavan suivit son regard et sourit.

— Peut-être Priya ne vous a-t-elle pas expliqué que nous sommes salutistes. Oh oui, vous verrez que nous formons une communauté très importante ici. Notre famille appartient à l'Armée du Salut depuis mon grand-père. Il y a une école de l'Armée du Salut ici, tous nos enfants y vont.

« Ce serait parfait si Mr. Achmed, l'ami qui prenait les messages téléphoniques pour la famille, était musulman », pensa Purushottam. Il prit une profonde inspiration et se dit, sans conviction, qu'il ne fallait pas trop y croire ; mais il y avait déjà eu tant de signes positifs qu'il lui était difficile de ne pas se sentir encouragé. Au lieu de la famille hindoue orthodoxe, étroite d'esprit, qu'il avait redoutée, s'attachant d'autant plus aux règles de bienséance qu'elle n'était pas riche, inflexible sur ce qui convenait à chacun selon sa caste et ses origines, il avait en face de lui cette tribu joyeuse, exubérante, tolérante, qui gardait la porte grande ouverte aux amis de toutes croyances et ne professait pas seulement le christianisme — ce qui après tout aurait pu être un inconvénient dans certaines de ses manifestations — mais la branche du christianisme la plus simple, la plus chaleureuse et la plus extrovertie possible. Exotiques eux-mêmes dans cette Inde conformiste, ils étaient sûrement capables d'assimiler même quelqu'un d'aussi exotique que Purushottam Narayanan, cet homme à moitié occidentalisé, qui ne croyait pas aux castes et s'apprêtait à se ruiner — relativement s'entend — en transformant ses terres en une ferme coopérative, si les autorités de l'État ne bloquaient pas ses projets par malveillance envers le gouvernement central — c'était toujours possible. Jusque-là, il ne s'était jamais avoué à lui-même à quel point il estimait et désirait Priya, avec toute sa sérénité et sa gravité, son courage et sa dignité, l'étincelle d'espièglerie discrète dans ses yeux parfois, et en particulier — qualité la plus intimidante de toutes — l'énergie avec laquelle elle pouvait s'affirmer et se montrer indépendante même de lui, dans un monde fortement opposé à l'indépendance des femmes. Il n'avait désormais d'inquiétudes que sur un seul sujet : il ne savait pas si elle était dans les mêmes dispositions envers lui. Mais une barrière à la fois !

— Mon second fils joue de la trompette dans l'orchestre de l'Armée du Salut, dit Mr. Madhavan, confirmant à chaque mot la bonne impression qu'il avait déjà produite. Mon aîné — il viendra sans doute prendre le café plus tard s'il arrive à se libérer de la boutique où il travaille — est, quant à lui, retourné à la confession vaishnavite de son arrièregrand-père. Ça ne fait pas beaucoup de différence, vous ne croyez pas ? En grande partie une affaire d'étiquette. Mais si quelqu'un se sent plus à l'aise ou mieux adapté à l'une qu'à l'autre, et trouve l'aide dont il a besoin, c'est cela l'important. Nous nous entendons très bien.

Devant une organisation aussi intéressante, Larry sortit de sa coquille et se mit à poser mille questions, dont aucune ne fut éludée ni mal prise. Une telle occasion ne se présentait pas souvent, avec quelqu'un qui s'exprimait aussi clairement et avec tant de naturel que Mr. Madhavan. Les enfants écoutaient et observaient, fascinés, jusqu'à ce que les femmes réapparaissent, les unes après les autres, de quelque cuisine à l'extérieur et les renvoient jouer dehors.

La jeune fille de quinze ans mit sur la table une nappe de coton et celle de dix-sept ans apporta quatre immenses feuilles de bananier vertes et luisantes : elle en tenait délicatement deux dans chaque main, pliées bord à bord, entre le pouce et l'index, et les plaça en guise d'assiettes. Elles venaient d'être lavées et des gouttes d'eau brillaient dans les veines qui couraient dans les tiges. Puis Priya et sa mère apportèrent les plats et restèrent debout à servir les hommes. Il y avait du riz épicé et safrané, des légumes variés et un curry de poulet ; venaient ensuite quelques-uns des desserts indiens ultrasucrés à base de noix de coco, qui vous imbibent traîtreusement d'un flot de sirop si vous ne savez pas comment les manger. On avait pensé à apporter des fourchettes pour les invités étrangers, mais tous deux choisirent de manger avec les doigts, comme le reste du groupe. Les deux adolescentes disparurent pour aller donner à manger au troupeau d'enfants affamés dans la cuisine, et la fête déborda dans la cour et la rue.

Quand elles eurent pris soin de tout le monde, Mrs. Madhavan et Priya se servirent à leur tour et s'assirent au milieu des hommes. Au moment où les plus jeunes filles apportèrent le café, Mr. Achmed, l'orfèvre, était arrivé, ainsi que le fils aîné avec sa femme, et la fille mariée avec son époux, pour faire la connaissance des visiteurs et récupérer leur progéniture. La petite maison était pleine à craquer.

Pendant tout ce temps, la Land Rover était restée au milieu de la cour, accaparant comme un aimant l'intérêt de tout le secteur. On se donna le mot et la moitié du voisinage se déplaça pour la voir.

Priya sortit de la cuisine avec une nouvelle cafetière pleine et alla jusqu'aux marches de la maison. La Land Rover avait presque disparu sous une nuée d'enfants vêtus de couleurs gaies. Mais ils en étaient à la fois fiers et respectueux, s'occupant surtout d'être vus tout près d'elle, et il n'était pas nécessaire, semblait-il, de les rappeler. C'est en levant les yeux dans leur direction qu'elle porta son regard plus loin, là où l'arbre solitaire était enraciné dans la terre durcie et abritait son petit tapis d'herbe.

Un homme en robe jaune était assis en tailleur là dans l'ombre, tacheté de la lumière qui filtrait à travers les feuilles au-dessus de lui. Elle vit les colliers de perles en bois et les cordons de couleur autour de son cou, les cheveux noirs emmêlés et le front barbouillé de cendre avec la marque du culte de Shiva. Il était immobile, le corps face à la rue, mais le visage tourné vers la maison du père de Priya.

Elle s'était arrêtée un instant à sa vue et, bien qu'elle se fût aussitôt remise à marcher d'un pas résolu, elle n'était pas sûre qu'il n'eût pas remarqué et compris. Elle pénétra dans la maison et resservit du café ; alors, sans dire un mot à personne et sans qu'on remarquât vraiment son absence au milieu de tout ce monde, elle ressortit comme une flèche, descendit les marches et alla droit vers l'arbre. La présence de cet homme à cet endroit ne pouvait être une coïncidence et elle savait qu'il ne s'agissait pas d'un mirage. Elle n'avait aucune idée de ce qu'elle allait lui dire, ni de la façon dont il allait lui répondre ; mais elle devait l'affronter, le défier et au moins le voir de près, les yeux dans les yeux, afin de pouvoir à l'avenir l'identifier, sous n'importe quel déguisement, partout où leurs chemins se croiseraient. Ici, en public, dans la rue, au milieu de tant de gens, que pouvait-il lui arriver ?

Le tapis d'herbe sous l'arbre était vide, les feuilles frémissantes scintillaient au-dessus de l'emplacement où il se tenait à peine quelques minutes plus tôt. Le sadhu était parti.

Elle alla dans la rue et regarda attentivement dans les deux directions à la recherche d'un frémissement de tissu safran, dans l'espoir d'apercevoir les cheveux noirs emmêlés et luisants. Mais il avait complètement disparu.

Elle revint lentement vers la maison. « A présent, se dit-elle, je sais que c'est Purushottam qu'ils voulaient, et non Patti, et, comme ils ont échoué, ils vont faire une nouvelle tentative. Quelle que soit la façon dont il y est parvenu, cet espion nous a retrouvés. Il ne perd pas son temps à observer de loin les moindres gestes de Lakshman à Malaikuppam ; il est ici, à nos trousses. Que devons-nous faire, maintenant ?

« Cet homme sait que je l'ai vu. Il est parti parce

qu'il ne voulait pas que je le voie de plus près. Il sait donc que nous sommes sur nos gardes. Serait-il préférable de rester ici, dans une ville, entourés de gens, où rien ne peut arriver sans que ce soit aussitôt repéré, où passer à l'action serait pour lui un suicide ? Mais non, nous avons déjà constaté qu'ils envisagent le suicide sans la moindre appréhension, si nécessaire. La mort ne leur fait pas peur, pas même la leur. Non, des centaines d'innocents ne constitueraient pas une protection, ils jetteraient quand même une bombe à la porte et tueraient autant de gens qu'il le faudrait, rien que pour en tuer un... »

Une part intime de son esprit ajouta, et elle l'entendit, elle ne fit pas semblant d'être sourde : « ... lui ! »

Elle avait une famille, des parents, tous ces jeunes frères et sœurs, ces neveux et nièces...

« Non, pensa-t-elle, il faut qu'on parte. Qu'on s'en aille d'ici au plus vite. Le départ de la Land Rover sera un signe suffisant. Si nous parvenons à filer sans nous faire remarquer, maintenant, pendant qu'il essaie de se cacher loin de moi pour arriver à ses fins, je pourrai guider la voiture sur un itinéraire détourné, sans emprunter la route directe qui mène au Cap. Il se peut que nous arrivions à les semer complètement, cependant que le départ de la Land Rover devrait assurer la tranquillité de ma famille. Tout sera calme ici. Les visiteurs partis — n'importe quel voisin le leur dira. Mais pas où ! Il faut que je prévienne mon père de ne dire à personne où nous allons. »

Tout le temps, bien entendu, elle avait pensé « nous ». Elle savait qu'elle n'avait jamais eu l'intention de rester ici, en le laissant continuer sans elle, avec cette filature obsédante, pas même avant d'avoir entrevu qu'ils étaient poursuivis, encore bien moins désormais. Tant que la menace ne serait pas passée, une fois pour toutes, elle ne quitterait pas Purushottam.

Elle rentra dans la maison, remplie d'éclats de voix qu'elle interrompit de la sienne, tranquille, tapant des mains sous le menton en s'excusant d'un sourire radieux. Purushottam essayait depuis une demi-heure de trouver le courage de prononcer les mots justes pour demander la permission qu'elle les accompagne jusqu'au Cap, et même dans cette atmosphère libératrice il avait trouvé cela difficile. Cependant, s'il ne faisait pas le moindre mouvement maintenant pour faire plus ample connaissance, comment pourrait-il espérer la raviver plus tard, grâce aux bons offices de son unique tante survivante, qui trouverait en tout cas l'union des plus malavisées ? Mais Priya éleva seulement le ton de sa voix douce et dit timidement :

— Je suis vraiment désolée, mais il est grand temps que nous songions à partir, à présent. Je vous en prie, pardonnez-nous !

Et tout fut réglé.

CHAPITRE X

Cap Comorin : vendredi après-midi

Durant les dix derniers kilomètres avant le cap Comorin, on avait enfin quitté les Ghats occidentaux, le paysage s'ouvrait, vaste horizon de rizières et de palmeraies verdoyantes que ne venaient briser, çà et là, que de petites collines étonnamment abruptes, en forme de taupinières, qui semblaient jaillir de nulle part comme les restes d'une activité volcanique ancienne. Elles étaient en grande partie constituées de rochers nus et bleuâtres. Des arbres et des buissons s'accrochaient uniquement dans les plis minuscules de leurs pentes les plus basses.

— Vous ne nous aviez pas dit, dit Purushottam, assis à l'arrière de la Land Rover avec Priya, que vous étiez chrétienne.

Elle ne détourna pas les yeux de la route poussiéreuse qui se déroulait derrière eux, mais elle sourit.

— Je ne suis pas certaine de l'être. Je ne sais pas très bien ce que je suis. Je pense être croyante, mais pas sectaire. J'ai été élevée dans la religion chrétienne et je n'ai jamais vu l'intérêt d'en changer, car me qualifier d'autre chose ne correspondrait pas vraiment mieux à ce que je crois. Je suppose que je ne raisonne pas très logiquement de ces choses-là, mais les catégories sont tellement limitatives et sèment tant de confusion...

Elle continuait à observer leur sillage ; elle l'avait fait depuis qu'elle les avait guidés hors de la ville par des ruelles et des allées détournées, des chemins de terre, pour atteindre enfin cette route nationale qui allait vers le sud. Mais il n'y avait pas de véhicule en vue derrière eux.

— Pourquoi surveillez-vous la route avec tant d'attention ? demanda-t-il.

— Pour m'assurer que nous ne sommes pas suivis.

Il avait eu l'esprit trop plein d'autres pensées pour se préoccuper de sa propre sécurité, oubliant momentanément qu'elle avait jamais été menacée.

— Nous ne serons plus suivis, maintenant. Pourquoi le serions-nous ?

— J'espère que non, dit-elle. Mais il n'y a pas de mal à rester vigilant.

Le *gopura* élevé d'un temple apparaissait devant eux, se dressant au milieu des palmiers. Un grand bosquet d'arbres l'entourait, mais la tour dorée et fuselée se dressait bien au-dessus de leurs frondaisons, toute sculptée et vivement colorée. Cinq minutes plus tard, ils en atteignaient les portes et l'allée rituelle qui conduisait aux cours intérieures. Plusieurs voitures étaient arrêtées devant l'entrée et, à la vue de la toute dernière d'entre elles, Dominic se mit à rire et donna une tape légère sur le volant.

— Nous voici revenus à la case départ ! Qu'est-ce qu'on disait ? La France profonde nous a rattrapés une fois de plus !

Il n'y avait pas moyen de se tromper sur cette vieille Ford bleu ciel, avec ses éraflures en travers d'une portière dues sans doute à un ancien accrochage, et ses retouches de peinture rouge sur l'aile arrière. Les Bessancourt devaient être dans l'enceinte du temple avec leur appareil photo, obstinément occupés à engranger les souvenirs de leur voyage. Un jeune homme grand et élancé, vêtu d'une saharienne et d'un short kaki et d'un turban blanc, était confortablement appuyé contre le mur d'enceinte, assis les bras autour des jambes et la tête nichée contre les genoux, dormant du sommeil du juste, quand on pouvait supposer qu'il avait pour tâche de surveiller les voitures garées et les chaussures que leurs propriétaires avaient ôtées.

— On s'arrête ? Voulez-vous jeter un coup d'œil au temple ? demanda Dominic en ralentissant.

— Non, continuons, décida Larry. Si tout le monde a l'intention de descendre dans cet hôtel du Cap, nous ferions peut-être mieux d'y arriver avant les autres. Il est probable que nous verrons les Bessancourt ce soir, non ?

Ils sentirent l'odeur de la mer et repérèrent la direction du vent d'après l'inclinaison des arbres avant d'arriver en vue d'un village, d'un temple ou d'un cap quelconques. On voyait les toits des bâtiments, encore des palmyrahs, puis un carrefour où un autocar cabossé venait de faire demi-tour, ayant clairement atteint son terminus. Quelques maisons, petites et modestes, et un stand de fruits et de boissons, dont l'employé jovial brandissait une machette pour décapiter les noix de coco et parvenir aux trois poches de jus sucré dans les fruits de palmyrah pour ses clients. Et c'était tout.

— Ici, il faut tourner à droite, dit Priya. Regardez, cette grosse maison, c'est l'hôtel.

Une allée les conduisit jusqu'aux portes qu'ils franchirent pour gagner le parking. La maison n'avait rien d'indien. Elle n'aurait pas été déplacée dans une banlieue victorienne cossue de n'importe quelle ville marchande du nord de l'Angleterre et, en fait, elle avait été autrefois une résidence officielle britannique. Mais ses abords, vastes et herbeux, offraient quelques parterres de fleurs battus par les vents et elle semblait solide, spacieuse et confortable.

— C'est la première fois que j'ai l'occasion de vous servir de guide, dit Purushottam avec enjouement.

Et il entra le premier afin de réserver des chambres pour eux quatre. Ils suivirent plus lentement, et dans la pénombre de l'intérieur décoré de palmiers en pots et de boiseries, ils jetèrent un œil par les portes ouvertes et les fenêtres donnant, derrière, sur une perspective sableuse soudain éblouissante, qui se déroulait en dunes ondulantes le long d'une route à moitié ensevelie. Au-delà, l'eau scintillait. L'océan Indien, qui leur avait paru encore loin, venait presque lécher le seuil de l'hôtel.

Leurs chambres étaient au premier étage. Comme d'habitude, c'étaient toutes des chambres doubles, mais, à cause de Priya, il leur en fallait trois, de sorte que l'un des hommes avait aussi le privilège de jouir d'une chambre pour lui tout seul.

— Tu la prends, dit Dominic.

Il saisit le sac de Larry des mains du garçon d'étage et le déposa à l'intérieur.

— Ça me convient, acquiesça Larry d'un air accommodant en prenant le même chemin que ses affaires.

Purushottam rencontra le regard de Dominic et sourit.

— Vous vous sentez responsable de moi ?

— Ce ne serait pas raisonnable de prendre des risques inutiles, il vaut mieux que vous partagiez une chambre avec l'un de nous, peu importe qui.

Mais Dominic se sentait responsable devant le Swami de la sécurité de Purushottam, et la question était loin d'être négligeable.

La chambre de Priya et celle de Larry étaient voisines et orientées à l'est. On accédait à la troisième, face au sud, par un petit couloir latéral. Toutes les trois donnaient sur un long balcon en fer forgé, reposant sur des piliers en métal peint. Purushottam jeta son sac sur le lit de gauche et ouvrit la fermeture à glissière pour en sortir une chemise propre. Par souci de vraisemblance, il avait emporté le sac qui appartenait à Lakshman, mais il y avait mis ses affaires à lui : une trousse de toilette, un pyjama et des vêtements de rechange. Après ce voyage poussiéreux, il voulait prendre une douche.

Il était encore en train de se frictionner sous l'eau froide quand lui parvint de loin, dominant le bruit de l'eau dont il s'aspergeait, la voix aiguë et péremptoire d'une femme, puis le grognement résigné de Dominic — « Oh, non ! » — depuis le balcon. Poussé par la curiosité, Purushottam émergea tout luisant et doré de la salle de bains, traînant sa serviette à l'épaule et laissant des empreintes humides derrière lui.

— Pourquoi ce « oh, non ! » si véhément ? Qu'est-ce que c'est ?

Dominic s'écarta un peu de la balustrade et montra du doigt le jardin en bas.

Les Mani, dans toute leur gloire, venaient de rentrer d'une promenade tranquille le long de la route côtière qui part du village ; Gopal Krishna en lin beige immaculé arborait d'immenses lunettes de soleil et son appareil photo coûteux ; Sudha, vêtue d'un sari lilas et bleu tissé en bandes subtiles et chatoyantes, avait les poignets alourdis du trésor portable de ses bracelets de valeur et le mécontentement se lisait sur son visage pâle et doré. Sushil Dastur, plus harcelé que jamais, trottait à ses côtés en portant son sac, sa chaise pliante en toile, son coussin et son livre. Il avait laissé tomber son signet et perdu la page : c'était là la raison de son cri de réprobation. Se confondant en excuses répétées, il cherchait fébrilement à la retrouver, au risque de faire tomber son coussin à tout moment.

— Voilà ce que c'est : cette dame ! Vous n'avez pas encore rencontré les Mani, mais ça va venir, à l'instant où ils poseront les yeux sur nous. L'une des voitures du parking doit être la leur, mais je n'y avais pas pensé. Tous ces trucs noirs de location se ressemblent. Et le problème, c'est qu'ils connaissent Lakshman. En tout cas, ils auront appris la nouvelle, pour Patti.

La mention de son nom fut comme un coup de poignard, d'autant plus qu'il était tout à fait possible de l'oublier, pendant de courts instants, emportés comme ils l'avaient été à Nagercoil dans le flot des plaisirs intenses. Le souvenir, quand il remontait en eux, les affectait cruellement, et, même ici, la réalité les talonnait.

— C'est si grave ? demanda Purushottam, observant l'arrivée des trois silhouettes à l'hôtel.

— Comment le savoir ? Ils étaient à Thekady. Ils nous avaient vus une ou deux fois auparavant. D'ailleurs, les Français vont sûrement arriver bientôt aussi. La voiture que nous avons dépassée au temple. Quel dommage ! Comme nous avons deux jours de retard par rapport à notre programme, je pensais qu'ils seraient tous retournés vers le nord, à l'heure qu'il est. Non que les Mani aient jamais vraiment fait attention à l'existence de Lakshman, ajouta-t-il avec mépris. Je ne crois pas qu'ils lui aient jamais adressé la parole. Mais les Bessancourt, si. Et, en tout cas, ils ne manqueront pas, en vous voyant de près, de remarquer que vous n'êtes assurément pas Lakshman, qu'ils s'attendent ou non à ce que vous leur soyez présenté. Alors, comment allons-nous expliquer votre présence ?

Purushottam s'enveloppa dans la serviette, massa son corps mince avec plaisir et réfléchit.

— Lakshman a dû vous quitter et je suis votre nouveau guide. Je m'appelle Narayanan. Pourquoi pas ? A supposer qu'il y ait quelqu'un ici qui me connaisse déjà — le gars qui vous inquiète —, il sait mon nom. Et pour les autres, Narayanan est un nom assez courant qui convient parfaitement, il y en a un peu partout. Ce sera aussi bon pour un guide que pour n'importe qui. Qui sait, ils pourraient même me prendre pour un policier en civil désigné pour vous escorter !

— Bon conseil, reconnut Dominic, au bout d'un instant de réflexion. Pourquoi compliquer les choses inutilement ? Dépêchez-vous de vous habiller et nous irons mettre les autres au courant.

Ils avaient besoin de constituer un front uni. Ils pénétrèrent dans le salon, où une série de grandes fenêtres donnaient sur la route de la côte et les dunes. Sudha Mani abandonna sa tasse de thé pour se précipiter sur eux avec un petit cri mélodieux de reconnaissance et de sympathie, son sari froufroutant libérant une bouffée d'air parfumé.

— Oh, Miss Madhavan, Mr. Preisinger, Mr. Felse, oh ! nous nous sommes fait tellement de souci à votre sujet ! On a tout appris par les journaux... c'est tellement épouvantable, cette pauvre jeune fille ! Ah, comme nous avons été tristes pour elle et ses malheureux parents, qui se trouvent si loin ! Oh, nous n'imaginions vraiment pas, quand nous nous sommes dit au revoir à Thekady, que si peu de temps après...

Elle perdit le souffle, porta la main à sa poitrine haletante et poussa de grands soupirs.

— Ma femme, déclama Gopal Krishna, se déplaçant d'un pas lourd pour venir à sa rescousse, est tellement sensible ! Cette mauvaise nouvelle... un tel choc pour nous...

— Oui, c'est une sale affaire, convint Larry d'un air renfrogné.

— Mais pourquoi, je me le demande, quelqu'un en voudrait-il à une jeune Anglaise comme Miss Galloway ?

Gopal Krishna cligna des yeux derrière ses lunettes sombres et secoua pesamment la tête.

— La police a-t-elle une idée ? Ils ne vous ont pas retenus, j'en suis si heureux !

— Non, ils n'ont pas voulu que nous restions sur place. Évidemment, nous sommes en contact permanent, ajouta Dominic.

Il n'y avait pas de mal à répandre l'idée que, partout où ils allaient, la police pouvait très bien les faire suivre.

— Autant qu'on sache, ils pensent que Miss Galloway a pu voir quelque chose de compromettant à Thekady, peut-être même sans s'en rendre compte, et que quelqu'un a voulu la réduire au silence. Mais, évidemment, on se trompe peut-être... c'est juste une impression. Ils n'ont pas jugé nécessaire d'entraver vos déplacements, j'espère ?

Sudha leva ses fins sourcils noirs, vaguement prête à se montrer offensée par cette suggestion, mais son mari enchaîna avec volubilité, d'une voix pleine de suffisance :

— Oh non, bien sûr que non, nous n'avons pas du tout été ennuyés. Mais, sans ces événements pénibles, ç'aurait pu être un voyage très agréable. Nous avons passé deux nuits à Tirunelveli et nous sommes allés sur la côte voir le temple de Subrahmanya à Tiruchendur et les sculptures rupestres. Nous sommes arrivés aujourd'hui pour le déjeuner. Vous passez aussi la nuit ici ? Ce sera très agréable, on vous verra un peu plus.

Ils se retirèrent avec un sourire affable, hochant la tête à la pensée de tout ce qui avait, hélas, gâché un voyage parfait, puis retournèrent à leur thé. L'un et l'autre n'avaient jeté qu'un regard de vague curiosité à Purushottam, qui se tenait à l'arrière-plan en imitant de façon assez réussie l'attitude ambiguë de Lakshman.

— Sortons jeter un coup d'œil au Cap dont on a tant entendu parler, proposa Larry nerveusement.

Il passa le premier, traversa le salon jusqu'à une porte ouverte donnant sur un jardin étroit, terrain vague nivelé où l'herbe était à moitié couverte du sable des dunes envahissantes. Cela ressemblait par maints aspects à la Cornouailles : les petites ondulations de sable qui déferlaient vers la maison, les plantations clairsemées de tamaris, l'odeur de la mer.

Une main légère et discrète tira doucement Dominic par le bras comme il passait la porte, après les trois autres. Son regard plongea dans les yeux sombres, timides et contrits de Sushil Dastur.

— Mr. Felse, je voulais juste dire... J'ai lu dans les journaux hier, à propos de Miss Galloway.

Il recula un peu, rentrant sa grosse tête osseuse dans ses épaules voûtées.

— Ça ne me regarde pas... Je suis seulement un domestique... Mais je suis tellement désolé !

Surpris par la simplicité même de cette approche directe, Dominic le regarda comme pour la première fois. Les Mani empêchaient de considérer Sushil Dastur autrement que comme un accessoire de leur présence, une sorte de post-scriptum comique. Et l'homme lui-même ne faisait rien pour qu'on le voie plus distinctement, puisqu'il se considérait pratiquement de la même manière et aurait préféré, en un sens, être invisible. Il faisait preuve de courage et d'esprit de décision en parlant ainsi en son nom propre. Mais il avait tout de même dans l'autre main un foulard de soie qui appartenait à Sudha et, avant qu'il ait pu s'éloigner, elle donna de la voix pour le récupérer :

— Vite, Sushil Dastur ! Il y a un courant d'air par ici !

— Merci, dit Dominic précipitamment.

Et il serra légèrement la main qui l'avait arrêté.

— Cela nous touche beaucoup. C'est très gentil à vous.

Sushil Dastur s'enfuit. Dominic rejoignit les autres dans le jardin face au large. C'était de la droite, de l'ouest, que le sable avançait, d'une allure si douce, si insidieuse, que pendant de longs mois un balai aurait suffi à le maintenir à distance, avant que soudain, un beau jour, on se décide à utiliser une pelle. A gauche, le jardin s'ouvrait sur une étendue d'herbe non envahie et quelques bosquets d'arbres. L'allée contournait le bâtiment jusqu'au front de mer, bravant le bord des dunes, et, là également, quelques voitures avaient réussi à se garer, bien que le parking du côté opposé fût plus haut d'environ un mètre et exempt de sable. Parmi les voitures garées se trouvaient la Ford bleu ciel avec sa portière éraflée et, occupé à décharger les bagages et reverrouiller le coffre, le jeune homme élancé en short et en saharienne kaki, qui était endormi paisiblement au pied mur du temple sur la route venant de Nagercoil.

Il leva la tête au son de leurs voix, le regard hésitant un instant entre la joie et l'incrédulité, puis son visage s'épanouit en un large et généreux sourire et il posa les sacs des Bessancourt pour aller à leur rencontre sur l'allée de gravier et les saluer.

— Sahib... sahib ! Vous êtes donc là, vous aussi ! Vous me reconnaissez ? Vous vous souvenez ? Romesh Iyar, le batelier ?

— Romesh !

Il était impossible de ne pas apprécier son enthousiasme chaleureux. Larry s'arrêta volontiers.

— On ne s'attendait pas à vous trouver ici, vous êtes bien loin de vos bases. Je croyais que vous aviez trouvé un boulot aux chemins de fer à Tenkasi. Qu'est-ce que vous faites ici ?

— Sahib, je suis resté à Tenkasi trois jours, un peu travaillé, mais pas boulot régulier. Mon frère, très pauvre, je voulais pas vivre à ses crochets. Le troisième jour, police dit que je pouvais partir, plus de rapport à faire. A Tenkasi, c'est pas bien, pas de boulot là-bas. Alors, je suis allé essayer à Trivandrum, mais là encore pas eu de chance. Partout, beaucoup de gens sans travail.

— Vous auriez mieux fait, suggéra Dominic tristement, de rester à Thekady, où vous aviez du travail.

Romesh secoua violemment sa tête enturbannée. Tout plutôt que ça.

— Non, sahib, pas rester là-bas. Pas retourner. C'était mauvais endroit, mauvaise chance, il fallait que je parte.

— Mais qu'allez-vous faire, alors ? Vous travaillez pour les Bessancourt, à présent ?

Indépendant, ce couple âgé et invincible semblait le dernier au monde à avoir besoin ou à vouloir d'un serviteur.

— Moi, beaucoup de chance, sahib. Quelqu'un dit moi, bons boulots à Dindigul, dans les usines de tabac, alors je veux aller là-bas, mais c'est loin, ça coûte trop cher. Mais alors je rencontre sahib Bessancourt et memsahib, et ils se souviennent de Romesh. Ils disent qu'ils vont d'ici à Pondichéry. La meilleure route pour Pondichéry passe par Dindigul. Alors, je demande, prenez-moi comme serviteur, s'il vous plaît, vous ne me payez rien, juste la nourriture et le voyage, et je fais tout pour vous. Eux très gentils, ils disent oui, tu peux venir.

— Merveilleux ! Et vous croyez vraiment qu'il y aura un boulot pour vous là-bas ? demanda Larry.

— Oh oui, sahib, très bons boulots dans usines de tabac. Je suis bon travailleur, je sais tout faire.

— Vous savez conduire, aussi ?

Ce n'est pas que les Bessancourt semblaient avoir besoin d'un chauffeur de secours, mais il n'y avait pas grand-chose d'autre à faire pour un serviteur en voyage, ils avaient tellement l'habitude d'être autonomes.

— Oh oui, sahib, je sais conduire tout ce qui a des roues, très bon chauffeur.

Il alla ramasser les bagages abandonnés là où il les avait posés.

— Dois y aller, maintenant, sahib Bessancourt attend ses bagages. Vous restez pour la nuit, sahib ?

— Oui.

Dominic songea, et les autres en firent peut-être autant : « C'est Thekady qui recommence, mais sans

Patti. » Les mêmes acteurs, et même un hôtel victorien très semblable, les mêmes voitures garées, le même spectacle touristique — encore que très différent — officialisé depuis longtemps par un usage strict. Ici, on ne sortait pas observer les éléphants d'un bateau, mais les règles n'en étaient pas moins fermement définies. On allait vers l'ouest dans la soirée pour regarder le soleil se coucher sur la mer d'Oman et, le matin, on se levait tôt pour se rendre vers l'est et le regarder se lever sur le golfe du Bengale, très loin au-delà de l'invisible Ceylan.

Il se souvenait que Romesh Iyar avait été employé à Thekady durant quelques mois ; pris d'une impulsion soudaine, il lui demanda :

— Romesh, pendant tout le temps où vous êtes resté au lac, avez-vous jamais vu un sadhu mendier près du temple de Shiva, celui qui est à proximité du bungalow forestier ? Un sadhu avec cette marque ?

Il la dessina avec un bâton sur le gravier. Romesh avait reposé les sacs et regardait le dessin tracé sur le sol avec une expression soudain tendue et méfiante. Il prit le temps de réfléchir, bien qu'il n'eût pas échappé à Dominic qu'il connaissait la réponse depuis le début. Pour finir, il regarda son interlocuteur bien en face : il ne souriait plus.

— Oui, sahib, une fois, je vois quelqu'un comme ça. C'est étrange — c'était à la même époque, même week-end que celui où *cette chose* est arrivée. La veille du jour où vous montez sur mon bateau, je descends au village en camion, pour rapporter de la farine, dans l'après-midi. Je vois ce sadhu alors, assis près du lingam. Je m'en souviens parce que jamais je vois personne assis là auparavant. C'est la seule fois où je le vois.

Il avait le visage troublé, mal à l'aise même. Quelque chose d'autre s'agitait dans son esprit.

— Sahib, pourquoi vous me demandez ça ?

— On l'a vu aussi, dit Dominic, ce même jour. On se demandait si par hasard il était souvent là.

— Non, jamais vu avant. Seulement cette fois. Mais, sahib, il y a quelque chose d'autre, maintenant que vous parlez de cet homme. J'ai vu justement un homme comme ça aussi aujourd'hui.

— Aujourd'hui ? demanda Dominic d'un ton brusque. Où ?

— Sahib, à Nagercoil. Sahib Bessancourt s'arrête là-bas pour le déjeuner, et je vais faire un tour en ville. Dans le quartier de Krishnancoil je vois ce sadhu, assis sous un arbre, dans Jambukeshwar Lane. Il avait la même marque. Sahib, est-ce que c'était le même homme ? Est-ce qu'il... ?

Sa voix s'étouffa. Le blanc de ses yeux commença à s'élargir en une grande bande tout autour de ses pupilles.

— Mais, sahib, c'était *un saint homme...*

— Ne vous inquiétez pas, s'empressa de le rassurer Dominic. La police voulait contrôler tous les gens qui se trouvaient dans les parages, c'est tout. Pourquoi vous faire du souci maintenant ? Vous êtes avec les Bessancourt et, dans un jour ou deux, vous serez en route pour Dindigul avec eux. Vous aurez votre boulot et n'entendrez plus jamais parler de ça.

— Oui, dit Romesh, distrait, tandis qu'il ramassait les sacs pour la troisième fois, le visage toujours tendu, révélant quelque chose qui n'était pas tout à fait de la peur : méfiance, incertitude, inquiétude.

Il serait heureux quand la Ford bleu ciel reprendrait la route du nord-est.

— Je m'en vais maintenant, sahib, je dois m'en aller, j'ai du travail.

Il disparut à l'angle de la maison et ils le suivirent des yeux.

— Vous ne pensez pas, supposa Larry, qu'il a inventé le sadhu d'aujourd'hui, juste pour rendre service ?

— Non, dit Priya tranquillement, il dit la vérité. L'homme était là. Je le sais, parce que, moi aussi, je l'ai vu. Peut-être ne l'avez-vous pas remarqué — Jambukeshwar Lane est le nom de la rue où nous habitons.

Elle leur raconta toute l'histoire.

— Si les Bessancourt étaient en train de déjeuner, ce devait être à peu près à la même heure. Je pense que Romesh a dû passer par là et le voir un peu avant que je ne le remarque moi-même. Quand je suis ressortie, il avait disparu. Il a certainement senti que je l'avais repéré et il ne voulait pas être vu de près. Alors, j'ai estimé que le mieux à faire était de vous éloigner de là immédiatement, pendant qu'il se cachait. C'est ce que j'ai fait.

— Mais pourquoi, demanda Purushottam horrifié, *pourquoi* n'avez-vous rien dit ? Si j'avais su que nous étions suivis — si j'avais su qu'on nous observait —, je ne vous aurais jamais fait courir ce risque avec nous.

Elle le regarda avec un sourire pâle mais radieux et dit :

— Mais c'est justement pour cela. A présent, je suis ici, et vous n'y pouvez rien. Ce n'était pas seulement que je voulais venir avec vous, mais aussi qu'il n'y avait pas de temps à perdre en explications et je ne tenais pas à inquiéter ma famille. Je voulais aussi vous faire sortir de Nagercoil par un chemin détourné, dans l'espoir de perdre notre espion. Et il se peut que nous ayons réussi, vous savez — je l'espère. Je suis certaine qu'aucun véhicule, en fait, ne nous a suivis. Il semble qu'ils sachent très bien qui vous êtes. Mais s'ils savent maintenant *où* vous êtes, c'est qu'ils savaient d'avance où nous allions, ou du moins ils ont pu le deviner. Ou peut-être qu'une fois de plus ils nous ont simplement découverts, comme lui nous a découverts à Nagercoil. Une Land Rover n'est pas aussi anonyme qu'un taxi ou un de ces voitures noires de location.

Purushottam déclara sans quitter Priya des yeux, et d'une voix blessée lourde de reproches, comme un enfant confondu :

— Vous n'auriez pas dû me faire cela. Je voulais que vous soyez en sécurité, c'est la seule chose au monde qui compte pour moi.

— Et moi, je veux que vous restiez en vie, c'est la seule chose au monde qui compte pour moi, répondit Priya, presque en colère.

Ce fut, pour Dominic, une des plus étranges et en même temps une des plus brèves scènes d'amour de tous les temps, mais elle était extrêmement révélatrice. Même Larry, qui se montrait d'ordinaire assez fermé sur le chapitre des femmes, eut l'air surpris, voire abasourdi. Ce qui s'était passé à Nagercoil s'éclairait de façon insoupçonnée. Cette machination inouïe démolissait toutes considérations de caste et même de pauvreté et de richesse. D'un côté, cette jeune fille entourée d'une famille extravagante et dépourvue de fortune, et de l'autre, cet aristocrate solitaire, exilé volontaire de sa caste et de sa classe, la tête pleine d'idées exaltées et seul au monde. « Un accord excellent, se dit Dominic, la mise en commun de ressources égales mais différentes. Je parierais volontiers que le Swami a vu venir cette union. Pour quelqu'un qui n'a jamais nagé de sa vie, il est vraiment doué pour prévoir les marées ! »

— Inutile de discuter, en tout cas, dit-il sérieusement comme s'il parlait pour son lointain mentor, elle est ici, maintenant. Bon, allez vous promener jusqu'à la plage et je vous rejoins dans quelques minutes. Je viens juste de me rappeler que j'ai quelque chose à faire maintenant, pendant que j'y pense.

Il ne l'avait jamais oublié : il avait promis de téléphoner au Swami chaque fois qu'il se produirait quelque chose pouvant se rapporter à l'affaire en cours. Et un sadhu shivaïte, en contemplation, assis devant la petite maison de Jambukeshwar Lane semblait être, à la lumière des expériences passées, d'une pertinence alarmante.

— Je vois, dit la voix lointaine et précise, visiblement inquiète, que j'ai fait un mauvais calcul. J'en avais peur. Il ne s'est rien passé ici. Lakshman est exemplaire et à l'abri — je dois dire que j'ai à présent toute confiance en lui —, et aucun individu suspect n'a été vu dans un rayon de plusieurs kilomètres. Je crains bien que personne ne s'intéresse à nous. Ils ne se sont pas fourvoyés dans leur poursuite. Tu comprends ce que ça signifie ? Quelqu'un était au courant de ce changement d'identité.

Il ne semblait pas y avoir d'autre explication. De Koilpatti jusqu'à Nagercoil, ils avaient eu l'impression d'avoir presque toute la route pour eux. S'ils avaient été suivis — et ils avaient dû l'être —, c'était à une certaine distance, avec beaucoup de discrétion. Le poursuivant pouvait se passer de surveiller sa proie de près. Et pourquoi prendre la Land Rover en filature, à moins d'avoir surveillé le départ et compris le changement dans la distribution des rôles ?

— Il est possible, reconnut le Swami, que quelqu'un connaissait déjà Purushottam de vue, mais on ne peut l'envisager que comme une possibilité, et rien de plus. Il est beaucoup plus probable que quelqu'un faisait le guet, *qui connaissait Lakshman*. Et à présent, tu me dis qu'il n'y a pas moins de six personnes là-bas qui connaissent très bien Lakshman, depuis les événements de Thekady.

— Sept, corrigea Dominic avec réticence. Il y a Larry. Je ne pense pas sérieusement qu'il soit autre que ce qu'il paraît, mais je n'ose pas considérer que ça va de soi. Et si l'un de nous était impliqué, il n'y aurait pas eu besoin d'observateur pour découvrir où on en était, n'est-ce pas ?

Le Swami ignora l'omission de Priya, même si l'expression globale « l'un de nous » avait pu être interprétée comme l'incluant. Il en revint aux faits :

— Mais il y avait bel et bien un espion. A Nagercoil, sinon à Malaikuppam, il a été vu. Par deux témoins tout à fait indépendants, dont les témoignages se confirment l'un l'autre. En tout cas, je suis d'accord avec toi, nous ne devons perdre de vue personne et ne négliger aucune hypothèse.

— Alors, vous prenez cette information au sérieux ?

Il était consterné mais non surpris. Il savait, au fond de lui, qu'on devait la prendre au sérieux.

— Évidemment. Et puisque tous ces gens savent que Purushottam est dans l'hôtel, c'est clairement l'endroit le plus dangereux. A mon avis, nous devons le sortir de là autant que possible. Pardonne-moi, dit le Swami avec sa subtilité et sa courtoisie habituelles, de dire « nous », car tu dois bien entendu faire en toute situation ce qui te semble convenir, et je suis certain que tu agiras à bon escient. Mais puisque c'est moi qui vous ai envoyés au cœur du danger, croyant vous en préserver, je dois prendre ma part de responsabilité quant à votre situation.

— Que me conseillez-vous ? demanda Dominic. J'ai besoin de le savoir.

— Le mieux est de vous comporter en tout point comme les touristes sont censés le faire au cap Comorin, et profiter des possibilités qu'offre l'endroit. Le moment est presque venu maintenant du rituel du soir. Allez tous ensemble jusqu'aux dunes de sable, qu'on vous voie et qu'on vous remarque, pour contempler le coucher de soleil. Tout le monde va faire la même chose en groupes dispersés. Là-bas, vous trouverez vite plus de gens, des femmes et des gamins qui vendent des colliers de coquillages et d'autres souvenirs. Ça ne coûtera pas cher de les adjoindre à votre groupe : un brin de conversation, quelques colliers de coquillages, et ils vous accompagneront avec plaisir toute la soirée, en espérant vendre encore quelques bricoles sur les dunes. Entourez Purushottam de tous côtés, allez au village et au temple ensuite s'il est encore trop tôt pour vous séparer pour la nuit. Personne ne tentera d'assassiner un homme pris dans un groupe nombreux et mobile, visible à des kilomètres à la ronde. Et je ne pense pas que l'ennemi fasse partie des gens humbles que vous rencontrerez sur place, les plus pauvres parmi les pauvres, qui font des colliers de coquillages pour les vendre aux touristes. Peu d'entre eux s'éloignent à plus de trente kilomètres de chez eux dans toute leur vie, ou sont au courant de ce qui passe au-delà de cette limite. Il n'est pas non plus recommandé de dîner à l'hôtel. Il y aura des baraques au temple et dans le village. Là où il y a des pèlerins, il y a toujours des gens pour répondre à leurs besoins. Et quand vous rentrerez à l'hôtel... comment sont situées vos chambres ?

Dominic lui fournit l'explication.

— Bon, ça peut simplifier les choses. Alors, dites bonsoir aux autres, fermez votre porte à clé, défaites vos lits comme si vous y aviez dormi et sortez par le balcon, en emportant la clé avec vous. Ce devrait être une nuit douce et chaude, vous pouvez en toute sécurité la passer sur la plage ou au village. Ne rentrez pas avant que le personnel de l'hôtel commence à remuer, alors réveillez vos amis et allez voir le soleil se lever. Le tout avec beaucoup de précautions !

— Et je ne dis rien à Larry ? pas même à Priya ?

— Les innocents sont plus en sécurité quand ils en savent le moins possible, dit le Swami avec le plus grand sérieux, au terme d'un silence prolongé. A partir de demain, il se peut qu'il soit nécessaire d'improviser à nouveau, mais occupons-nous déjà de ce soir.

— Ça paraît fou, dit Dominic dans une vaine protestation, que quatre d'entre nous doivent virtuellement affronter le siège d'un misérable individu. N'attachons-nous pas trop d'importance à cette menace ?

— L'homme sans scrupules, dit le Swami tristement, pour qui toute vie hormis la sienne peut être sacrifiée, part toujours avec un avantage, qui vaut une armée entière, sur l'homme qui considère la vie comme sacrée. Et l'homme qui rampe en secret est plus dangereux que des armées. N'aie jamais honte de prendre des précautions contre les serpents. Bien que, évidemment, ajouta-t-il, pris de remords, tous les serpents ne soient pas malfaisants ni traîtres, ils veulent seulement se défendre. Les hommes qui devraient marcher debout mais rampent dans l'herbe armés de poison comme les serpents n'ont pas une telle justification.

— Et demain ? demanda Dominic. On paie la note et on s'en va d'ici ?

Après mûre réflexion, la voix lointaine finit par dire avec douceur :

— Le cap Comorin est le bout du monde : où aller après ? En fin de compte, tous les champs de bataille se valent.

Dominic attendit, mais il n'y eut rien d'autre. Au bout d'un moment, il entendit, très loin, le léger déclic du récepteur qu'on reposait sur la fourche du combiné.

CHAPITRE XI

Cap Comorin : vendredi soir

Au-delà du jardin, tout en herbe et en sable, ils débouchèrent sur une route empierrée. A gauche, au fur et à mesure plus ferme et plus dégagée, elle s'éloignait en serpentant le long de la côte vers le village et le temple. Mais, à droite, vers l'ouest, elle essayait de survivre quelques mètres encore, de plus en plus envahie par le sable, avant d'être recouverte par les dunes qui s'élevaient en vagues ondulantes, jaunes, brunes et grises vers l'horizon, sans interruption jusqu'à la limite des rochers. Dans cette direction, la ligne de côte s'élevait aussi, en falaises saillantes et déchiquetées. Mais là où ils se tenaient, la route se trouvait à peine au-dessus du niveau de la plage et de la mer. L'ayant traversée, ils s'avancèrent dans une zone de rochers irréguliers gris foncé qui balafraient l'océan de strates obliques, toutes tranchantes comme des lames, festonnées par l'écume des vagues, et réduisant chaque vague montante à des lambeaux furieux. Au-delà de ce filigrane bouillonnant de rochers et de récifs noirs sur l'écume blanche s'ouvrait l'océan Indien bleu cobalt, inondé de soleil, qui plongeait droit vers le sud, jusqu'à l'Antarctique.

En raison de la lutte furieuse des rochers contre la

marée montante, ils avaient l'impression que soufflait un vent de tempête, mais ce n'était qu'une brise fraîche qui les décoiffait à peine, et l'air était chaud et clair. Ils parvinrent tant bien que mal au bord des rochers, et contemplèrent en bas une plage étroite de sable fin, sur laquelle les vagues sifflaient et se retiraient en un rythme régulier. A leur gauche, peut-être à un kilomètre au-delà de la zone d'eau agitée, ils virent enfin le cap lui-même, l'extrême promontoire de rochers qui s'avançait très loin dans la mer dont l'écume venait lécher la base.

Côté terre, on voyait les toits du village ainsi que le temple de Kumari — l'apparence virginale de Parvati —, qui donne son nom au cap Comorin. Fermement planté sur la plate-forme extrême de rocher, son *shikhara*[1] pointant vers le ciel pour donner la touche verticale nécessaire à ce paysage de terre et de mer oblique et horizontal, se dressait le blanc mémorial moderne, érigé à l'endroit où les cendres du Mahatma Gandhi avaient séjourné avant d'être livrées à l'océan Indien. D'une blancheur lisse et homogène, avec une touche de bleu, solidement enraciné dans les rochers sombres, avec la mer de cobalt au-delà et un flot de nuages blancs au-dessus.

— Il est étrange, dit Priya, mais vu d'ici il s'intègre bien dans le paysage. Quand on le voit de près, il est plutôt affreux, on dirait du plastique bleu et blanc.

Ils se dirigèrent vers l'ouest, suivant la route jusqu'à ce qu'elle disparaisse devant l'invasion du sable, et commencèrent à grimper dans les dunes. Bientôt, on entendit trottiner de petits pieds nus et

1. Tour surmontant le sanctuaire principal d'un temple. *(N.d.T.)*

deux garçonnets jaillis de nulle part prononcer des paroles flatteuses en malayalam et en anglais. Ils leur mirent sous les yeux des colliers de coquillages percés, certains longs de deux ou trois centimètres, à l'ovale lisse et mat, brun et blanc, d'autres plus petits et plus fins, à la texture de fine gelée blanche, en plusieurs nuances allant du blanc au beige foncé. Le Swami connaissait cette côte. Les vendeurs de perles n'étaient sans doute jamais loin de l'hôtel, attendant qu'un touriste bien disposé sorte faire son pèlerinage vespéral. Une jeune femme, vêtue d'un sari rouge passé sans corsage, vint s'adjoindre au groupe, offrant ses propres marchandises. La femme parlait un peu anglais, l'un des garçons un peu plus, et Purushottam, extrêmement serein et sociable, parla malayalam avec l'autre. Pour quelques *naye paise*[1], ils se firent trois associés satisfaits, qui les accompagnèrent gaiement dans leur marche jusqu'en haut de la pente raide des dunes. Bientôt, d'autres visiteurs monteraient contempler le coucher de soleil, et c'était un endroit aussi bon qu'un autre pour le commerce.

Ils atteignirent la crête et émergèrent sur un plateau ondulé de sable fin, moucheté, de loin en loin, de bouquets de tamaris et de touffes d'herbe sèche dans les endroits légèrement abrités, et de petites étoiles de plantes maritimes. Ici, la côte s'élevait en falaises basses et déchiquetées qui embrassaient, de leurs longs bras d'un gris plombé et de leurs serres de granit, des anses profondément découpées que le bouillonnement des vagues attaquait à grande vitesse, pour se jeter sur des sables aux nuances fan-

1. Pièce de monnaie d'une valeur de 1/100 de roupie. *(N.d.T.)*

tastiques de rouge foncé, de violets agressifs et de noir rouillé. Ces nuances semblaient déposées par les marées en une série de festons qui se chevauchaient et, par endroits, les couleurs sombres et chaudes étaient modulées par des plans de jaune et de gris-vert. Les garçons aux colliers, amusés par l'intérêt et la surprise de Larry, haussèrent les épaules devant ce phénomène ; tout le monde savait que les sables du Cap — ceux du Kerala également, en remontant la côte ouest — étaient colorés de la sorte.

— C'est principalement de l'ilménite et de la monazite, dit Purushottam. Des dépôts de grand prix. C'est la monazite qui fournit l'essentiel du thorium mondial. On la trouve aussi sous cette même forme dans d'autres endroits.

Ils se laissèrent glisser jusqu'au bas d'un étroit sentier rocheux et ramassèrent des poignées de sable rouge cuivré et noir de corbeau, du sable pur, fin et scintillant, frais dans la paume de la main. Ils se promenèrent un moment le long de la plage, mais le littoral était trop profondément découpé ; les rochers et la marée les contraignirent à revenir vers les dunes : sable ondulé à l'infini, se déroulant en courbes lisses sur plus d'un kilomètre et demi vers l'intérieur des terres depuis le rivage découpé, jusqu'à l'endroit où les crêtes lointaines et clairsemées des arbres ressemblaient à des taches de mousse verte. Le Swami savait de quoi il parlait. Aucun individu sensé ne se risquerait à venir assez près d'une victime potentielle à pareille heure, alors qu'il n'y avait aucun abri ni aucun espoir de se retirer sans être vu.

Une petite cabane trapue brisait seule la monotonie, faite de bois, de nattes et de chaume, perchée à la crête d'une longue et étroite péninsule de rochers, inclinés en couches striées, tranchantes comme un rasoir. Il y avait une petite crique en contrebas, où le sable alluvial dessinait des motifs d'un vert mat et d'un pourpre sensuel. Ils franchirent la crête de la péninsule derrière la cabane — à quelques mètres seulement — et aperçurent une autre baie, un peu plus grande que la première et beaucoup plus abritée par l'épaulement du rocher; là se trouvaient deux barques de pêche amarrées, hors de portée de la marée, et recouvertes de petits toits à double pente de fibre de coco tressée; un filet était étendu à sécher en longs serpentins sur le sable, clair et doré à cet endroit-là. La cabane servait manifestement pour l'entrepôt des filets, des cordes et des gréements et était reliée aux deux petites baies par des sentiers rocailleux abrupts et difficiles. Elle tournait le dos aux intempéries et à la mer, abritée dans la dernière montée qui rejoignait le bord de la falaise. Sa porte étroite et sa fenêtre masquée par une natte ouvraient du côté de la terre, balayant les kilomètres de dunes d'un regard sombre et vide sous un sourcil en fibre de coco.

Ils s'assirent dans le sable, à l'abri du vent, du côté aveugle de la cabane, face à l'ouest en direction de la plage et de la mer cobalt. Sur le sable jaune, le bleu profond se transmuait en vert émeraude. Plus bas, la barque désertée avait une proue haute qui rappelait celle des gondoles, et le filet était d'un brun mat, léger comme une brume contre l'or du sable.

Quand ils se retournèrent pour regarder les dunes, la solitude commençait à se peupler. Plusieurs familles de pèlerins indiens et des touristes s'étaient déversés du village et se dirigeaient tranquillement vers le soleil prêt à basculer à l'horizon. Parmi eux se trouvaient les Bessancourt, Madame vêtue de son *shalwar-kameez* noir, chaussée de sandales plates, posant énergiquement sur le sable un pied après l'autre, son mari muni de son appareil photo, marchant à ses côtés sans se laisser abattre. Les Mani, plus immaculés et déterminés que jamais, Sushil Dastur peinant derrière, cette fois-ci avec deux pliants en plus du sac de plage de Sudha. Le soleil, bien que déjà à moitié obscurci par des nuages majestueux, allait avoir un très respectable public, que d'autres s'apprêtaient à rejoindre.

— En fait, dit Priya sur un ton d'excuse, c'est presque toujours nuageux. Le matin aussi. Même s'il fait très beau.

Le spectacle, néanmoins, était saisissant. Les nuages changeaient et se dissolvaient en une multiplicité de couleurs et de formes, et quand le soleil s'embrasa au-dessus de cette mer sombre et éblouissante, ils s'écartèrent brusquement de chaque côté pour laisser les rayons brûlants de l'œil rougeoyant incendier des kilomètres de sable plongé dans l'obscurité ainsi que les visages fervents tournés vers lui. Pendant quelques instants, les dunes furent en fusion. Puis l'œil immense se ferma et les nuages s'amoncelèrent assez bas, au niveau de la mer. Tout d'un coup, il fit presque entièrement nuit.

Les vendeurs de colliers les avaient alors quittés pour racoler des clients supplémentaires parmi les pèlerins. Mais quand le groupe reprit le chemin de l'hôtel et du village, l'un des gamins vint les rejoindre en trottinant, conversant gaiement avec Purushottam pendant tout le trajet jusqu'à l'endroit où les dunes plongeaient littéralement sur la route submergée. Puis il salua soudain et partit d'un petit trot rapide vers le village, certain qu'il était que ses amis allaient changer de direction pour rejoindre le jardin de l'hôtel.

— Continuons vers le temple et le mémorial, suggéra Dominic. On a encore du temps, inutile de rentrer déjà.

Rien de plus simple. Ils étaient prêts à adopter n'importe quelle suggestion qui leur permette de rester dehors par cette soirée douce et agréable, dans ce curieux décor de vacances. Il n'eut pas besoin de se montrer persuasif, même quand il proposa de renoncer au dîner à l'hôtel pour manger comme les pèlerins qui envahissaient les cours du temple de Kumari. Il y avait des stands qui vendaient toutes sortes d'épices, de mets relevés, de boissons douces, de fruits, de riz, des pains variés et en particulier les pâtisseries très colorées et très sucrées qui prolifèrent partout en Inde. Après les dunes, le village fut une révélation : envahi par la foule, affairé, bruyant et gai, un véritable champ de foire crépusculaire, bientôt étincelant de petites lanternes. Le village et le temple se dressaient sur les strates horizontales des rochers, aussi proches parents de l'océan que de la terre. Le fracas des vagues déferlantes accompagnait en basse continue les bruits de tant de voix humaines.

Ils se rendirent ensuite, au milieu d'une foule compacte, au mémorial en plastique bleu et blanc, hautement poli, et montèrent jusqu'à la base de sa tour blanche en forme de bouton de lotus qui dominait la mer. Quelques petits mendiants vinrent les harceler, les premiers qu'ils voyaient par ici. Ils hantaient évidemment les lieux où les touristes étrangers étaient le plus susceptibles de se trouver en grand nombre. Purushottam les supporta un instant, puis leur donna quelques pièces et leur ordonna brusquement de s'en aller; ils obtempérèrent sans rechigner, avec le sourire.

— Ils se débrouillent très bien ici, dit Priya. Là où il y a des pèlerins, il y a nécessairement des consciences tendres et la manière la plus facile d'obtenir la paix de l'âme est de donner. C'est une façon assez peu coûteuse d'acquérir du mérite.

Le champ de foire ne donnait pas l'impression de fermer à la tombée de la nuit et le village était plus gai que jamais. Ils ressentaient une lassitude agréable, après toute cette marche. Quand ils rentrèrent enfin à l'hôtel, les stands éclairés scintillaient encore derrière eux comme des étoiles terrestres.

Mme Bessancourt était installée dans le vestibule avec son tricot, un formidable rouleau bleu au point de riz. Elle les vit sortir de la nuit et leur fit son invariable petite courbette par-dessus ses aiguilles cliquetantes. Son sourire représentait la France éternelle, amical mais réservé. Les trois qui la connaissaient s'arrêtèrent pour échanger les politesses habituelles. Purushottam, après un coup d'œil rapide, se rendit à la réception en guide consciencieux et y prit les clés.

— J'ai appris par les journaux, dit-elle en posant momentanément ses aiguilles sur ses genoux, la mort de votre amie. Je suis vraiment désolée. Quand Romesh m'a dit que vous étiez ici, j'ai espéré vous revoir pour vous témoigner au moins toute ma sympathie. Je sais bien qu'on ne peut rien faire de plus. La perte des êtres jeunes ne peut pas être adoucie par un geste ou une parole de gens âgés. J'en ai fait l'expérience. Mais, en notre nom à tous les deux, mon mari et moi, je vous présente nos sincères condoléances.

Mme Bessancourt ne se dérobait pas. Elle les regardait droit dans les yeux, l'un après l'autre, et son regard était aussi franc et sombre que les rochers au pied du cap Comorin.

Ils lui dirent qu'elle était très aimable sans rien trouver à ajouter. Après cet assaut direct, tout commentaire sur les beautés du Cap et de la côte semblait dénué de sens. Mais elle ne s'étonna pas de leur présence ici, ne posa aucune question sur le nouveau compagnon qui avait pris la place de Lakshman, ni sur le but de leur voyage. Elle avait dit ce qu'elle avait à dire et fait son devoir. Après un échange de propos courtois, ils lui souhaitèrent une bonne nuit et allèrent rejoindre Purushottam qui les attendait avec les clés.

Cédant à une impulsion, Dominic se retourna. Il n'y avait pas de mal à vérifier certaines références.

— Madame, Romesh me dit que vous allez l'emmener avec vous jusqu'à Dindigul.

— Oui, dit-elle, faisant cliqueter à nouveau ses aiguilles. Il nous l'a demandé. Et c'est bien peu de chose pour nous. J'espère seulement qu'il va trouver un emploi là-bas, puisque nous ne sommes pas en position de lui en fournir un. Il a l'air d'un brave garçon.

C'était tout ce qu'il voulait demander, mais, pour Dieu sait quelle raison, il s'attardait encore.

— Vous allez à Pondichéry ?

— Oui, ce n'est plus très loin, nous n'avons pas vraiment besoin d'un troisième conducteur, mais il est content d'être en mesure de gagner son pain. Deux jours de voiture, qu'en pensez-vous ?

— Ou trois, selon votre désir. Il doit y avoir environ cinq cent cinquante kilomètres. Vous allez partir de bonne heure demain matin ?

— Non, nous avons envie de jeter un œil au village et au temple dans la matinée. Nous avons tout le temps.

— Et après Pondichéry ?

— Notre excursion s'arrête à Pondichéry, dit-elle.

Ses doigts, bruns, gros et forts, s'arrêtèrent sur les aiguilles. Elle le regarda avec un sourire malicieux.

— Je suppose que vous devez trouver un peu bizarre que deux personnes âgées comme mon mari et moi quittent soudain leur ville de province pour venir ainsi en Inde. Non, non, je vous en prie, ne vous excusez pas, c'est tout naturel. Parfois, je trouve ça un peu bizarre moi-même. Nous avions un fils, M. Bessancourt et moi — notre unique enfant, que nous avions eu assez tard. Il étudiait l'architecture. Il y a trois ans, il est venu ici se joindre à l'équipe internationale qui travaille sur la phase initiale d'Auroville. Vous avez entendu parler d'Auroville ?

— Oui, dit Dominic. C'est la ville idéale du futur qu'on espère bâtir près de Pondichéry. Ce sont les gens de l'ashram de Sri Aurobindo qui ont lancé cette idée et je sais qu'une grande partie de la création et du talent vient de France.

— Raoul était un idéaliste. Il croyait à l'avenir, et il voulait participer à cette réalisation.

Elle serra ses aiguilles avec un calme parfait, et se mit à enrouler le tricot bleu autour. Son mari venait d'apparaître dans l'embrasure de la porte, rentrant d'une dernière promenade avant de se coucher.

— Deux jours après son arrivée à Bombay, dit Madame, il a été tué dans un accident de la circulation.

Il ne trouva rien à lui dire ; elle lui avait laissé

entendre qu'il était impossible de lui présenter des condoléances, et elle n'attendait rien de lui. Elle lui fit un petit sourire rassurant, tout à fait consciente de ce qu'il éprouvait.

— Nous étions de toute façon sur le point de prendre notre retraite. Nous avons vendu notre affaire et sommes venus ici sur ses traces. Et nous avons dépensé une partie de la vente à voyager dans toute l'Inde, où il souhaitait vivre et travailler. Est-il si surprenant que nous projetions de finir cette excursion à Pondichéry ?

— Non, dit-il à voix basse, pas surprenant du tout. Je comprends très bien cela.

Il la regarda dans les yeux et dit, comme elle l'avait fait :

— Je suis vraiment désolé.

Puis, se retirant avec délicatesse, il ajouta :

— Vous aurez tout un monde de souvenirs une fois de retour en France.

Mme Bessancourt fourra son tricot dans son sac et se leva en souriant pour aller à la rencontre de son mari, qui traversait le hall.

— Nous ne rentrons pas en France, déclara-t-elle. Nous ne sommes pas jeunes, nous n'avons pas grand-chose à offrir... et pourtant, peut-être un peu plus que l'argent restant de la vente du magasin. Quand l'heure sera venue, nous mourrons à Auroville.

Ils accompagnèrent Priya jusqu'à sa porte et se dirent bonsoir très doucement, car, d'après le silence qui s'était installé sur la maison, ils savaient que la plupart des clients étaient déjà couchés. Larry pénétra dans la chambre voisine, et Dominic et Purushottam continuèrent, à pas feutrés, dans l'étroit petit couloir latéral.

Une veilleuse était restée allumée dans l'angle. A sa lueur tamisée, ils virent, au moment où ils tournaient le coin, que la porte extérieure à claire-voie de leur chambre n'était pas fermée. Un des battants avançait dans le couloir et une silhouette ramassée était penchée derrière, la main sur la poignée de porte et l'oreille tendue contre les panneaux du haut, guettant les bruits à l'intérieur.

Dominic sortit de la brume où l'avaient laissé les confidences de Mme Bessancourt et bondit sur l'intrus. Il fit très peu de bruit, mais le déplacement brusque de l'air alerta l'homme aux aguets. Il recula dans le couloir avec un léger cri de frayeur, se retournant pour affronter la menace, les épaules rentrées et l'air inquiet, mais il ne prit pas la fuite, car le couloir était une impasse et il n'y avait nulle part où fuir. La porte à claire-voie battit, craquant doucement, et ils se retrouvèrent face au visage effrayé et humilié de Sushil Dastur.

Avant qu'ils aient pu dire un mot, il se mit à bafouiller frénétiquement des excuses qui se bousculaient sur ses lèvres à toute vitesse.

— S'il vous plaît, s'il vous plaît, je vous en prie, Mr. Felse, ne réveillez pas la maison, je vous en prie, je vous supplie de garder le silence ! Je peux tout expliquer... Je ne cherchais pas à entrer... Je ne suis pas un voleur, je vous en prie, croyez-moi, je ne voulais pas... C'était une erreur, juste une erreur. Je croyais que c'était la chambre de Mr. Preisinger... Je voulais parler à Mr. Preisinger...

— A cette heure de la nuit ? demanda Dominic, incrédule.

— Chut ! implora Sushil Dastur dans un accès frénétique de terreur muette. Je vous en prie, je vous en prie, parlez à voix basse ! Si Mr. Mani entendait...

Oh, je n'ai vraiment pas de chance, j'ai honte! Qu'est-ce que vous allez penser de moi? Je voulais seulement parler à Mr. Preisinger en privé... Il ne faut pas que Mr. Mani l'apprenne, je vous en prie, je vous en supplie, ne lui dites pas que je suis venu ici...

— Que voulez-vous dire à Mr. Preisinger que Mr. Mani ne doit pas savoir? demanda Dominic d'une voix plus douce, confondu par la manifestation si soudaine d'un caractère sournois chez cet homme jusqu'ici prévisible et inoffensif.

Comment pourrait-on déterminer, d'ailleurs, qui est capable de perversité et qui ne l'est pas?

— Je voulais lui demander... Mr. Preisinger est américain, il voyage avec un guide indien, c'est sûrement quelqu'un d'important. Je voulais lui demander, murmura Sushil Dastur servilement, s'il n'a pas besoin d'un bon secrétaire pendant son séjour en Inde. Je serais heureux de travailler pour lui s'il pouvait m'embaucher...

Rien d'étonnant à ce qu'il tremblât à l'idée de son audace et de son dénouement ignominieux.

— Je me disais que Mr. Preisinger est peut-être lié à une entreprise qui a des intérêts d'affaires ici, et pourrait me trouver un emploi, si je le lui demandais. Je vous en prie, je vous en prie, Mr. Felse, supplia-t-il de façon pitoyable, ne dites rien à Mr. Mani... Vous comprenez, ce serait très désagréable pour moi... très dur...

« En effet, se dit Dominic, ce serait un petit enfer, surtout s'il est vraiment un parent pauvre. Ils ne le lui laisseraient jamais oublier, sa vie durant. Et les boulots en Inde sont très, très durs à trouver, c'est bien vrai. »

— Je suis si malheureux... Je vous ai donné une

mauvaise opinion de moi, et je voulais tellement que vous en ayez une bonne. S'il vous plaît, ne pensez pas de mal de moi, je vous dis la vérité... Je n'avais pas d'autre raison de venir ici, aucune. Je me suis trompé de chambre, je vous en prie, croyez-moi...

Il était mortifié, au bord des larmes. Tout avait l'air assez plausible, voire probable. Bien des fois, il avait dû songer désespérément à l'idée de mettre un terme à la dictature et au harcèlement incessants auxquels les Mani le soumettaient, et cherché en vain un moyen de le faire. On ne pouvait pas le blâmer d'avoir au moins essayé quand un Américain apparemment aisé croisait sa route. Et on ne pouvait non plus le blâmer de faire en sorte de tenir sa démarche secrète. Tout était parfaitement plausible. Mais justifier une situation de ce genre exigeait une histoire plausible. N'était-elle pas peut-être même un peu trop pertinente ? Inventée à l'avance pour être utilisée au cas où il aurait été découvert ?

— Très bien, dit Dominic. Mais autant ne pas déranger Mr. Preisinger ce soir. Remarquez, je doute beaucoup qu'il veuille un secrétaire ou qu'il en ait besoin, ni qu'il ait du travail à proposer, mais vous pouvez le lui demander demain si vous y tenez toujours.

— Oh non, je ne pourrais pas le lui demander maintenant, j'ai trop honte... Mais merci, merci... Vous ne direz rien à Mr. Mani ?

— Non, nous ne dirons rien à Mr. Mani.

Que pouvait-il faire d'autre que de prendre sa déclaration d'innocence pour argent comptant et laisser partir l'individu ? Il n'y avait aucun moyen de prouver qu'il ait eu la moindre mauvaise intention, ni rien à faire d'autre que de continuer à veiller étroitement sur Purushottam jusqu'au matin. Et ensuite ? Le Swami n'avait rien dit de la suite.

— Vous êtes très gentil, Mr. Felse, je vous suis reconnaissant... Quelle malchance... Je suis désolé... désolé... Bonne nuit...

Sushil Dastur fila à toute vitesse, soulagé mais l'air toujours malheureux, sa grosse tête rentrée profondément dans les épaules sous l'effet de la honte et du désarroi. Ils le suivirent des yeux jusqu'à l'angle du couloir et entendirent le léger glissement de ses pieds dans l'escalier. Sans un mot, Purushottam introduisit la clé dans la serrure de la porte intérieure et l'ouvrit. Ils ne dirent rien avant qu'il eût verrouillé la porte avec soin derrière eux. Dominic alluma sa lampe de chevet et ils se regardèrent d'un air sceptique.

— Ça pourrait être vrai, supputa Dominic. Vous ne les avez pas vus autant que nous.

— En tout cas, même s'il préparait un sale tour, il semblait juste s'attaquer à la porte. Elle était fermée à double tour, je doute qu'il ait pu entrer.

Purushottam alla jusqu'à la fenêtre, ouverte sur le balcon. Le filigrane noir de la balustrade en fer forgé se détachait contre la phosphorescence de la mer et le ciel chatoyant qui semblait en refléter l'éclat.

— Venez, dit Dominic d'un ton sec. Laissez la fenêtre ouverte mais tirez les rideaux. On a des ordres pour la nuit, et nous ne voulons pas qu'on soit au courant de nos préparatifs. Tout le monde doit croire que nous nous apprêtons à nous coucher tranquillement.

Purushottam, obéissant, revint dans la pièce, sans cependant toucher aux rideaux.

— Et ce n'est pas ce qu'on fait ?

— Pas ici, en tout cas.

— Intéressant ! Et quand avons-nous reçu des ordres ? Et de qui ?

— Du Swami. Je lui ai téléphoné cet après-midi, avant que nous sortions.

Il lui rapporta exactement les propos échangés. Purushottam écoutait attentivement mais en fronçant les sourcils. Il éprouvait un immense respect pour le Swami Premanathanand, mais il trouvait toujours difficile de croire qu'on déploie une telle ingéniosité tant pour le prendre en chasse que pour le protéger.

— N'aurions-nous pas pu en parler aux autres? Je n'aime pas ne serait-ce que l'idée de tromper Priya.

— Dans l'esprit du Swami, je crois que vous allez plutôt lui éviter de s'inquiéter. Il dit que moins les innocents en savent, plus ils sont en sécurité.

Dominic alla à la fenêtre pour tirer les rideaux, assez opaques pour masquer toute lumière, lourds, en velours ancien, datant peut-être de l'époque où l'hôtel était la résidence du district. Ils avaient dû à l'origine coûter cher, car la pièce était extrêmement haute et les rideaux allaient jusqu'au plafond. Dominic eut du mal à tirer le velours poussiéreux et lourd, qui se déplaçait difficilement sur de vieux anneaux de bois énormes. La tringle était à plus d'un mètre hors de sa portée. Il cherchait autour de lui quelque chose pour grimper dessus, quand il vit la longue tige de fer, munie d'un crochet émoussé à une extrémité, appuyée dans un angle de la fenêtre. La difficulté avait été résolue des années plus tôt. Il atteignit la tringle avec la tige et inséra le crochet parmi les anneaux qu'il tira jusqu'à ce que le rideau fût fermé.

— Très bien, se décida Purushottam. J'étais d'accord pour venir, donc maintenant je dois me conformer aux règles, je suppose. On va avoir besoin de vêtements si on doit dormir dehors. Il ne fera pas précisément froid, mais il va y avoir une ou deux heures fraîches avant l'aube. Et les lits... c'est facile.

Dominic se retourna vers la chambre, la tige de fer toujours à la main, la faisant osciller pour s'amuser, comme un joueur testant le poids d'un club de golf dont il n'a pas l'habitude, tandis que Purushottam saisissait les couvertures de son lit à la hauteur de l'oreiller et les arrachait d'un grand geste, envoyant valser par terre la chemise qu'il avait enlevée le matin.

Quelque chose d'autre surgit comme un éclair des draps dérangés et s'élança en une arabesque qui se tortilla à travers les airs entre les deux lits. Dominic vit une convulsion fulgurante, mince et brillante, des écailles luisantes noires et blanches ; pris d'une inspiration subite, mi-réflexe nerveux, mi-savoir conscient, il donna un coup violent de la longue tige de fer qu'il tenait à la main. Elle était mince, rigide et meurtrière, et il frappa de toutes ses forces. La chose fluide et l'objet rigide se rencontrèrent en l'air avec le bruit le plus léger et le plus déchirant, et l'un s'enroula autour de l'autre avec une véhémence et une rapidité électrisantes, le bruit et le mouvement ne faisant plus qu'un. Le blanc et le noir valsèrent si près de la main de Dominic qu'il laissa tomber la tige métallique dans une hâte frénétique et fit un bond en arrière quand elle tomba.

Sur le tapis brun mat entre les lits, le serpent agitait les anneaux vif-argent de son corps et de sa queue en une rage affaiblie et une agonie désespérée, resserrant puis relâchant la tige, la tête n'étant plus agitée que de quelques légères saccades qui ne le faisaient plus bouger de là où il gisait impuissant. Il avait le dos brisé. Il mesurait plus d'un mètre —

mais enroulé et rétréci, il paraissait plus petit —, le corps annelé de blanc et de noir, les écailles sur le dos remarquablement agrandies. Pas un très gros spécimen, pas une espèce très spectaculaire, rien d'aussi impressionnant que le cobra avec son capuchon à lunettes. *Bungarus caerulius*, le bungare indien ordinaire, l'un des serpents les plus venimeux qui soient.

CHAPITRE XII

Cap Comorin :
de vendredi soir à l'aube de samedi

Purushottam était resté pétrifié, grotesque et stupéfait, la main tenant toujours le bord du drap, le visage brillant dénué d'expression, comme une page blanche. Mais la page se remplit très vite, presque instantanément, quand il réalisa l'horreur de cette mort — celle-là et pas une autre. Tout le monde a ses phobies personnelles. Pour Purushottam, c'était la morsure de serpent, une terreur aggravée plus qu'atténuée par la pensée même que ce malheureux animal, qui pouvait tuer de façon si terrifiante, n'était pas méchant, pas même agressif sauf quand il chassait pour manger, un être plutôt timide et réservé, soucieux d'éviter le conflit et non de le rechercher. Il se tenait raide, contemplant la chose frétillante qui l'horrifiait tout en éveillant sa pitié. C'était la première fois qu'il songeait sérieusement à la créature incarnée par cet animal, à la violence qui devrait payer pour la fin misérable du bungare, aussi bien que pour la tentative d'assassinat perpétrée contre lui. Il comprit vraiment, à ce moment-là, que le serpent avait été apporté ici pour le tuer. Il aurait pu être là par hasard, avoir rampé de lui-même jusque dans un endroit chaud pour dormir ; il n'y avait aucun moyen de prouver le contraire. Et pourtant, il savait.

« Il y a bien sûr, se dit-il avec un curieux détachement, trop de bungares en Inde, comme il y a trop de cobras, et trop de gens. Leur monde est surpeuplé, comme le nôtre. »

Le bungare se tortillait encore faiblement. Une langue fourchue, mince comme un fil, entrait et sortait convulsivement de sa bouche ouverte entre les crochets à venin. Ses anneaux serrés se relâchaient mollement en frémissant.

Purushottam tendit la main presque furtivement et saisit lentement l'extrémité de la tige. Avec des mouvements précautionneux, il la libéra des anneaux flaccides. Il recula et attendit que la tête se dégage du corps contorsionné, puis frappa sur le cou avec précision. Le tapis, vieux et de bonne qualité, absorba le bruit. Le bungare frissonna et tressaillit, eut un ou deux spasmes de la queue et s'immobilisa. Au-dessus du corps qui se ternissait, Purushottam et Dominic se regardèrent, assez abasourdis.

— Ce sera vingt roupies, s'il vous plaît, réclama Dominic bêtement.

— Je vous ferai une reconnaissance de dette, répondit Purushottam, sincère.

Ses genoux se dérobèrent sous lui et il s'assit, soudain faible, sur le bord de son lit puis se reprit tout aussi vite et s'écarta, frissonnant de dégoût.

— Une autre sorte d'explosif, cette fois-ci, dit-il d'un ton grave. Si je m'étais seulement déshabillé et couché, j'aurais presque à coup sûr été mordu. Ils ne sont pas malfaisants, il leur en faut beaucoup avant qu'ils mordent, mais un gros balourd d'homme qui vous saute dessus quand vous êtes à moitié endormi, c'est un peu trop à encaisser. Et si vous n'aviez pas eu cet objet entre les mains, et que vous n'aviez pas frappé un bon coup, il se serait caché dès qu'il aurait touché le sol et il aurait encore pu atteindre l'un de nous.

Il tendit la tige métallique à Dominic.

— Tenez, servez-vous de ça pour défaire vos draps, ne vous risquez pas à mains nues... Il en a peut-être apporté deux !

— Inutile ! dit Dominic, tout aussi tendu et pâle, en désignant la chemise maintenant toute froissée sur le tapis et le sac portant des initiales au pied du lit. Il savait lequel était le vôtre. Il savait très bien qui il voulait tuer.

— Peut-être, mais ne prenez pas de risques, insista Purushottam.

— Mais vous croyez vraiment qu'il a pu être mis là délibérément ? Qui donc pourrait utiliser une méthode aussi aléatoire ?

Dominic contourna la dépouille avec prudence, accrocha l'extrémité de la tige dans les couvertures soigneusement tirées et ouvrit le lit.

— Depuis que je suis en Inde, c'est la première fois que je vois vraiment un bungare, à part au zoo.

— Quantité de gens meurent de morsure de serpent, en Inde, dit Purushottam calmement, qui n'ont jamais vu un serpent — pas même celui qui les a mordus. Mais il y en a partout, en tout cas. Pas aussi courants par ici qu'au Bengale peut-être, mais il y en a des tas du côté de Madurai si on cherche bien. Oui, c'est une méthode tout à fait crédible pour se débarrasser de quelqu'un qu'on n'aime pas. Ç'a été utilisé assez souvent auparavant. Il y a des gens qui apprennent à manipuler ces bestioles. Un bâton avec un nœud coulant et le genre de repas approprié... Certaines personnes les élevaient, à l'époque où on offrait une récompense pour les tuer, rien que pour fournir constamment des corps. Ils font un commerce des serpents. On dirait que votre lit est intact, malgré tout. Deux bungares dans une seule chambre, ça aurait pu difficilement passer pour un hasard. On s'en va toujours d'ici ?

— Plus vite que jamais, dit Dominic qui arrangeait sa literie de façon convaincante. Parce que celui qui a placé cet animal ici ne doit pas être loin, à attendre que l'un d'entre nous — moi ! — réveille la maisonnée. Juste pour s'assurer que tout marche suivant ses plans et que le boulot est fait. Il se peut même qu'il surveille notre fenêtre...

Cette pensée lui causa un choc. Il ne gagnerait rien à éloigner Purushottam de cet endroit dangereux juste pour traîner le danger après lui. Mais Purushottam, confiant, le rassura aussitôt.

— Mais non ! C'est la dernière chose qu'il fera s'il n'est pas un simple tueur venu de l'extérieur, mais quelqu'un de connu dans cet établissement, membre du personnel, guide, invité, qui vous voudrez. Il doit être avec quelqu'un d'autre en ce moment, mettant au point tous les alibis possibles, de préférence avec trois ou quatre autres — une partie de cartes, quelque chose comme ça.

Il pensait peut-être à la partie de cartes volubile et appliquée qu'ils avaient vue se dérouler à la lumière d'une lanterne sur le parking, autour d'un foulard étalé sur le sable, avec deux des garçons d'étage, un porteur qui n'était pas de service et le chauffeur loué par les Mani, endormi et cynique, qui abattait ses cartes comme on lance des défis. Le chauffeur des Mani, oui. Un professionnel qui s'ennuie, de Madurai, où les bungares sont assez répandus. Ils ne s'étaient jamais vraiment intéressés à ce chauffeur, la plupart du temps il semblait endormi. Dominic se le rappelait comme un corps inanimé roulé en boule sur la banquette arrière à Thekady, tandis que tout, autour de lui, était en effervescence.

— Il doit être en train de guetter si on donne l'alarme, dit Purushottam avec conviction, mais devant l'hôtel, dans un lieu neutre, et pas seul, prêt à se montrer plus surpris et choqué que les autres. Seulement, si nous tardons, il risque de s'inquiéter et de venir voir s'il se passe quelque chose.

— Allumez la lumière dans la salle de bains, demanda Dominic. Tant qu'elle sera allumée, en plus d'une lampe de chevet ici, il ne se posera pas de questions, il se dira juste qu'on met sacrément longtemps à nous coucher. Voilà ! Nous allons laisser les rideaux à peine entrouverts, pour que la lumière se voie du dehors.

Ils prirent les coupe-vent qu'ils avaient par chance apportés, alors qu'ils auraient pu tout aussi bien les laisser dans la Land Rover, et une lampe de poche que Dominic avait par hasard dans son nécessaire de nuit, puis entrouvrirent prudemment les rideaux pour se glisser sur le balcon et examiner le jardin sombre au-dessous. Tout était calme. Tendus, ils prêtaient l'oreille, mais ne percevaient aucun bruit à part celui de la mer au loin, un bruit assourdi, mélancolique et régulier, qui ne contenait en rien les motivations spasmodiques de l'homme, mais seulement les cadences rythmiques de l'éternité, rassurantes et terrifiantes, comme le sourire du Swami.

— Attendez un instant, nous ferions mieux de nous débarrasser du bungare.

Purushottam retourna le prendre soigneusement avec le crochet de la tige à rideaux et le porta sur le balcon.

— Ce n'est pas même un gros, murmura-t-il. Ils atteignent parfois deux mètres, ceux-là.

Il fit glisser la dépouille entre les barreaux de la balustrade, bien à l'écart du pilier de fer qui soutenait le balcon, et le laissa tomber mollement dans l'herbe rare.

— C'est bon, j'ai la clé. Passez le premier.

Dominic enjamba la balustrade et descendit le long du pilier en silence. Purushottam remit la tige à sa place et rajusta le rideau derrière lui, afin qu'un peu de lumière tamisée filtrât à travers la fente, puis il suivit Dominic par-dessus la balustrade. Le balcon tournait à l'angle de l'hôtel, donnant accès à toutes les chambres du premier étage, et à l'extrémité opposée côté est, non loin de la chambre de Priya, un escalier en fer descendait dans le jardin. Mais prendre le risque de déranger Priya était bien la dernière chose qu'ils souhaitaient. Purushottam se baissa au niveau des volutes en fer forgé du chapiteau de la colonne, puis se suspendit par les mains et se laissa tomber avec légèreté sur le sable. Ils restèrent un instant sans bouger, aux aguets, mais la nuit était silencieuse et calme. Le trajet le plus rapide pour se mettre à l'abri consistait à emprunter la zone la plus étroite du jardin qui débouchait sur la route. Ils se déplaçaient avec précaution et sans bruit dans le sable qui étouffait leurs pas. Une fois sur la route, ils se dirigèrent vers le village.

La nuit était calme, douce et pas vraiment noire. Après une brève période d'adaptation, ils distinguaient clairement les traits l'un de l'autre, et percevaient les formes de la terre et de la mer comme en plein jour, bien qu'à travers un pur voile d'obscurité. Le ciel était moins nuageux maintenant qu'au coucher du soleil et les étoiles, énormes et innombrables, semblaient incrustées comme des bijoux dans une voûte d'ébène.

Ils passèrent la première partie de la nuit dans le village, fascinés par une vie qui n'avait pas cessé avec la tombée du jour mais seulement ralenti un peu son tempo et laissé en repos la moitié de ses acteurs. Il était très réconfortant de se déplacer au milieu de gens qui les acceptaient simplement, sans curiosité, sans s'intéresser particulièrement à eux, ni nourrir aucun dessein à leur sujet, sinon peut-être celui de leur extorquer une roupie à l'occasion. Ils envisageaient même l'idée de dormir dans le dortoir offert aux pèlerins, mais y renoncèrent finalement en faveur de la solitude. Ils n'étaient pas les seuls à dormir dehors cette nuit-là, même s'il y avait dans ce dortoir de la place pour tous. Ils se nichèrent dans une crique sableuse, non loin du village, au-dessus de la ligne de la marée qui commençait déjà à redescendre. Le sable, à ce niveau, était chaud au toucher, à la différence de la fraîcheur des dépôts d'alluvions sur la plage.

— Il m'est arrivé de dormir dans des lits plus mauvais, dit Dominic.

Purushottam rit jaune, au souvenir du lit et du compagnon auquel il venait d'échapper. Ils n'en avaient pas parlé depuis leur départ de l'hôtel, mais à présent il y repensait, l'air préoccupé et songeur.

— Dominic ? Est-ce qu'il essayait seulement d'ouvrir la porte, ou est-ce qu'il la refermait à clé ? Sushil Dastur ? Ces serrures sont grosses et vieilles, peut-être un jeu d'enfant pour un professionnel, après tout...

— Qu'est-ce que j'en sais ?

Dominic s'était posé la même question.

— Mais dans ce cas, il y aurait eu une boîte, un sac, quelque chose... on ne se balade pas avec un serpent pendu à bout de bras. Un panier d'osier... un récipient quelconque...

— C'est vrai. Et il n'avait rien.

— Tout de même, dit Dominic, très sérieux, on ne peut logiquement exclure personne. Il y a six personnes ici qui étaient aussi à Thekady. Sans compter notre groupe. Et moi aussi, dit-il avec fermeté. De là où vous êtes assis...

— Où je suis couché, corrigea Purushottam à moitié endormi, s'enfonçant plus confortablement dans le sable.

— ... vous ne pouvez vous permettre d'exclure la moindre possibilité.

Le visage serein de Purushottam contemplait les étoiles et souriait, tout à fait imperturbable.

— Je vais y réfléchir. Tant que vous ne me demandez pas de soupçonner Priya.

Il resta silencieux un instant, détendu et serein.

— Dominic ! Êtes-vous... ? Y a-t-il une fille dans votre vie ?

— Je suis fiancé, répondit Dominic. Tossa est encore à Oxford, où elle finit sa licence de lettres. Après quoi, nous allons nous marier. Nous n'avons pas encore fait d'autres projets, mais je crois... je crois vraiment que nous pourrions revenir ici ensemble.

— A vous entendre, ça a l'air si facile, soupira Purushottam.

— Ne vous faites pas d'illusions, ce n'est jamais facile. Il faut s'en donner la peine, comme pour le reste. Qu'est-ce qui vous tracasse ? demanda-t-il à la silhouette silencieuse et sceptique allongée à côté de lui. Vous n'avez pratiquement pas de famille pour vous mettre des bâtons dans les roues, sa famille à elle pourrait absorber sans broncher une demi-douzaine de gendres et de belles-filles.

— Oui, n'est-ce pas ? reconnut Purushottam avec chaleur, reprenant courage à ce souvenir. Ce n'est pas que je sois la meilleure affaire jamais rencontrée sur le marché du mariage. Savez-vous que même une amitié ordinaire avec une étudiante en Angleterre pourrait ruiner tous les espoirs d'un prétendant ? Et mes idées folles sur la façon de dépenser mon argent, quand je devrais m'appliquer à en gagner toujours plus, n'arrangent rien. Mais sa famille... il devrait y avoir suffisamment de charité chrétienne chez eux, vous ne croyez pas ? Même pour quelqu'un d'aussi bizarre que moi ?

— Je ne serais pas surpris, dit Dominic d'un ton encourageant, qu'ils soient assez excentriques eux-mêmes pour aimer vraiment les gens bizarres.

— Bon, vous me rassurez.

Il resta silencieux quelques instants, les paupières baissées sur ses yeux sombres, à réfléchir, jouant avec le sable du bout des doigts.

— Alors, tout ce qu'on a à faire maintenant, c'est de se tirer de cet embrouillamini. Vivants.

— C'est tout.

Purushottam soupira, s'étira, se tourna sur le côté et creusa un trou pour son épaule. Au bout de quelques minutes, il était endormi. Dominic cala son dos contre la pente, enfonça ses talons confortablement dans le sable, et se prépara à rester éveillé toute la nuit.

Ils reprirent le chemin de l'hôtel par la route dès les premières lueurs du jour, un peu avant que le soleil ne commence à colorer le ciel à l'est. Du jardin, ils aperçurent le personnel déjà affairé, et une lumière allumée dans une ou deux chambres, où les touristes se levaient pour aller contempler le lever de soleil. Le moment semblait opportun; même si on les voyait venir de la route et monter l'escalier du balcon à cette heure, on les croirait simplement excentriques, ou assez angoissés pour s'être levés une heure trop tôt pour le spectacle. Ils cherchèrent sous le balcon la dépouille du bungare et la découvrirent là où Purushottam l'avait laissée tomber, les anneaux brillants noirs et blancs devenus gris terne. C'était le rappel d'une situation qui ne les avait pas lâchés, toujours inchangée, à laquelle il paraissait pourtant, dans les premières lueurs du jour, difficile de croire. La chambre était telle qu'ils l'avaient laissée; aucun signe d'une nouvelle intrusion, ce qui ne les empêchait pas de manipuler les objets ou de se déplacer avec des précautions dégoûtées, et d'être sur leurs gardes à chaque pas.

— On ferait mieux d'aller réveiller les autres, s'ils ne sont pas déjà debout, décida Dominic.

— Je crois que nous sommes les premiers, ce matin.

Mais il n'en était rien. Quand ils empruntèrent le couloir, ce fut pour voir les Bessancourt descendre l'escalier, à coup sûr pour aller voir le lever de soleil avant le petit déjeuner et la visite prévue au temple et au village. Dominic regarda les deux personnages au dos droit et massif qui se dirigeaient d'un pas régulier vers la porte extérieure, et comprit soudain pour la première fois l'ampleur de leur entreprise. Même pour un couple anglais ordinaire, âgé, se déraciner pour s'engager, avec tout son capital, dans une vie nouvelle et inconnue aurait été une démarche hasardeuse. Pour ces deux piliers de la solidité française, c'était à la fois fou et héroïque. Des entreprises idéalistes comme Auroville sombraient si souvent, compromises par manque de foi et de persévérance, et ils n'étaient pas même allés examiner les lieux — certes il avait dû y avoir échange de correspondance — mais avaient simplement rassemblé tout leur avoir avant de se mettre en route. Auroville devait être le terme de leur voyage ; ils étaient engagés. Il se dit que les chances qu'un rêve se réalise monteraient de plusieurs crans quand ces deux-là arriveraient.

Les quelques coups frappés à la porte de Larry provoquèrent un grognement endormi à l'intérieur, puis une réponse plus claire promettant d'obtempérer. Au bout de quelques minutes, il se mit à aller et venir et ils l'entendirent prendre sa douche. Ils frappèrent à la porte de Priya mais n'obtinrent aucune réponse.

— Toujours en train de dormir, dit Purushottam. Est-ce qu'on doit la déranger ?

Ils attendirent un petit moment, guettant le moindre bruit susceptible de venir de la chambre. Puis ils frappèrent de nouveau, sans succès. Larry leur ouvrit sa porte, frottant d'un geste vigoureux ses cheveux en brosse. Priya ne répondait toujours pas.

— Peut-être est-elle sortie avant notre arrivée, dit Purushottam, débattant avec lui-même.

Il avait pâli et ses yeux s'étaient agrandis.

— Je peux passer par le balcon pour voir ?

Ils le suivirent à travers la chambre, puis sur le balcon jusqu'à l'escalier en fer. La fenêtre de Priya était ouverte, les rideaux à moitié tirés, exactement comme lorsqu'ils étaient passés devant sans bruit en arrivant. Le calme se faisait menaçant, la lumière annonciatrice de l'aube de mauvais augure, contrairement à tout à l'heure.

Purushottam tapa à la vitre.

— Priya ? Êtes-vous réveillée ? Priya !...

Il savait qu'elle n'était pas là. Rien n'indiquait sa présence, aucune vibration de l'air, rien. Il poussa la fenêtre et pénétra dans la chambre.

Le plus proche des deux lits portait encore l'empreinte légère de son corps et était défait comme il l'aurait été si elle s'était levée normalement, un instant plus tôt, mais il était froid. La porte était verrouillée et la clé dans la serrure. Rien ne semblait dérangé. Mais dans la salle d'eau, l'humidité et les éclaboussures de la douche prise avant de se coucher avaient déjà complètement séché. Le lavabo aussi était sec, ainsi que les serviettes. Le sari porté la veille était soigneusement plié sur le dossier d'un siège dans la chambre, prêt à être remis. Priya ne s'était ni lavée ni habillée ce matin. De toutes ses affaires, rien ne manquait que son sari de nuit blanc, sa robe de chambre en soie sombre et les sandales légères de cuir beige qu'elle portait habituellement.

— Regardez ! dit Larry d'une voix feutrée, mal à l'aise. Elle a écrit une lettre hier soir.

La lettre, destinée à sa compagne de chambre pendjabi du foyer d'infirmières à Madras, était nécessairement en anglais. Elle couvrait une page et demie, puis avait été mise de côté pour la nuit, rangée dans son nécessaire à correspondance, avec l'adresse et les salutations bien visibles. Sur la boîte se trouvait une autre feuille arrachée à son bloc de papier et pliée en deux.

— Il y a un mot ici, adressé à quelqu'un... C'est du tamoul, n'est-ce pas ?

Purushottam, inquiet, traversa la chambre à la vitesse de l'éclair et le prit avec un léger cri d'espoir et de soulagement.

— C'est pour moi !

Mais au moment même où il dépliait la feuille, il

fut de nouveau secoué par d'affreux doutes et regarda à nouveau son nom. Il n'avait jamais vu l'écriture de Priya avant de découvrir l'anglais clair et précis de sa lettre ; mais ces mots tamouls sauvagement tracés ne lui donnaient pas le sentiment de tenir entre ses doigts quelque chose qui lui venait d'elle.

Ses mains tremblaient lorsqu'il commença à lire ; elles étaient comme pétrifiées quand il acheva sa lecture et toute la lumière avait déserté son visage qui, l'espace d'un instant, resta stupéfié et sans vie, jusqu'à ce que la certitude redoutée s'imposât à son esprit.

— Il l'a prise... Priya.

Il leva les yeux vers eux.

— Parce que le bungare a été un échec... parce que j'étais hors d'atteinte quand il est venu voir ce qui n'avait pas marché. Cette fois-ci, il ne voulait pas d'un échec. Vous voulez savoir ce qu'il a à me dire ?

Il lut le mot, traduisant lentement, textuellement et froidement, comme le ferait un robot :

— « C'est vous que nous voulons, pas elle. A présent, vous viendrez à nous, et de votre plein gré, si vous voulez que la fille soit libérée. Vous viendrez à la cabane du pêcheur sur les dunes pour prendre sa place, *et vous viendrez seul.* Si je ne vous vois pas venir — *seul* — à sept heures, je lui tranche la gorge. »

La feuille de papier portant ces mots inscrits profond comme des coups de poignard lui tomba des mains, inutile. Il était déjà sur le balcon quand, épouvantés, ils s'arrachèrent à leur hébétude et comprirent ce qu'il s'apprêtait à faire. Ils coururent derrière lui, Larry le saisit par le bras.

— La police... il faut les avertir. Il faudra qu'ils...

— Pas la police, dit Purushottam, détachant le mot et refermant sur lui des lèvres soudain pâles. Pas de police, pas de ruses, rien. Nous n'avons pas le temps.

— Mais il faut que nous fassions quelque chose ! Ils déploieront toutes les forces qu'ils ont... ils la ramèneront...

— Morte ! dit Purushottam. Vous savez quelle heure il est ? Six heures passées.

— Mais la police a des ressources...

— Non ! J'ai dit : pas la police. Pas un mot à qui que ce soit, pas de traque, rien. Si on essaie de faire les malins, Priya sera assassinée, purement et simplement. Vous en doutez ?

Ils n'en doutaient pas.

— Mais la police est aussi capable que nous de se déplacer discrètement, ils ont des ressources, ils arrangeront les choses de façon que...

— Idiot ! dit Purushottam sans hargne, en descendant bruyamment l'escalier de fer par lequel Priya avait été traînée dans la nuit. Avez-vous oublié où se trouve la cabane ? De là-bas, on peut balayer du regard toute l'étendue des dunes. Personne ne pourrait approcher sans être repéré. Et Priya trouverait la mort.

Dominic intervint — c'était la première chose qu'il avait trouvé nécessaire d'exprimer, et ce n'était pas du tout réconfortant, mais c'était la vérité.

— Elle a peu de chances de s'en sortir, vous le savez. Si elle peut identifier désormais son ravisseur...

— Oui, je sais. Mais même des individus dans son genre peuvent tenir parole... je n'ose pas cesser d'espérer. Si nous lançons une traque, elle mourra à coup sûr, et ça lui donnera, à lui, la possibilité de s'enfuir. Et de me tuer d'une autre façon.

— Mais un bateau... suggéra Dominic.

Parvenu dans le jardin, à mi-chemin, Purushottam lui accorda un regard rapide, de très loin, et le fantôme fugitif d'un sourire.

— Oui, si on avait le temps, par mer on pourrait les atteindre. Même cela comporterait un risque. Mais on n'a pas le temps. Il serait plus de sept heures avant que vous trouviez un bateau.

C'était vrai, et ils le savaient; les chances d'arriver avant l'échéance étaient pratiquement nulles sans un bateau à moteur, et un bateau à moteur, même si on arrivait à en trouver un, risquait par le bruit d'alerter le kidnappeur et de précipiter ce qu'ils souhaitaient le plus empêcher. Néanmoins, Larry abandonna soudain les deux infortunés qui se dirigeaient l'un derrière l'autre vers les dunes pour s'élancer comme une flèche, non pas vers l'hôtel, mais vers le village. Pour essayer, au moins... tenter de vaincre ce qui l'indignait. Purushottam marqua un temps d'arrêt et le suivit des yeux, au comble de l'angoisse.

— Il est fou! Il va seulement la tuer!

— Non, dit Dominic avec un aplomb terrible. Il n'en aura pas le temps.

— Non, c'est vrai, il n'aura pas le temps.

Purushottam enfouit son visage dans ses mains un instant et secoua la tête, désemparé.

— C'est moi qui suis responsable. Elle n'aurait jamais dû me rencontrer.

— Je ne crois pas qu'elle dirait cela, dit Dominic, même maintenant.

Ils ne s'arrêtèrent dans le jardin qu'un instant. Cependant, Dominic eut le temps d'entendre un cri, strident et indigné, porté par les airs, venant de l'un des balcons du premier étage :

— Sushil Dastur ! Sushil Dastur !

Et la réponse tonitruante de Gopal Krishna, également indigné, mais plus incrédule encore :

— Il n'est pas là ! Personne ne l'a vu ! Où a-t-il pu aller ? A quoi pense-t-il ?

Des voix d'un autre monde, se plaignant mutuellement, qui s'évanouirent dans l'intérieur de l'hôtel.

Mais peut-être pas un autre monde, après tout ! Sushil Dastur, penché à la porte d'une chambre où un serpent avait été introduit pour faire le sale boulot à la place des hommes...

Purushottam semblait n'avoir pas entendu. Il leva son visage figé et pâle et se tourna avec détermination vers la route et les dunes de sable.

— Ne partez pas ! Venez avec moi. Aussi loin que possible... Vous voyez bien que je ne peux rien faire d'autre. Je n'ai plus de temps. Il faut que j'y aille. Il faut que je fasse ce qu'il dit, en espérant qu'il a une sorte d'honneur. Je ne peux rien faire d'autre. Un pas de travers — un pied mal placé — et elle sera la première à mourir.

— Je sais, dit Dominic, je ne vous quitterai pas. Pas avant que vous m'en donniez l'ordre.

CHAPITRE XIII

Cap Comorin : samedi matin

Priya était blottie dans une obscurité profonde contre le mur de la cabane, côté mer, adossée aux nattes, les plis grossiers des vieux filets de pêche lui entaillant les bras et les épaules. Elle avait les poignets croisés dans le dos, de façon très inconfortable, et attachés serré à un crochet fixé dans l'une des poutres du mur. Tant que ses doigts engourdis gardaient un peu de sensibilité, elle pouvait sentir le grain du bois et toucher le métal froid. A présent que ses yeux s'étaient habitués à l'obscurité, elle distinguait les contours et les ombres, les monstres vagues et indistincts que formaient les entassements de cordages et de cordes enroulés, les filets, les rames et les lourdes perches de bambou avec lesquelles nombre de marins dirigeaient leurs embarcations. Mais surtout les filets, des masses de filets, les uns par-dessus les autres. Assise sur un petit tas d'entre eux, elle respirait un air chargé de la poussière fibreuse du coco et de son odeur rance, mêlée à celle des innombrables poissons pris au piège des mailles. L'odeur aussi de l'huile, de l'encens et de la sueur — la sueur irrationnelle de la fièvre et de la jubilation.

Elle s'était retirée aussi loin en arrière que possible contre le mur, en rentrant les pieds et en se faisant toute petite, pour mettre le plus de distance possible — quoi qu'elle fasse, cette distance était trop courte — entre elle et l'homme. Elle le voyait comme deux taches pâles dans l'obscurité, sa tête et ses hanches. Là, dans la cabane, elle aurait pu jurer que ses vêtements de coton étaient blancs, si elle ne les avait pas vus dans sa chambre à l'hôtel, et dehors dans la nuit étoilée, et reconnu la tenue jaune pêche délavé des hommes saints. Il ne portait rien d'autre que ces deux pièces de tissu fin, et l'huile dont son corps était enduit. Ce qui le rendrait difficile à maîtriser si quelqu'un réussissait jamais à l'attraper, et lui permettrait de résister longtemps dans l'eau s'il avait à nager pour survivre. Il lui tournait le dos à présent, mais elle était trop avisée pour bouger le moindre muscle ; il pouvait se retourner comme un serpent, toujours muni de son couteau. Il avait fait une fente horizontale dans le volet tressé qui masquait la petite fenêtre proche de la porte, côté terre, et il surveillait la vaste étendue de dunes, attendant le jour. Parfois il se parlait à lui-même, à voix basse, oublieux de sa présence. Elle n'existait pas pour lui sinon comme le moyen d'arriver à ses fins, elle s'en rendait compte à présent. Parfois il riait, se félicitant lui-même, d'un rire tout à fait sensé, satisfait, qui lui glaçait les sangs.

Il attendait Purushottam. Elle le savait, désormais. Elle ne s'en était pas rendu compte à temps et n'avait pas su éviter les deux erreurs fatales qu'elle avait commises. A présent, il était trop tard pour les racheter, elle avait laissé passer sa chance.

Elle était sortie d'un rêve pour prendre conscience de la présence de quelqu'un dans sa chambre, tout près de son lit, et inquiète soudain pour Purushottam, elle avait entrouvert les lèvres pour crier son nom mais n'était jamais parvenue au-delà de la première syllabe avant qu'une main lui bâillonne la bouche. Telle avait été sa première erreur, qui avait indiqué à l'intrus qu'elle était bien ce qu'il était venu chercher, un appât sûr et infaillible pour l'homme qu'il voulait piéger. Puis elle avait senti le feu glacé du couteau contre sa gorge, la piqûre légère de sa pointe qui lui entaillait délibérément la chair sous l'oreille. Une voix d'homme, assourdie et rauque, lui avait alors donné le choix entre le silence ou la mort. Elle aurait dû aussitôt comprendre le présage et saisir toutes ses possibilités. Pourquoi était-elle partie avec lui si lâchement ?

Mais elle était à moitié endormie, à moitié sous le choc, incapable de faire le lien entre tout ce que ses sens lui transmettaient. Des détails fantastiques dansaient devant ses yeux, assaillaient ses oreilles et sa raison. La tête qui se penchait au-dessus d'elle était monstrueuse, enveloppée d'une étoffe de coton safran enroulée deux fois autour du visage, qui cachait ses traits et le transformait en un masque mortuaire. Les mains qui maintenaient le couteau sur sa gorge et couvraient sa bouche étaient longues, musclées et puissantes. Il était nu, à part le tissu safran qui lui ceignait les reins, et luisant d'huile. Elle était consciente de son regard fixe à travers l'étoffe ; bien qu'elle ne vît pas ses yeux, elle savait qu'ils la voyaient parfaitement. Le coton n'était pas plus épais ni tissé plus serré que de l'étamine, il lui brouillait à peine la vue, mais le rendait invisible.

Bouleversée et désorientée comme elle l'était, il n'était pas étonnant que, lorsqu'il retira sa main, brandissant sa menace : « Si vous faites le moindre bruit, je vous tue ! » elle restât muette et figée, reculant devant la pointe du couteau. Rien d'étonnant à ce qu'elle se fût levée à ses ordres, eût mis sa robe de chambre et ses sandales, pour descendre l'escalier métallique avec lui en silence, la pointe du couteau l'obligeant à avancer tout le long. Elle s'était déjà rendu compte qu'il n'y avait pas que le poignard. Il fit en sorte d'être à la fenêtre avant elle et, de l'endroit où il l'avait caché derrière le rideau, il retira un fusil et le passa en bandoulière avec une dextérité qui lui donna à penser qu'il avait l'habitude de le manipuler. Elle avait d'abord cru qu'elle pourrait tromper sa vigilance, une fois dans le jardin, et fuir dans l'obscurité, mais un fusil a une plus longue portée qu'un couteau et, même dans le noir, comment peut-on être sûr d'y échapper ? Il avait également envisagé cette possibilité et pris ses précautions. Elle n'était pas plus tôt sur le sol qu'il lui avait empoigné les cheveux et l'avait traînée sous l'escalier pour lui ligoter les mains dans le dos en les attachant solidement avec la ceinture de sa robe de chambre.

— Allez ! avait-il ordonné, lui crachant le mot à l'oreille presque sans bruit. Vers la route. Et en silence !

Elle s'était exécutée sans discuter : il avait une main toujours serrée sur le lien qui lui attachait les poignets, l'autre la poussant sans relâche de l'aiguillon du couteau. Ils montèrent la pente ondulante des dunes, un monde lunaire dans la nuit blafarde, le sable doux et sec glissant dans ses sandales, comme la caresse fraîche et légère de petites mains soyeuses. Un rêve surréaliste, austère et effrayant. Pas étonnant qu'elle eût obéi à tout et cherché à tout prix à tenir la lame éloignée de sa gorge.

Mais comme elle regrettait à présent d'avoir mis si longtemps à comprendre ! Ce n'est que lorsqu'ils furent loin de la maison, loin de la route, de toute oreille, qu'elle se rendit compte qu'elle s'était trompée et avait manqué son unique chance. Elle n'était rien. Que pouvait bien lui vouloir cet assassin nocturne, dans les vestiges safran de son vieil accoutrement de saint homme ? Elle était là par accident, simple intruse, qui s'était laissé entraîner à l'aveuglette dans une guerre privée. Purushottam restait nécessairement la seule proie. L'homme était venu cette nuit-là pour lui. S'il l'avait prise à sa place, c'était que, pour une raison quelconque, il n'avait pas réussi à atteindre Purushottam. Elle était un deuxième choix, une roue de secours — une solution de rechange pour atteindre son but.

C'est ainsi qu'elle reconnut trop tard ses deux erreurs. Sa première pensée, à son réveil, avait été pour Purushottam. L'ennemi avait dû être content de l'entendre. Elle aurait dû crier, crier pour réveiller toute la maison, dès que la main qui l'avait bâillonnée avait libéré sa bouche. Elle serait sans doute morte, oui — encore que ce ne fût pas certain, puisque rien n'est jamais certain —, mais on n'aurait pas pu l'utiliser pour inciter Purushottam à risquer sa vie pour sauver la sienne. Elle aurait dû s'en rendre compte quand elle avait vu l'envahisseur plier la feuille qu'il avait arrachée de son bloc de correspondance, et y inscrire cette sauvage inscription en riant silencieusement, un œil toujours rivé sur elle tandis qu'elle enfilait ses sandales avec difficulté et maladresse, une main toujours prête sur le couteau. Si seulement elle avait compris à temps, elle aurait même pu réussir à faire arrêter son tueur, et garantir l'avenir pour les autres. Elle se disait « les autres », mais elle pensait « Purushottam ». Et qui sait, le tueur ne l'aurait peut-être même pas tuée. Pétrifié par le premier cri déchirant, il aurait peut-être d'abord pensé à sa vie, et se serait enfui avec la seule idée de la conserver. L'ennui, c'est que personne n'a jamais le temps d'étudier les problèmes convenablement avant qu'il soit trop tard.

Maintenant, elle servait d'appât pour un piège et il n'y avait rien à faire.

— Il aura mon message, fredonnait l'homme avec exubérance, content de lui, surveillant la mer de dunes, immobile et nue dans la clarté des étoiles, et caressant avec amour la crosse de son fusil. Il va venir ! Est-ce que je le laisserai te voir, avant de tirer ? Est-ce que je vais le laisser faire tout le chemin jusqu'ici, pour te trouver morte ici avant que je le tue ?

Priya ne disait rien. Elle n'avait pas prononcé un mot depuis qu'il l'avait poussée là-dedans devant lui, la faisant trébucher parmi les filets. Il était inutile de discuter, inutile de supplier ni de raisonner ; elle le savait. Toute son éloquence se déployait en elle, dirigée vers cet héritage étrange et hérétique, cette puissance énorme et accessible qu'elle avait découverte, sensible à la colère et à l'outrage humains. Pas nécessairement juste, mais mieux que cela, sachant s'impliquer, capable d'indignation et de compassion, une sorte d'interlocuteur, tel Krishna qui endurait sans s'offenser les reproches d'Arjuna et s'inclinait, essayant de démêler pour lui les complexités du devoir, de la contrainte et de l'amour.

« Écoute, toi, pensait Priya en s'adressant avec véhémence à la puissance anonyme qui se dérobait à sa vue mais était manifestement là quelque part, trop palpable presque pour être une fiction de son imagination, je ne sais comment t'appeler, mais puisque tu es sans doute toute chose, quelle importance ? Tu sais tout de nous, je n'ai besoin de rien dire. *Ne les laisse pas gagner !* Sauf si tu es du côté du mal, et c'est impossible. Ne laisse pas Purushottam venir ici docilement pour se faire tuer, comme je l'ai fait. C'est la seule chose qui compte. S'il survit, alors *nous aurons gagné !* L'un de nous doit pouvoir faire quelque chose pour enrayer la machine et la briser. C'est tout ce que je demande. Alors, ça n'aurait plus beaucoup d'importance, mourir... après tout, c'est le lot de chacun de nous, pour finir. »

Elle avait commencé à se rendre compte, tandis qu'elle fermait les yeux dans sa lutte vigoureuse avec Dieu, que les images se formaient dans son esprit selon un rythme insistant mais contrôlé, comme si le tabla venait d'interrompre les improvisations du sitar pour la première fois, au milieu d'un raga, le moment clé où se produisent la première accélération et la première excitation formelle. Il lui fallut quelques instants pour retrouver cette note de tambour, même après avoir ouvert les yeux. Elle était douce et intime, ressentie plus qu'entendue, comme le tabla, une vibration plus qu'un son. Elle la sentait vibrer dans sa colonne vertébrale, avec une douce insistance, et devint soudain pleinement consciente, étonnée et incrédule.

C'était bien réel, un son à peine audible à dessein, simplement une pression très douce, régulière, rythmée, tout juste un tapotement contre le mur tressé dans son dos. Une fois qu'elle eut identifié son origine, elle se mit à chercher son emplacement exact ; il avait atteint l'épais mur de nattes derrière elle, juste au-dessus du niveau de ses mains ligotées.

Quand elle en avait pris conscience, il devait être en train de se rapprocher, lentement et furtivement, en partant de sa droite, tentant sa chance tout le long du mur et attendant une réaction de sa part. Quelqu'un était à l'extérieur de la cabane, cherchant à la localiser, lui réclamant une réponse, tandis qu'elle réclamait une réponse de Dieu.

Le mur tressé lui transmit une pression, puis une seconde, dans le creux des reins. Elle souleva péniblement ses mains liées, pleines de fourmillements et tout engourdies à cause de la corde serrée, et les appuya vers l'extérieur, une, deux, trois fois, tapota de ses doigts faibles, gratta les fibres de ses ongles.

Des doigts pressèrent fermement les siens, en signe de reconnaissance et pour la tranquilliser. Le rythme du tabla cessa. Qui que ce soit, il l'avait trouvée.

— Il viendra, murmura l'homme au fusil, tournant vers elle un instant son visage méconnaissable sous l'étoffe.

Elle vit de la lumière — même dans ce lieu fermé, il y avait déjà une certaine lumière — couler sur ses bras musclés et son long torse, et s'effacer dans la pâleur de l'étoffe du sadhu enroulée autour des hanches.

— Il viendra et, cette fois-ci, il sera à moi. Tu veux le voir mourir, toi, femme ?

Dans le dos de Priya, avec une douceur douloureuse et insinuante, la pointe d'un couteau se fraya un passage dans les coutures du mur de coco. Elle sentit l'acier lui toucher le bras, glisser par-dessus le poignet sans l'effleurer. Elle entendit la première fibre du premier point céder et apprécia ce bruit terrible et merveilleux, comme les trompettes hors les murs d'une cité assiégée. Avec mille précautions, elle changea de position, se pencha sur les filets enroulés et plaça fermement son corps entre son ravisseur et le couteau.

Ils atteignirent le sommet des dunes et Purushottam ralentit sa marche précipitée dès que le chaume de la cabane éloignée vint rompre les douces ondulations du sable comme une touffe d'herbe raide. Il se retourna vers Dominic, sembla chercher désespérément quelque chose à dire en guise d'adieu, et se prépara à reprendre sa marche sans un mot, après tout, parce qu'il n'y avait plus rien à dire. Mais Dominic, lui prenant le bras, l'arrêta.

— Non, pas encore. Regardez, il est à peine plus de six heures et demie. Profitez de chaque instant de sécurité possible.

De sécurité ! Comment pouvaient-ils être sûrs que ce mot avait encore un sens pour aucun d'entre eux ? Comment savaient-ils, même, si Priya était toujours en vie ? Les otages morts sont des otages paisibles, ils ne tentent pas de fuir, n'identifient aucun suspect. Mais tant qu'il y avait encore de l'espoir, ils devaient le garder aussi longtemps qu'ils le pouvaient.

— Il faut qu'il me voie arriver avant l'heure limite, dit Purushottam, de la voix uniforme et basse dont le ton avait à peine varié depuis qu'ils avaient trouvé le billet. Avant sept heures. Pas à sept heures.

— Il vous verra à la seconde où vous franchirez cette crête. Quarante mètres. Même si vous partez à sept heures moins dix, vous serez pratiquement à mi-chemin à l'heure convenue. Attendez jusque-là.

Il secoua la tête, mais il resta.

— Ça change quelque chose ?

— Oui. Le moment que nous sacrifions est peut-être celui qui fait la différence.

— Vous attendez un miracle ? demanda Purushottam avec le plus douloureux des sourires. J'ai pensé... Il doit avoir une arme à feu, vous ne croyez pas ? Sûrement un fusil. Parce que je dois être une cible qu'il ne peut manquer, même de très loin. La seule chose mobile dans tout cet espace, et aucun abri nulle part. Non que je cherche un abri. Et la mer là dans son dos : c'est par là qu'il a l'intention de fuir.

« S'il est piètre tireur au point de vouloir que je m'avance tout près pour être sûr de me tuer, se dit-il, incapable de s'empêcher d'espérer, je pourrais peut-être me précipiter sur lui. Il ne risquerait pas de détourner les yeux de moi pour regarder Priya, et à l'intérieur d'une cabane de cette taille, un fusil serait une arme peu maniable. Si je pouvais l'atteindre, que je sois touché ou non, je pourrais au moins donner à Priya une chance de s'enfuir. »

Le soleil était déjà bien au-dessus de l'horizon derrière eux, montant à une vitesse étonnante. Les dunes se coloraient et se transformaient en une mer houleuse de lumières et d'ombres.

Dominic secoua le bras qu'il tenait.

— Donnez-moi jusqu'à sept heures moins dix. Promettez !

— Qu'allez-vous faire ? demanda-t-il avec indifférence.

Il savait que son ami ne pouvait rien pour lui. Ils étaient tous pieds et poings liés. Car, au moindre faux mouvement, Priya paierait.

— Essayer de contourner par le rivage, si je peux. Je vous donne ma parole que je ne me ferai pas voir.

— Impossible. Vous avez vu comme la côte est découpée. Ça vous prendrait des heures.

C'était vrai ; il essayait seulement de trouver quelque chose à faire, pour éviter la seule chose qu'il ne pouvait supporter : devoir rester ici et regarder Purushottam aller à la mort sans faire le moindre geste pour l'aider. Pas question de jouer au héros, ici. L'homme de la cabane connaissait très bien la silhouette du jeune homme qu'il attendait. Nul autre ne ferait l'affaire, et la seule vue d'une autre personne signifierait la fin de Priya. Non, il ne lui restait plus qu'à observer.

— Même si vous passiez chaque baie à la nage et que vous escaladiez chaque promontoire, dit Purushottam avec douceur, vous ne pourriez sans doute pas vous en approcher pour sept heures. Vous ne connaissez pas ces mers. Ce serait un suicide.

Leurs regards se croisèrent et, aussi improbable que cela paraisse, tous deux esquissèrent un pâle sourire.

— Vous entendre dire ça en un tel moment, dit Dominic, c'est un comble.

— Si Priya meurt, déclara simplement Purushottam, je ne veux pas lui survivre. Mais je n'aimerais pas avoir à présenter mes excuses à — comment s'appelle-t-elle ? Tossa ? — pour vous. Non, n'y allez pas. Restez avec moi.

Dominic resta. Sept heures moins le quart.

— Si seulement nous l'avions emmenée avec nous...

— Non, ne dites pas cela ! A quoi bon ? Nous avons fait de notre mieux.

Sept heures moins douze.

— J'y vais, maintenant, dit Purushottam. Rappelez-moi au souvenir du Swami et ne le laissez pas dire « Si seulement... » non plus. Je ne veux pas qu'on me plaigne.

Il n'attendit aucune réponse et ne se retourna pas. Il franchit la crête des dunes, se dirigea vers la petite tache sombre de la cabane, au loin, et avança droit sur elle à travers le sable jaune et désert.

Une main passa à travers la fente agrandie du mur en fibre de coco et des doigts touchèrent avec précaution, à l'aveuglette, les poignets gonflés de Priya, repérant l'endroit où les cordes se croisaient. Le couteau suivit les doigts qui le guidaient, effleura légèrement son poignet et atteignit les cordes.

Depuis combien de temps il s'y employait, elle n'avait pas le moyen d'en juger, mais cela lui semblait une éternité. Même la rupture d'un fil semblait émettre un bruit considérable, le couteau devait travailler avec une discrétion et une délicatesse infinies, lentement, très lentement. Elle savait qu'il allait faire jour, que le soleil se levait, d'après les traits de lumière qui entraient par la fente ménagée pour le fusil et les interstices de la porte. L'homme au fusil était rivé à son œilleton, le canon pointé à l'extérieur en direction de l'aube. Parfois il marmonnait tout seul, riait doucement, sûr de son triomphe.

Quand les liens furent enfin coupés, ses mains engourdies se séparèrent soudain et elle serra les doigts pour garder la même position, effrayée par le simple bruissement de ses propres vêtements. La sensibilité revenait douloureusement dans ses poignets, une douleur vive; elle n'était plus aussi impuissante. Elle resta à sa place, dérobant son allié à la vue, et, de ses doigts qui reprenaient vie, elle tâta prudemment la fente dans le mur tressé derrière son dos. Elle partait du niveau du sol — c'est-à-dire à peu près à la hauteur de sa taille, car la dune s'élevait vers le bord de la falaise derrière la cabane

— presque jusqu'au sommet de sa tête. L'agrandir vers le haut était plus dangereux, bien que par chance ce fût là le côté sombre de la cabane — le soleil ne risquerait pas de filtrer par l'ouverture. Priya se souleva un peu sur le tas de filets enroulés, pour masquer quelques centimètres supplémentaires du mur. L'ouverture n'était pas encore tout à fait assez longue pour lui permettre de se glisser au-dehors sans bruit. La main à l'extérieur prit le temps de serrer brièvement la sienne avec chaleur, avant de poursuivre sa tâche.

Un long frisson de satisfaction et de joie parcourut le dos raidi que son ravisseur lui présentait de la fenêtre et un cri étouffé marqua le moment où il aperçut Purushottam. Les mains qui tenaient le fusil s'apaisèrent et s'immobilisèrent sur le canon et la détente. Tout son corps ne fut plus que sens du devoir et efficacité. Même quand il s'adressait à elle désormais, il ne pouvait détourner les yeux de cette silhouette solitaire pour regarder l'appât qui lui avait permis de l'attirer. Elle avait joué son rôle ; elle n'avait aucune importance, vraiment aucune.

— Il arrive ! Il arrive si vite, il est pressé ! Maintenant, je pourrais le descendre... non, pas encore, attendons qu'il se rapproche...

C'était devenu une course. Le couteau sciait avec une hâte fébrile, agrandissant la fente du mur vers le haut. Purushottam marchait vite, méditant toujours au fond de lui-même la possibilité — si c'en était une — d'arriver juste à portée de tir puis de charger comme un fou, pour essayer d'en venir aux prises avec l'ennemi. Au moins, cela ne lui laisserait pas le temps de se retourner contre Priya — si Priya était toujours en vie... Fatalement, cet espoir hystérique qu'il plaçait dans la vitesse contaminait son allure au fur et à mesure qu'il approchait. Il gagnait la course, et la gagner c'était la perdre. Il n'y avait plus de temps. La tête enturbannée se pencha amoureusement sur la crosse du fusil, la longue main musclée resserra le doigt sur la détente et se mit à la presser lentement, lentement...

Deux minutes de plus, et les mains du sauveteur auraient aidé Priya à sortir rapidement, silencieusement, par la fente. Mais il ne restait pas même une minute, et aucun moyen d'en gagner une.

Dominic s'était tenu tout ce temps sans bouger, là où Purushottam l'avait laissé, parce qu'il n'avait rien d'autre à faire. Et même s'éloigner, à moins que ce fût pour le suivre — ce qu'il ne devait pas faire —, aurait semblé une sorte de trahison. Mais la tension le poussa, presque malgré lui, en haut des derniers mètres de la pente. Il se hissa juste assez pour surplomber la plaine de sable et ne put détourner ses yeux. Il regardait la silhouette solitaire avancer droit sur la cabane éloignée, davantage comme une armée qui monte à l'assaut que comme une victime réticente, très droite, sans dévier de sa ligne inexorable — un peu plus, se dit Dominic, et il se mettrait à courir. Si près déjà ! Il sentit ses cheveux se hérisser de peur sur sa nuque. Le coup allait partir d'un moment à l'autre...

Une autre silhouette jaillit soudain de derrière la cabane, minuscule et décharnée, vêtue d'une robe jaune qui lui collait au corps et brillait tandis qu'il avançait. Il marchait aussi vite que Purushottam. Il contourna la cabane et, à environ deux mètres du volet, se plaça de propos délibéré entre le fusil levé et sa cible, dérobant Purushottam à la vue. Il n'y avait rien d'autre désormais dans le champ du fusil que ce corps doré et osseux et les plis safran de sa robe.

Le Swami Premanathanand, pour qui la violence était impensable, prenait part à sa façon à ce dernier combat, avec sa seule arme, un corps fini qui s'interposait au dernier moment entre la mort et sa victime.

CHAPITRE XIV

Cap Comorin : samedi matin, suite

Pour l'homme qui épiait à travers la mire du fusil, le monde se fondit soudain en une tache de tissu safran à quelques mètres seulement du canon. La silhouette solitaire qui avançait et dont il visait le cœur avait disparu dans la lumière jaune au moment même où, le doigt sur la détente, il s'apprêtait à appuyer doucement et à la réduire à néant. Le tireur poussa un étrange cri plaintif, un cri d'inquiétude et de terreur : un instant, tout resta suspendu, le doigt acheva presque sa pression pour tirer la première salve sur ce nuage safran. Une réaction superstitieuse lui ôta toute force ; le canon du fusil vacilla et s'abaissa. L'homme leva la joue de la crosse pour regarder avec ses yeux, au lieu de l'œil automatique du fusil. Et le nuage qui bloquait la mire se condensa en l'apparition — qu'était-ce d'autre, à cet endroit où il avait à dessein créé la solitude la plus complète autour de lui ? — d'un personnage âgé, vénérable et calme, vêtu d'une robe jaune et d'un châle de laine brune, parfaitement immobile devant lui, presque à portée de main, bien qu'il ne le vît qu'à travers la fente qu'il avait ménagée pour tirer.

Que ce fût un dieu, un démon ou un homme, il lui fallait le regarder en face et trouver un moyen de le contourner, et dans l'instant, sinon tout était perdu. Il se tenait si immobile qu'il redoutait qu'il ne fût pas humain, après tout. Quel homme resterait planté là à attendre, sans dire un mot ? Ah, mais l'intrus ne voyait qu'un mur aveugle ! Savait-il seulement qu'il y avait un homme armé à l'intérieur ? Il ne pouvait pas le savoir. Personne n'oserait faire ça en connaissance de cause !

L'homme au fusil tendit le bras gauche d'un grand geste et écarta le rideau de fibre tressée, guettant avec jubilation la réaction prévisible d'un homme ordinaire — la peur et la fuite — lorsqu'il est brusquement confronté à un fusil chargé tout près de lui. L'image resta imperturbable, sereine et inébranlable, ses yeux doux observant tout sans inquiétude.

A l'arrière de la cabane, Priya se leva de son nid de cordes et de filets, étourdie par le soudain éclat de lumière venu de la fenêtre, folle de terreur et d'épuisement. Par-dessus l'épaule de son ravisseur, elle aperçut le visage calme et légèrement souriant du Swami, mais elle ne pouvait en croire ses yeux. Une main se tendit à travers le mur tressé, la tirant vivement avec insistance par le bras.

— Venez, venez, je vous en supplie... !

— Dégage ! hurla la tête emmitouflée de son linceul de tissu safran, suffoquant de rage et de haine. Dégage ou je te tue !

Le Swami, présence si impuissante et si faible, fit un ou deux pas en direction de la fenêtre ouverte, pour s'assurer que tout ce qui se passait dans son dos restait invisible. Il ne répondit pas : « Alors tuez-moi ! » mais il ne s'écarta pas. A quelque distance derrière lui, il entendit la course sauvage de Purushottam, dont les pieds glissaient et peinaient dans le sable. Il ne pouvait entendre Dominic, qui lui aussi accourait le plus vite possible. Le Swami croisa les bras, inaccessible de l'intérieur de la cabane, mais si près qu'il éclipsait le monde et protégeait ses amis.

— Venez, vite, venez... suppliait la voix à l'extérieur du mur du fond, et la main timide et agitée tira le poignet de Priya.

Elle céda à la pression, recula vers le mur ouvert. Soudain, au-dessus de l'épaule dorée du Swami, elle vit Purushottam qui courait et trébuchait, fou d'angoisse et d'espoir; alors elle s'immobilisa.

— Dégage! hurla la tête emmitouflée, d'une voix presque inarticulée sous l'effet de la colère. Tout de suite, ou je tue la fille!

Il venait de se rappeler qu'il avait ce moyen de persuasion plus efficace à sa disposition et il se tourna vivement vers elle, soulevant le fusil à bout portant.

Ce qu'il vit lui fit pousser un autre cri de rage perçant, car le mur dans le dos de la jeune fille était éventré et une main le maintenait béant, la pressant de le franchir. Il fit un long pas décidé dans sa direction, le fusil pointé avec assurance sur sa poitrine. Et Priya, se dégageant de la main qui la retenait, prise d'une inspiration subite, s'empara des filets qui se trouvaient devant elle et les lui lança violemment à la figure.

Elle vit les mailles serrées s'ouvrir comme une fleur fantastique dans les airs, emplissant les rayons de lumière de poussière dansante, et ses narines de particules de fibre comme du pollen moisi. Le fusil et l'homme perdirent leur netteté, se désintégrèrent en un puzzle entremêlé, tandis que les mètres de filet s'abattaient sur eux, enveloppant les coudes et les mains, ainsi que le canon et la crosse du fusil. L'impact fit reculer le corps de l'homme, il perdit l'équilibre, et le coup atteignit la terre battue au pied du mur, éclaboussant les pieds de Priya de particules de terre.

Elle se retourna, aveuglée et désespérée, et traversa le tressage déchiré dont les bords coupés lui écorchèrent les bras et les joues. Des mains se tendirent avec empressement pour lui venir en aide, la lumière du jour l'inonda, du sable clair filtra dans ses sandales. Son sauveteur l'entoura d'un bras protecteur et l'entraîna en toute hâte, par l'étroite langue de terre, dans le premier défilé qui menait à la seconde crique. Dans ce dédale de rochers, ils pouvaient espérer trouver un abri sûr, même contre un fusil.

Le Swami remua lentement, comme un homme qui sort d'une transe, et pour une fois son visage exprima une immense surprise, bien qu'il n'y eût personne pour témoigner de ce phénomène. De toute évidence, il était en vie, et c'était là l'objet de son profond étonnement. Il regarda autour de lui, clignant des yeux dans le soleil. Purushottam approchait péniblement de la cabane dans les dernières ondulations de sable, suivi de Dominic.

Le Swami fit les trois pas nécessaires pour atteindre la porte de la cabane, qu'il poussa, laissant entrer la lumière sur la forme entravée qui s'agitait sur le sol. L'homme s'était presque dégagé, tailladant furieusement les plis du filet avec le couteau qu'il avait gardé dans l'étoffe qui lui ceinturait les reins. Comme la porte s'ouvrait grande, il se libéra en se traînant, s'empara du fusil tout en se levant, et fonça tête baissée vers la porte et la liberté. Il avait entendu ses poursuivants se rapprocher, peut-être pensait-il qu'ils étaient plus nombreux et mieux armés qu'ils ne l'étaient en réalité. Ce jeu, en tout cas, était déjà perdu, car son otage avait pris la fuite et, s'il restait pour se battre, il risquait d'être fait prisonnier et identifié. Il choisit de partir en courant. Le Swami, pour qui la violence était impossible, se tint courtoisement à l'écart et le laissa passer librement.

Ce fut le fusil qui le trahit. Un brin du filet s'était pris dans la culasse et, comme il se levait pour s'élancer, saisissant la crosse, le filet le suivit comme un serpent vers le seuil de la cabane, se déroulant jusqu'à ce que son poids devînt trop grand pour être remorqué davantage, lui arrachant le fusil de la main. Il hésita une fraction de seconde puis l'abandonna et se mit à courir à toute vitesse pour sauver sa peau. Il se dirigea vers la crique la plus proche et la plus petite, se précipita le long du premier escarpement dans les pierres du sentier et continua en une série de puissants sauts de biche aux abois sur la moitié du chemin.

Il n'avait pas encore levé la tête et mettait un pied devant l'autre sans regarder plus loin. Mais il s'arrêta alors, jeta un coup d'œil en direction de la mer, et poussa un cri de rage et de désolation. Il parcourut la côte des yeux, d'un promontoire à l'autre, mais la baie était vide, sereine et baignée de soleil. Il se retourna violemment pour regarder en arrière : Purushottam était déjà aux côtés du Swami, et Dominic à moins de cent mètres derrière. Il ne pouvait revenir sur ses pas. Il se tourna à nouveau vers l'océan, et courut, plongea, glissa, sur le sable blond, sur le sable noir à présent presque caché, dans l'eau qu'il faisait gicler dans sa course, toujours plus loin, jusqu'à ce que la houle le soulève et qu'il se mette à nager vigoureusement et vaillamment vers le large.

— Il cherchait son bateau, je le crains, dit le Swami doucement en guise d'explication, presque à regret. C'est là qu'il l'avait laissé, voyez-vous. Nous l'avons déplacé dans la nuit.

— Tout va bien, Miss Madhavan, dit une voix anxieuse et douce à l'oreille de Priya.

La main qui tenait la sienne et l'avait encouragée à avancer le long des rochers l'arrêtait à présent dans sa marche cahotante.

— Tout va bien, maintenant, plus besoin de courir. Il est parti. Regardez, voilà vos amis, là-bas, sur le promontoire. Tout va bien. On ne risque plus rien.

Elle avait gardé les yeux ouverts tout le temps, mais elle avait été tellement éblouie par la lumière, submergée de terreur et de fatigue, qu'elle n'avait pas vu vraiment les pierres mêmes sur lesquelles ses pieds chaussés de sandales trébuchaient et se blessaient. Elle leva alors la tête et pour la première fois, son esprit et sa vue se clarifiant, reconnut le visage attentif, inquiet et presque méconnaissable de Sushil Dastur.

Inutile de le poursuivre, aucun espoir de le rattraper. Ils contemplaient, fascinés mais désarmés, l'homme qui fendait les vagues en direction du promontoire séparant les baies, avec l'intention probable de le contourner pour atteindre un point plus haut le long de la côte où il pourrait aborder discrètement, et se fondre de nouveau dans le paysage du Sud, terrestre ou marin.

— Il va peut-être prendre une des barques, suggéra Dominic en regardant la grande baie où les bateaux de pêche reposaient sur le sable sec à l'abri de leur chaume protecteur.

— Mais non, dit Purushottam, toujours essoufflé de sa course folle. Il ne pourrait sûrement pas en mettre une à l'eau tout seul.

— Je crains qu'il ne parvienne à atteindre la sienne, dit le Swami sur un ton d'excuse.

Il désigna le côté abrité du promontoire, où on voyait à peine la haute proue d'une barque plus petite, à l'ancre, soumise à un mouvement léger et régulier et presque cachée sous les rochers en saillie où Priya se tenait avec Sushil Dastur.

— Je n'ai pu la tirer sur le rivage tout seul non plus, j'ai dû la laisser au mouillage. Mais ce n'est peut-être pas la sienne, raisonna-t-il, il se peut qu'elle ait été volée.

— Où est-il maintenant ?

Le nageur avait disparu, caché par les rochers. Quand il réapparut, ce fut plus loin que la pointe, dans une eau plus calme, au large des récifs aux arêtes vives.

— Il a vu la barque ! s'écria Purushottam. Il vient la chercher !

Il fit demi-tour pour franchir la crête étroite et herbeuse du promontoire, avec l'intention de prendre le sentier et d'arriver à la plage le premier, mais il s'arrêta avant d'avoir parcouru plus de quelques mètres, et Dominic le rattrapa.

— Impossible ! Il y sera bien avant nous.

Sushil Dastur avait aussi remarqué le changement de direction du fugitif. Il examina l'étendue d'eau bleue scintillante tout en bas, et vit l'homme qui nageait se rapprocher régulièrement en de longues brasses ; un bras tendu saisit le plat-bord, et une épaule brune se souleva hors de l'eau. Il avait abandonné son turban, à moins que la houle ne le lui eût enlevé, et ses cheveux noirs lui couvraient à moitié le visage. Il s'accrocha de toutes ses forces, se reposa un instant, puis s'apprêta à se hisser à bord.

C'en fut trop pour Sushil Dastur. Il voyait l'ennemi s'échapper, après tout le mal qu'il avait commis, après tout ce qu'ils avaient risqué en cette seule nuit pour le mettre hors d'état de nuire. Son sens de la justice était offensé. Il se baissa pour détacher et soulever à pleines mains la plus grosse pierre qu'il put trouver et la lança sur la barque au-dessous. Elle sembla mettre un temps infini à tomber, puis elle atteignit la poupe dans une gerbe d'éclats de bois et d'écume, ce qui fit plonger violemment l'embarcation qui prit l'eau. Mais ce ne fut qu'un coup en passant, la pierre rebondit dans la mer, non sans emporter avec elle un morceau des bordages brisés. L'homme n'avait pas lâché prise sous le choc et, dès que la barque se fut redressée, il se hissa sur le bord, tout dégoulinant.

Ils l'observaient en silence et le virent se pencher pour couper la corde d'ancrage, s'appuyer de tout son poids sur la longue perche de bambou, en l'enfonçant dans l'eau profonde. Quelle que fût la lenteur de sa progression le long de la côte, cela lui permettrait de se dérober aux regards et d'aborder en un lieu plus sûr, avant qu'ils aient pu l'en empêcher.

Sushil Dastur gravit de nouveau, péniblement, le chemin du promontoire, guidant Priya avec une sollicitude inquiète. Elle alla jusqu'à Purushottam et se plaça près de lui, mais sans rien dire encore, le visage exsangue et épuisé ; et Purushottam, sans un mot, lui prit la main et la garda dans la sienne. Ils virent le sillage de la petite barque s'inscrire en une ligne ondulante vers la pleine mer, et disparaître peu à peu comme un bateau ivre plus haut le long de la côte. Dès ce moment, il leur sembla qu'elle s'enfonçait un peu dans l'eau et donnait de la bande à la manière d'un boiteux.

— Je ne crois pas, dit le Swami, à la fois rassuré et inquiet, qu'il ira très loin.

La carcasse du bateau naufragé ne dériva pas vers la côte avant plusieurs jours ; la plus grande partie de l'épave se dirigea vers les plages du Kerala, plus loin au nord-ouest. Mais le batelier fut ramené sur le rivage par la marée suivante, à un kilomètre plus haut sur la côte.

La police emmena Dominic et Purushottam en Jeep pour identifier le corps. Seul sur une étendue brillante de sables noirs et cramoisis formant un drap mortuaire impérial, dépouillé des derniers lambeaux de coton safran et nu comme au jour de sa naissance, reposait le corps musclé et le visage naguère agréable et obligeant de Romesh Iyar, le batelier de Thekady.

CHAPITRE XV

Cap Comorin : samedi soir

Ils étaient ce soir-là assis dans l'un des petits salons de l'hôtel donnant sur la mer, après que Priya eut passé toute la journée à dormir, après que les Mani furent partis, stupéfaits et incrédules, sans Sushil Dastur, et les Bessancourt, attristés mais inébranlables, sans Romesh Iyar ; après le retour de Larry, enfin, qui avait courageusement mais vainement longé la côte avec une barque d'emprunt, dans un sens puis dans l'autre, pour s'entendre dire que tout s'était passé sans lui et que l'affaire était close.

La plupart des clients de l'hôtel étaient sortis dans les dunes ou au village, profitant de la fraîcheur du soir après le coucher du soleil. La police avait terminé son enquête, tout enregistré, et avait emporté en s'en allant le fusil que Romesh Iyar avait volé pendant la nuit dans la chambre de l'un des garçons d'étage de service, mais que l'on soupçonnait avoir été volé une première fois dans les bagages d'un riche client, plus d'un an auparavant. Le lendemain, à Malaikuppam, l'inspecteur Raju attendrait de boucler le dossier de l'affaire. On avait même retiré de dessous le balcon les restes lamentables et repoussants du bungare. Les traces s'effaçaient doucement, seulement pour faire place à quelque chose de nouveau, qui naissait de l'ancien.

Ils étaient donc assis dans le salon de l'hôtel, Priya, le Swami, Purushottam, Larry, Dominic et Sushil Dastur, et se racontaient les derniers détails des événements.

— Après notre conversation téléphonique, expliqua le Swami, j'ai compris qu'il fallait que je vienne. C'est moi qui avais commis l'erreur de jugement qui vous avait amenés ici. Là-bas, à Malaikuppam, il était évident que personne ne s'intéressait à nous, et encore plus évident que Lakshman Ray est un jeune homme très honnête et estimable, bien que plutôt têtu. Il est prêt à relever n'importe quel défi s'il croit qu'on a fait une remarque désobligeante à son propos. Et j'ai vraiment cru, pendant un certain temps, qu'il était peut-être la personne que nous recherchions, puisqu'il fallait bien que ce soit quelqu'un, et quelqu'un de très proche de votre groupe. A propos, Lakshman montre beaucoup d'intérêt pour votre programme concernant Malaikuppam. J'espère que ça ne vous ennuie pas, Purushottam, que j'en aie parlé avec lui. C'est un garçon intelligent. Je crois que nous devons veiller à ce qu'il termine ses études universitaires, et il vous sera sans doute très utile plus tard. Bon, où en étais-je ? Ah, oui ! J'ai compris que je devais vous rejoindre ici sur-le-champ. J'ai donc pris ma voiture de location. Si vous étiez arrivés par l'allée au lieu du jardin, vous l'auriez tout de suite vue et reconnue. J'ai confié la responsabilité de Malaikuppam à Lakshman, au cas où il se produirait quoi que ce soit d'important. Je suis arrivé ici peu après minuit — non, plus tard, il devait être une heure du matin —, j'ai garé la voiture et fait quelques pas en direction de la route et des dunes, espérant vous trouver. C'est ainsi que la première personne que j'ai rencontrée fut Sushil Dastur. Mais il va vous en parler lui-même.

Sushil Dastur, vêtu de son *achkan* comme pour quelque célébration joyeuse, était assis en tailleur, indien jusqu'à la moelle, sur le canapé garni de coussins, adossé au mur. Une rougeur fiévreuse se lisait encore sur ses pommettes saillantes, ainsi qu'une étincelle d'excitation dans ses yeux noirs, vulnérables et naguère inquiets. Sushil Dastur venait de vivre une nuit qui avait transformé sa vie, une nuit qu'il n'oublierait jamais.

— Vous voyez, Mr. Felse, Mr. Narayanan, après vous avoir quittés, j'étais si bouleversé, si honteux, que je ne pouvais vraiment pas aller dormir. Je ne pouvais pas imaginer comment arranger les choses, j'étais si agité que je suis allé marcher un peu. Je me trouvais dans les arbres en bordure du jardin quand j'ai vu cet homme se diriger vers la route, poussant Miss Madhavan devant lui... C'était terrible ! Il la tenait par une corde attachée à ses poignets et il avait un couteau à la main. Vous comprenez, je n'ai pas osé appeler à l'aide ni faire de bruit, de peur qu'il ne la tue. Alors je les ai suivis. C'est la seule chose que j'aie pensé à faire...

Sushil Dastur, hanté et traqué depuis toujours par sa médiocrité et son incapacité à réussir de petites choses, s'était étonné lui-même d'être poussé par une indignation intense et non par la peur, et d'agir avec hardiesse et non avec prudence, quand il eut devant les yeux cet outrage véritable. Il ne s'était pas encore remis du choc.

— C'était vraiment ce qu'il fallait faire, l'encouragea Purushottam avec chaleur.

Priya était à ses côtés et il ne cessait de la combler de regards et d'attentions inquiètes. Mais ils ne se touchaient pas ni n'anticipaient par des paroles ce qu'ils savaient tous deux être juste et inévitable. Il y a diverses façons de manifester ces choses-là, et ils le faisaient à la manière indienne.

— Si je les suis, je pensais, au moins je saurai où il la cache, et alors je pourrai lui venir en aide. Même dans le noir, il fallait que je fasse très attention de ne pas me faire remarquer, mais je l'ai vu l'emmener dans la cabane, alors je suis revenu en courant chercher du secours.

— Et c'est sur moi qu'il est tombé, compléta le Swami, et il a eu la bonté de me faire confiance tout de suite et de tout me raconter. Je lui ai conseillé d'être très prudent, dans l'intérêt de Miss Madhavan, car si nous avions donné l'alarme, elle aurait sûrement été tuée. D'autre part, j'avais l'espoir que le criminel ne s'intéressait pas à Priya pour elle-même, mais comme appât pour attirer Purushottam, auquel cas elle était sans doute en sécurité quelques heures, dans la mesure où l'alerte n'était pas donnée. C'est pourquoi nous sommes allés inspecter sa chambre et la vôtre, Purushottam, et nous avons trouvé le message qui vous était destiné. Pardonnez-moi si je ne vous ai pas laissé un autre message vous révélant ce que nous étions en train de faire, mais je pensais que vous n'aviez peut-être pas besoin de le savoir avant que tout soit terminé, si nos efforts étaient récompensés. Nous savions désormais combien de temps il nous restait, quelques heures de nuit heureusement, et par conséquent nous sommes partis tout de suite pour agir furtivement, sûrs de la ramener, d'une façon ou d'une autre, peut-être avant que vous ne reveniez à l'hôtel. Mais nous avons laissé le message où nous l'avions trouvé. Nous n'avions pas le droit de vous enlever, dans le pire des cas, le choix qui vous était proposé.

Son regard calme et clair alla de Priya à Purushottam. Chacun d'eux en savait plus sur l'autre à présent que la plupart des couples qui envisagent de se marier, et avait donc plus de raisons d'être confiant et heureux.

— Nous avons cherché dans la trousse à outils de ma voiture tout ce qui pouvait être utile. Je ne sais pas pourquoi il y avait un si bon couteau, mais ça nous a rassurés. Nous sommes passés essentiellement par le rivage, grimpant au sommet des dunes quand il le fallait, nageant quand nous y étions contraints. Au bout du compte, nous avons presque manqué de temps. Dans la première baie, nous avons trouvé une barque toute prête. Elle était de toute évidence là pour lui permettre de s'enfuir après le meurtre. Je suis donc monté à bord, et je l'ai manœuvrée pour l'amener dans l'autre baie, de l'autre côté du promontoire, tandis que Sushil Dastur grimpait vers l'arrière de la cabane avec notre couteau, et commençait à tâter les murs pour essayer de localiser Priya. Il s'est assuré qu'elle était vivante et consciente, pour pouvoir nous aider le cas échéant. Et il l'a trouvée, comme elle vous l'a raconté, et elle nous a considérablement aidés. Quand j'eus ancré la barque dans l'autre baie, je suis monté le rejoindre et nous avons commencé à ouvrir une brèche dans le mur. Cela dit, Sushil Dastur s'est montré vraiment beaucoup plus habile que moi, bien plus silencieux, et il a accompli presque tout le travail. Vous savez le reste.

Oui, ils savaient le reste. Il n'avait plus eu, à la fin, qu'un simple rôle à jouer, le seul moyen désormais de retarder l'exécution de Purushottam des deux ou trois minutes nécessaires pour achever de libérer Priya. Sans arme — et sans la moindre intention de l'utiliser s'il en avait eu une —, s'interposer entre le gibier et le chasseur. C'était tout. N'importe qui pouvait le faire.

— Comme c'est étrange ! dit Priya, songeuse. A Thekady, nous aimions bien Romesh, tous, et pourtant quel sournois ! Pas seulement le crime, mais toute la manipulation de l'autre batelier, car c'est sans doute lui qui non seulement a placé les tracts maoïstes dans les affaires d'Ajit Ghose, mais lui a fourré dans la tête l'idée que Bakhle serait un bon client qui lui donnerait un généreux pourboire, et l'a poussé à échanger leur travail ce jour-là. Il le lui a peut-être même suggéré, bien que ce soit Ajit qui l'ait demandé. Ce sont toutes ces preuves qui se sont retournées contre l'autre batelier. Et je pense — c'est horrible de dire ça de quelqu'un, mais je le crois vraiment, dans son cas — qu'il a fait en sorte que ce soit nous, présents sur son bateau, qui découvrions les corps. Parce qu'il *voulait* être présent. Parce que ça lui faisait plaisir d'avoir si bien combiné les opérations, et de voir son plan réussir.

— On ne peut résister au plaisir d'exceller dans son domaine, dit le Swami, presque sentencieux.

— Mais un pauvre garçon comme Ajit Ghose, aussi pauvre que lui, en quoi était-il un ennemi ? Et lui prendre non seulement la vie, mais sa réputation !

— Sa réputation, il va la recouvrer, maintenant, dit Purushottam. Tout le monde sait aujourd'hui qu'il était innocent et qu'Iyar était seul responsable.

Dominic regarda fixement le Swami, qui demeurait silencieux, le visage calme et tranquille.

— Et il semble qu'il jouait aussi le rôle du sadhu dont nous avons tant entendu parler, et que je n'ai jamais vu, ajouta Larry. Celui de Nagercoil et de Thekady. Aux deux endroits, il a affirmé qu'il avait vu le sadhu lui aussi, dès qu'on lui en a parlé — et à l'endroit exact, qui plus est. J'imagine qu'il a mentionné celui de Nagercoil parce qu'il savait que Priya l'avait vu surveiller la maison.

— Et il s'avère que c'est seulement à Nagercoil qu'il s'est arrangé pour se faire prendre par les Bessancourt. Il laissait croire que c'était plus tôt, à Trivandrum, mais en fait il n'est jamais allé à Trivandrum, il nous a suivis. Il a rencontré les Bessancourt après nous avoir repérés chez Priya. Être avec eux lui permettait de nous approcher de très près ici.

— Mais j'avoue que je n'ai pas très bien compris, dit Sushil Dastur humblement, pourquoi il se faisait passer pour un sadhu. J'espère ne pas être borné... ajouta-t-il tristement, comme en écho de ses inquiétudes passées.

Il était important à ses yeux de ne pas l'être. Purushottam, plein de gratitude, l'avait invité à revenir avec lui à Malaikuppam, où il lui avait offert un emploi, et la crainte de ne pas être à la hauteur n'est pas facile à effacer en un moment.

— J'ai réfléchi à ce problème, dit le Swami, prévenant. Je crois qu'il était là-bas près du lingam à Thekady dans un but précis, pour que quelqu'un — un individu sans doute tout à fait secondaire, inconscient de ce qu'il faisait — lui remette la bombe qui fut placée dans la barque de Mr. Bakhle. Rappelez-vous : il n'a été vu là-bas qu'un court moment et tout le monde s'est accordé à dire qu'il était très étonnant qu'un sadhu s'installe dans cet endroit peu fréquenté. Il aurait été imprudent que le messager le rencontre au bord du lac, et cet endroit était facile d'accès et simple à trouver. Ce n'est pas difficile de devenir sadhu en deux minutes. Un morceau de tissu, une poignée de poussière ou de cendre, une touche de peinture rouge ou jaune, un peu d'huile passée dans les cheveux, rien de plus. Muni de ce petit équipement — très bon marché, ce qui représente aussi un avantage —, il l'utilisait chaque fois qu'il avait besoin de se déguiser. La sainteté n'est pas essentielle, bien que beaucoup soient peut-être des saints hommes.

Priya leva soudain la main en signe de protestation et de chagrin, et Purushottam la prit timidement dans la sienne, rougissant vivement à son contact.

— Alors, qu'est-il arrivé à Patti ? Je n'arrête pas de penser à elle, et ses parents vont venir : que va-t-on leur dire ? C'est Patti qui a donné l'aumône au sadhu près du lingam. Il n'y a qu'elle qui l'a vu de près, personne d'autre ne l'a regardé en face comme elle. Elle avait sûrement reconnu ce visage, ou cru le reconnaître, même dans des conditions si différentes. Là-bas, dans l'obscurité, quand nous avons trouvé le bateau — à la même heure, avec la même lumière — elle devait avoir des doutes ! Voilà pourquoi elle est morte !

Il y eut un moment de silence, tandis que le Swami la regardait avec une grande douceur et un profond respect.

— Elle est morte pour l'avoir reconnu, ou faute de l'avoir reconnu, c'est certain. Car *lui* pensait sûrement qu'elle l'avait reconnu. Elle a été une victime de forces qu'elle ne pouvait absolument pas comprendre.

— Patti, c'est ce que je trouve de plus dur à pardonner, dit Priya.

— Moi aussi, dit le Swami, le plus dur de tout.

Il baissa les yeux, contemplant calmement ses mains croisées sur ses genoux. Dans la pièce à demi éclairée, assis en tailleur, plante des pieds relevée, sur les coussins près du mur, il apparaissait plus que jamais comme un bronze antique. Il dit mystérieusement, et apparemment autant pour lui-même que pour eux :

— Le Seigneur a dit : « Celui qui, à son heure dernière, quand son âme abandonne son corps, s'en va en pensant à moi, va en toute certitude rejoindre mon être. »

ÉPILOGUE

Malaikuppam

La police était venue et repartie, avait enregistré les dépositions les unes après les autres, félicité la maisonnée tout en se félicitant elle-même, avait même condescendu à révéler un ou deux détails, par exemple le moyen de transport de Romesh Iyar dans la dernière partie de sa poursuite. Il semblait qu'un vélomoteur avait été dérobé et, plus tard, retrouvé à l'abandon à Nagercoil, où Romesh avait repéré les Bessancourt en voyant leur voiture par hasard et s'était débrouillé pour se joindre à eux. Alors, ayant terminé à leur grande satisfaction leur enquête, l'inspecteur Tilak et l'inspecteur Raju avaient bouclé l'affaire et s'en étaient allés. Le terroriste était mort, le dossier refermé, et ce danger-là, au moins, dissipé pour de bon.

Les Galloway étaient venus et repartis. Pendant les trois jours que dura leur séjour, toutes les personnes présentes dans la maison s'étaient déplacées en silence, attentives à leurs seuls besoins et leurs seuls désirs. Ils étaient l'essence même de ce que Patti avait appelé un jour les faubourgs de Cheltenham, bien élevés et discrets, bien habillés, très conventionnels. Mais ils avaient aussi les qualités de leurs semblables : retenue, considération, honnêteté et force d'âme, et l'espèce de résistance qui survit à l'empire. Ils ne feraient probablement jamais rien de très grand, de très important ni de très imaginatif, mais ils étaient également tout aussi incapables de faire rien de très mesquin, de très cruel ni de grossièrement dépourvu d'imagination. Leur chagrin était immense mais contenu. Ils n'étaient pas du genre à gêner qui que ce soit en exhibant leurs problèmes de façon trop intime. Priya, qui avait encore une semaine de congé, était restée pour se consacrer à eux jusqu'à leur départ pour l'aéroport de Madurai avec les cendres de Patti, à destination de Bombay et l'Angleterre. Et Larry, qui s'était aussi senti le devoir de rester jusqu'à la conclusion de l'affaire, les regarda partir en voiture, l'air grave et le front plissé, et déclara :

— Plus je vois les gauchistes, plus je commence à apprécier les qualités de la classe moyenne.

Mais il ajouta, l'instant d'après, au cas où quelqu'un aurait pu se méprendre sur ses propos :

— J'ai dit les qualités. Je sais qu'ils ont aussi leurs défauts.

Lakshman et lui s'en allèrent ensuite, en direction de l'ouest au-delà des Ghats vers Trivandrum, pour remonter la côte jusqu'à Cochin. Mais après ce périple, Lakshman devait rejoindre son université, muni d'une bourse accordée par la Mission, et Larry, quant à lui, avait demandé, sans s'engager, à être informé si jamais le travail de remise en état des vieux réservoirs d'irrigation était sérieusement envisagé. Tous deux reviendraient, au moins pour une visite du souvenir, très probablement pour de bon.

Puis Purushottam conduisit Priya chez elle à Nagercoil, où elle devait passer ses derniers jours de congé en famille; non pas pour aborder la question du mariage — ce serait à quelqu'un d'autre de le faire dans un premier temps —, mais sûrement pour étudier de près la qualité de l'accueil qu'il allait recevoir, à la lumière de tout ce qui s'était passé. Il en revint plein d'un enthousiasme prudent, très pensif, mais l'air heureux et l'esprit tourné vers l'avenir, non vers le passé. Quant à Sushil Dastur, lâché au milieu de tous les papiers épargnés lors de l'explosion du bureau, traitant de chiffres et autres abstractions obéissantes qui ne se moquaient jamais de lui, il n'avait jamais été aussi heureux.

Le lendemain, Dominic conduisit le Swami à Madurai avec la voiture de location, pour retourner à Madras.

Toute la maisonnée était au portail pour leur souhaiter bon voyage. Dès que le mur eut disparu de leur vue et qu'ils furent dans les ruelles poussiéreuses du village, le Swami se cala en soupirant dans le siège du passager et tourna son visage vers l'avenir. Mais pas ses pensées, pas encore, pas complètement, car, au bout d'un moment, il dit en guise de conclusion :

— Bon, c'est fini. Pas sans pertes, peut-être, mais avec le minimum.

— Sauf, ajouta Dominic, en accélérant après les dernières maisons du village, que justice n'a pas été faite. Et vous le savez.

Le Swami gardait les yeux fixés sur le ruban jaune orangé de la route défoncée et réfléchissait sans hâte.

— Sur quel point ? finit-il par demander.

— J'admets que c'est Romesh Iyar qui a posé la bombe dans le bateau de Bakhle à Thekady et fait en sorte que ce soit l'autre batelier qui trinque ; j'admets que c'est Romesh qui nous a suivis jusqu'au Cap quand il s'est aperçu que Purushottam et Lakshman avaient permuté leurs rôles, et qui a fait tout ce qui s'est passé là-bas — placé le bungare, kidnappé Priya pour l'utiliser comme appât et monté le piège pour tuer Purushottam —, tout ça, d'accord. Mais pas la deuxième bombe, celle du bureau. Il n'avait rien à voir là-dedans. C'était impossible. Il était à Tenkasi et la police avait régulièrement de ses nouvelles. Il a eu un petit boulot à la jonction ferroviaire jusqu'à ce qu'on lui dise le jeudi soir qu'il pouvait partir et n'avait plus besoin de se présenter à la police. Il était à soixante-quinze kilomètres de Malaikuppam quand la deuxième bombe a été posée. Et vous le savez. Et l'inspecteur Raju aussi.

— Il y a l'histoire du vélomoteur volé. Soixante-quinze kilomètres, ce n'est pas une grande distance, lança le Swami comme un ballon d'essai.

— Oui, j'ai remarqué que l'inspecteur a déclaré que le vélomoteur avait été retrouvé à Nagercoil, où Romesh l'avait abandonné après avoir eu l'idée de se joindre aux Bessancourt. Mais il n'a jamais dit où ni quand on avait signalé le vol.

Dominic sourit sans tourner la tête, d'un air affectueux et amusé, empreint d'une vague tristesse.

— Oh, non, je n'ai pas eu la bêtise de demander à l'inspecteur Raju. Il ne m'aurait peut-être rien dit à ce moment-là, mais j'ai demandé au brigadier Gokhale. Tout le monde a eu l'impression que Romesh l'avait volé à Tenkasi, à un moment non spécifié, et l'avait utilisé pour faire l'aller et retour ici de nuit. Mais en fait le vélomoteur a disparu ici à Koilpatti dans la nuit de jeudi. Après que la police eut dit à

Romesh qu'il n'avait plus besoin de se présenter. Après que la mort de Patti eut été annoncée dans les journaux. Il n'a pas quitté Tenkasi avant cette date et il est parti par le train. Il a volé le vélomoteur pour monter de la gare à Malaikuppam et il l'a gardé pour nous suivre vers le sud quand il nous a vus partir le lendemain matin sans Lakshman et avec Purushottam.

— Les autres, argumenta le Swami après avoir écouté Dominic, sans embarras apparent, n'ont pas mis en doute les conclusions de la police.

— Il se trouve que les autres n'ont pas eu les renseignements que j'ai obtenus de l'inspecteur Raju au moment de son départ jeudi soir. J'ai posé des questions sur tous les autres, Romesh a seulement été mentionné en passant. C'est comme ça que j'ai su qu'il attendait toujours à Tenkasi quand Patti a été tuée à Malaikuppam.

Le Swami ne nia rien de tout cela. Les yeux rivés à la route devant lui, il paraissait un peu las, mais pas du tout déconcerté.

— Et pourquoi n'en as-tu pas parlé devant tout le monde ?

— Je crois, dit Dominic doucement, que mes raisons doivent être les mêmes que les vôtres. J'ai dit que la justice n'avait pas été faite, je n'ai pas dit que je voulais nécessairement qu'elle le fût.

— Depuis combien de temps sais-tu ? demanda le Swami après un long silence de réflexion.

— Depuis peu. Même pas après être allé identifier Romesh Iyar. J'ai seulement commencé à comprendre quand vous avez éludé la question de Priya sur la façon dont Patti était morte, et le pourquoi de sa mort. Elle est morte pour avoir reconnu ou *faute* d'avoir reconnu le visage du sadhu, avez-vous répondu. C'était bien ça. C'était parce qu'elle *ne* l'avait *pas* reconnu en Romesh et non pas parce qu'elle l'avait reconnu. Si elle l'avait reconnu quand elle l'a revu, elle serait peut-être encore vivante aujourd'hui. Mais je ne suis pas sûr, ajouta-t-il franchement, qu'elle aurait gagné au change. Donc, c'est après votre réponse que j'ai commencé à voir les choses dans leur ensemble et à me rappeler tout ce qui avait semblé sans importance sur le moment, et qui pourtant était très significatif une fois qu'on avait la clé de l'énigme. Par exemple, si on avait emmené les filles avec nous pour visiter le domaine et voir les vieux canaux d'irrigation, Patti, là encore, serait peut-être vivante aujourd'hui.

Ils avaient atteint la route principale et tourné à gauche en direction de Koilpatti.

— Comme a dit Purushottam, à un moment où chacune de ses paroles méritait attention, fit remarquer le Swami, nous ne devrions pas dire : « Si seulement... » Nous faisons ce que nous devons faire, ce qui nous semble bien sur le moment, et personne ne peut faire plus.

Il ajouta avec retenue, respectueux et résigné :

— Explique-moi, alors, puisque tu en sais si long...

— C'est seulement parce que vous, le premier, vous m'avez éclairé ! Je vous ai vu dans l'obligation absolue de dire un mensonge, et pourtant vous vous êtes arrangé pour ne pas le faire : ce fut une révélation !

— Je vois que tu commences à trop bien me connaître et à être aussi irrévérencieux qu'un véritable fils, mon fils, se lamenta le Swami avec un soupir et un sourire plein d'affection désintéressée. Explique-moi, alors, si Romesh Iyar n'a pas posé la bombe dans le bureau de Purushottam, qui donc l'a fait ?

— Patti, évidemment ! répondit Dominic.

— Continue, dit le Swami, sans avoir l'air d'approuver ni de nier.

— Elle est venue d'Angleterre, déjà rebelle à tout ce que représentaient ses parents et l'*establishment*. Elle est arrivée innocente, romantique, idéaliste, naïve si vous voulez, la proie idéale pour les causes gauchistes, et pensant trouver ici en Inde une vie merveilleuse, facile, métaphysique. Et l'Inde lui a donné une gifle en pleine figure, en lui révélant, comme elle le fait pour les imbéciles d'idéalistes, son côté le plus déshérité, venimeux, laid et vénal. Elle était une victime toute trouvée. Les maux évidents dont souffre l'Inde en ont fait une cible désignée pour les contacts naxalites qu'elle n'a pas manqué de rencontrer à Calcutta — par l'intermédiaire des membres les plus bruyants et les plus bavards de la société qu'elle fréquentait. Ce n'est pas une mince corvée de vendre le slogan : « Mort aux propriétaires ! » à une fille comme elle, qui n'avait jamais vu personne donner un coup de pied à un chaton avant de venir ici. Pour elle, la violence était abstraite, avant qu'elle ne soit contrainte de la voir de ses propres yeux — le sang et le gâchis, tant qu'on les imagine de loin, ça reste une affaire facile. Je ne sais pas qui l'a prise en main parmi les profs et les étudiants bengalis, mais quelqu'un s'en est chargé. Et quand elle est partie en vacances dans le Sud, on lui a fait apporter les deux bombes de Calcutta. Elle avait reçu l'ordre de les remettre à quelqu'un, elle connaissait les noms de ceux à qui elles étaient destinées...

— Tu en es sûr ? demanda le Swami, tout ouïe.

— Tout à fait. Sur le bateau, elle a été complètement bouleversée quand Romesh a mentionné le nom de Mahendralal Bakhle. Quand elle l'a vu, elle n'a pas réagi — elle ne savait pas à quoi il ressemblait —, mais elle connaissait son nom, c'est sûr. Elle a expliqué qu'elle avait lu un article dans le journal sur les émeutes de ses ouvriers, mais à partir de ce moment elle n'a plus dit un mot de toute la journée.

« Jusque-là, je crois, elle avait vaguement pensé qu'elle s'était lavé les mains de la première bombe et que rien ne se passerait, rien qu'elle aurait jamais à connaître. Et tout à coup, cet homme qui était condamné à mort était là, sur le lac, comme elle, et elle a compris que c'était réel. Plus tard, quand nous avons dû dire à l'inspecteur Raju où on pouvait nous contacter et que nous avons déclaré que nous allions chez Purushottam Narayanan, elle a modifié ses projets tout de suite et demandé si Priya et elle pouvaient partir avec nous. Oh oui, c'est sûr, Patti savait qui étaient les victimes, mais le reste — son contact ici, tout ce qui a trait à l'organisation naxalite elle-même —, non, ils ont bien pris soin de faire en sorte qu'elle en sache le moins possible sur tout cela.

— Donc, tu penses que la livraison des deux bombes qu'elle portait lui a été dictée de telle sorte qu'elle ne puisse pas identifier celui à qui elles étaient destinées ?

— Ça en a l'air. La première — vous le savez, bien sûr — a été placée dans la sébile du sadhu près de l'oratoire du lingam, en même temps que son aumône...

— Oui... elle n'a vu que le visage maculé de cendre et de peinture, au crépuscule, et donc n'a pas pu reconnaître Romesh Iyar.

— Et la deuxième, je crois, aurait dû être livrée

exactement de la même manière au sadhu à Tenkasi Junction, où Priya et elle étaient censées descendre du train pour aller à Kuttalam. Pourquoi sans cela serait-il parti là-bas le lendemain et y aurait-il attendu trois jours ? Il pensait qu'elle le connaissait et qu'elle avait tout compris — ou peut-être seulement qu'elle obéirait aux ordres reçus, sans prendre aucune initiative. Disons, du moins, qu'il ne s'était jamais figuré qu'elle prendrait la machination au pied de la lettre et croirait fermement qu'Ajit Ghose était son contact et qu'il avait sacrifié sa vie pour remplir sa mission.

— Et par conséquent, reprit tristement le Swami, qu'elle était désormais seule, privée de son partenaire et poussée à se montrer aussi désintéressée et impitoyable que lui. Qu'elle était seule, avec une bombe, et une victime désignée.

— Quand nous avons découvert le bateau, ça l'a frappée comme la foudre, dit Dominic, en sueur au souvenir de la coque percée qui se balançait lentement dans les remous d'eau et de sang mêlés au milieu des roseaux. Jusque-là, elle n'avait jamais vu la violence — bon Dieu, je crois qu'elle n'avait jamais vu la mort ! On la considère avec un calme héroïque, oui, tant qu'elle se passe à des milliers de kilomètres. Quand on la voit, qu'on la sent, qu'on la touche, c'est autre chose. Priya n'a jamais pensé à la violence qu'avec compassion et la volonté de se précipiter pour apporter de l'aide. Elle ne l'a jamais souhaitée, et cela ne l'effraie pas. Patti l'avait vraiment souhaitée et, l'ayant vue de ses yeux, elle en a été malade. Elle s'est effondrée, elle en a perdu l'esprit toute la nuit qui a suivi. Et le matin, Priya a déclaré qu'elle était très calme et souhaitait rencontrer l'inspecteur Raju. Priya a cru que c'était seulement parce qu'elle n'était pas en forme la veille et qu'elle pensait qu'on lui demanderait son témoignage. Je crois qu'il y avait autre chose. Je crois qu'elle avait réfléchi et avait résolu de tout avouer et de leur remettre la deuxième bombe. Moins à cause de Bakhle que parce qu'elle pensait que ses héros, les activistes, les naxalites, s'étaient révélés n'être que des meurtriers sans pitié pour qui un innocent batelier ne comptait pas et pouvait être liquidé comme on écrase une mouche. Dans un pays, mon Dieu, où les jaïns ne veulent même pas risquer d'avaler une mouche ! Et elle avait raison. Mais par la suite, quand elle s'est trouvée en présence de l'inspecteur Raju, elle s'est entendu confirmer que, loin d'être une victime innocente, Ajit Ghose était l'assassin, martyr pour la cause, prêt à mourir pour accomplir sa mission. C'est alors qu'elle a changé d'avis. Elle n'a rien avoué, elle n'a pas remis la deuxième bombe. Au contraire, quand elle a appris que nous allions être reçus chez Purushottam, elle a demandé à venir avec nous, ce qui a choqué la pauvre Priya. Ça ne se fait pas, dans un pays où l'hospitalité est de toute façon si spontanée et si prodigue. Mais Patti s'est montrée à la hauteur de la situation, elle était exaltée. Ghose, mort, ne pouvait plus remplir la seconde mission. Anglaise, rebelle, habituée à prendre des initiatives, elle était placée devant son monstrueux exemple. Romesh Iyar, certain qu'elle allait continuer comme prévu, est parti l'attendre à Tenkasi, ne doutant pas qu'elle viendrait. Patti, croyant qu'elle était là pour affronter le monde seule, et délivrée de l'idée épouvantable que ses héros considéraient les humbles comme quantité négligeable — non, bien plus, convaincue qu'ils se considéraient eux-mêmes comme quantité négligeable —, nous a accompagnés, décidée à tuer Purushottam.

— Tu en es bien sûr ? dit le Swami, sincèrement peiné.

— Tout à fait. Pas vous ? Qui d'autre s'est jamais trouvé seul dans le bureau de Purushottam ce jour-là ? Elle a demandé à se servir de la machine à écrire pour faire son courrier en retard et elle y est restée, je crois, une heure et demie avant que Priya et moi allions voir comment ça se passait et la ramener à la maison. Je ne sais pas ce qu'elle a fait de la bombe... fixée sous le bureau peut-être ? Je suppose que la police le sait. En tout cas, elle l'y a laissée, réglée pour quelque chose comme sept heures et demie. Vous vous souvenez, nous devions partir vers sept heures et l'avocat devait venir à huit heures. Elle ne voulait pas tuer l'avocat, elle ne savait rien de lui. Elle ne savait rien de Purushottam non plus, et c'est notre faute à tous, mais comme vous dites, « Si seulement... » n'a pas de sens. Nous avions tellement parlé devant elle de cultures sur une grande échelle, et de l'inutilité d'une économie de petites propriétés... Mais jamais, avant le matin, nous n'avions employé le mot de « coopérative » en sa présence, ni ne lui avions révélé que Purushottam ne se disposait pas à s'enrichir mais à donner tous ses biens. Sans nous en rendre compte, nous avons dû la conforter dix fois dans l'idée qu'elle avait le droit de le supprimer, mais le matin, au moment où nous nous apprêtions à partir — je me rappelle presque chaque mot —, nous parlions comme si elle n'était pas là de l'aide à apporter aux villages, de son intention de transformer le domaine et de financer lui-même le changement. Si nous en avions parlé plus tôt en sa présence... mais comment reprocher à quelqu'un de ne pas parler beaucoup de ses bonnes actions ? Non, nous ne pouvions rien faire.

« Mais Patti se trouvait là, tout près de nous et, à ce moment-là, elle a entendu et compris. Ça l'a frappée comme un éclair. Elle s'est mise à fouiller dans son sac, puis elle s'est exclamée qu'elle avait oublié son journal dans le bureau et qu'elle devait aller le chercher. Il n'y avait pas de journal, ce n'était pas le genre de fille à tenir un journal, mais comment savoir ? Nous la connaissions à peine, même Priya. Elle s'est élancée pour défaire ce qu'elle avait fait, pour sauver Purushottam, qui n'était pas celui qu'elle avait pensé. Ç'a été son dernier changement de direction, ça aurait impliqué une confession... Mais je ne crois pas qu'elle y ait pensé. Et la bombe est partie plus tôt que prévu et l'a tuée.

« C'est tout, conclut-il sombrement, conduisant la voiture avec attention dans les rues étroites et encombrées de Koilpatti, avant de rejoindre la route de Sattur et Madurai vers le nord.

— Ça suffit, tu ne trouves pas ? dit le Swami. Ne t'a-t-elle pas répondu en partie ? Crois-tu que la justice consiste à tout révéler à tout le monde ? Je ne le crois pas. Pourquoi ajouter à la peine de ces deux malheureux en leur disant que leur fille était devenue une terroriste dévouée, prête à tuer pour une cause ? Crois-tu que ça compenserait l'horreur si on ajoutait que, par la suite, elle s'est révélée assez courageuse et honnête pour faire volte-face dans l'instant quand ses yeux se sont ouverts ? Défaire ce qu'elle avait fait au prix de sa propre vie ? Non, je ne crois pas. Ils ne seraient à l'aise avec aucune de ces deux images. Qu'ils continuent plutôt à voir en elle une victime innocente trop falote pour l'un ou l'autre rôle. Je pense qu'ils seront plus heureux ainsi. Et elle...

— Et elle ? reprit Dominic en écho.

— Ne désespère pas de Patti. Ne désespère pas pour elle. Elle a accepté la preuve qui niait son action. Elle a couru sans hésitation ni crainte pour défaire ce qu'elle avait fait dès qu'elle a compris que c'était injustifié, même selon ses propres critères. Pour moi, aucune violence ne se justifie. Songe un peu ! Vous étiez déjà en retard de quelques minutes, il était plus de sept heures, et pourtant elle a couru pour empêcher la mort de Purushottam. Et ayant détaché la bombe — car je ne crois pas qu'elle ait su arrêter le mécanisme une fois qu'il était programmé —, que crois-tu qu'elle ait eu l'intention d'en faire ? Comment s'en débarrasser ?

Dominic observait la route, les mains sur le volant.

— J'y ai pensé. Le bureau ne donnait pas sur la cour, il avait des fenêtres sur le potager, qui était vaste et désert. Je ne crois pas qu'elle y ait pensé à l'avance, mais une fois là-bas, la bombe à la main, une bombe qui devait exploser vingt minutes plus tard au maximum, je suppose que sa réaction instinctive aurait été de la lancer par la fenêtre aussi loin que possible.

— Oui, dit le Swami, sans doute, mais as-tu oublié ce que tu m'as dit ? Il y avait trois enfants du personnel qui jouaient dans le potager. Patti ne pouvait pas se résoudre à certaines choses, et là, c'en était une. Elle ne pouvait pas lancer la bombe qui risquait de blesser des innocents, non, même si sa vie était en jeu. Alors elle n'a pas su que faire. Je pense qu'elle la tenait toujours dans ses mains quand elle a explosé.

Si vous désirez être régulièrement tenu au courant de nos publications, merci de bien vouloir remplir ce questionnaire et nous le retourner :

Éditions 10/18
c/o 01 consultants
35, rue du Sergent Bauchat
75012 Paris

NOM : ....

PRENOM : ....

ADRESSE : ....

....

CODE POSTAL : ....

VILLE : ....

PAYS : ....

AGE : ....

PROFESSION : ....

TITRE de l'ouvrage dans lequel est insérée cette page : PETERS — Mort aux propriétaires ! n° 2927

....

Achevé d'imprimer par Elsnerdruck
à Berlin

N° d'édition : 2860
Dépôt légal : février 1998
Imprimé en Allemagne